다시 볼 수 없어 더욱 그립다

유자효 에세이

모아드림

다시 볼 수 없어 더욱 그립다

글쓴이 / 유 자 효
펴낸이 / 孫 貞 順
펴낸곳 / 모아드림

초판 1쇄 인쇄 / 2001년 3월 5일
초판 1쇄 발행 / 2001년 3월 12일
서울 서대문구 북아현3동 180-22
전화 / 365-8111~2
팩시밀리 / 365-8110
E-mail : morebook@netsgo.com
등록번호 / 제2-2264호 (1996. 10.24)

ⓒ 유자효
ISBN 89-87220-83-4

값 8,000원

다시 볼 수 없어 더욱 그립다

유자효 연보

행복에의 염원

2001년이 됐다. 21세기가 본격적으로 시작된 것이다.

21세기는 정보 통신의 시대. 시간과 공간이 의미가 없어져 가는 시대가 될 것이다.

그러나 광속 시대의 21세기가 과연 인류에게 행복을 안겨줄 수 있을 것인가? 인간을 더욱 고독하게 만들어 가는 것은 아닌 것인가?

지난 20세기에는 과거의 것이 빠르게 사라져 갔다. 그리고 엄청난 변화가 인류를 엄습했었다. 전쟁이 많았고, 대량 살육이 자행되었다. 21세기는 20세기에 대한 반성으로 시작되어야 한다.

이 책의 1부 '다시 볼 수 없어 더욱 그립다' 는 내가 직접, 또는 간접적으로 만났던 잊을 수 없는 사람들에 대한 이야기이다.

2부 '사람과의 약속, 신과의 약속' 은 여행과 책 그리고 경험에 의해 스치고 간 편린들의 모음이다.

3부 '이혼, 그 허망한 변주' 는 우리가 살고 있는 이 시대 국내외 상황들에 대한 나의 소견이다.

이 책으로 나는 다시 한번 세상을 향한 창을 열었다. 세상을 향해 나의 이야기를 시작했다. 우리의 이야기가, 우리의 삶이 보다 아름답기를, 그래서 행복하기를 기원할 뿐이다. 행복에의 염원은 어느 시대나 인류의 가장 큰 소망이었다.

2001년 2월
유 자 효

차례

다시 볼 수 없어 더욱 그립다

2부 사람과의 약속, 신과의 약속

3부 이혼, 그 허망한 변주

다시 볼 수 없어 더욱 그립다

꽃밭을 보며

서울 여의도의 윤중제는 일 년 중 4월이 가
장 아름답습니다. 벚꽃이 만개하는 때이기 때문이죠.

세상에 벚꽃만큼 아름다운 꽃이 또 있을까요? 바람에 하늘거리는
벚꽃의 연분홍 여린 꽃잎을 바라보고 있노라면 가슴이 저려옵니다. 벚
꽃은 그 아름다움에 못지않게 개화의 시기가 너무 짧아서 보는 이의
가슴을 에이게 하기 때문입니다. 마치 피자말자 져버린, 그지없이 아
름답고 연약한 동화 속의 소녀와 같다고나 할까요.

어느 날 갑자기 겨울이 가고 훈훈한 바람이 밀려오면서, 두터운 옷
을 벗어 던지고 잠이 든 날 밤, 문득 창문에 후두둑 떨어지는 빗소리에
놀라 깨면 계절은 어느덧 여름을 향해 줄달음치고 있습니다. 그런 날
아침, 땅바닥에 낭자한 벚꽃의 잔해는 왈칵 눈물을 솟게 합니다. 그 하
늘거리던 여린 꽃잎들이 밤 사이 빗줄기에 견디다 못해 짧은 생명들을
마감하고 이리저리 행인의 발길에 짓밟히고 있는 것입니다. 이렇게 그
생명이 짧기에, 벚꽃의 아름다움은 찬탄과 함께 종말을 보여주는 처연

함을 안고 있는 것이지요.

4월은 벚꽃만 아름다운 것이 아닙니다. 아파트 단지 이곳 저곳에 목련이 그 우아한 자태를 드러냅니다. 그밖에도 이름을 알 수 없는 기화요초들이 앞다투어 피어납니다. 영국의 시인 T.S 엘리어트가 '4월은 가장 잔인한 달'이라고 노래했기에, 비길데없이 황홀한 꽃의 축제가 더욱 역설적으로 아름답기만 한 것입니다. 극도의 아름다움은 전율과 이웃하고 있기 때문입니다.

온갖 꽃들이 앞다투어 피어 있는 현란한 4월의 꽃밭을 보며 이런 상념에 젖어 봅니다. 사람이 살고 있는 이 세상은 온갖 형태의 인간들이 뒤섞여 있는 거대한 꽃밭과도 같은 것이 아니겠는가?

효진이는 약한 아이였습니다. 너무나 순진한 아이였습니다. 10대의 여고생이 어찌 인생을 알 수가 있겠습니까? 모르는 것이 당연하겠습니다만, 그러나 효진이처럼 세상을 모르는 아이도 없었습니다.

그런 효진이가 중학교 때 어머니를 여의었다는 것은 놀라운 일이었습니다. 그 애에게서 그런 그늘을 전혀 발견할 수 없었으니까요.

효진이는 착하고, 순진하고, 말 잘 듣는 아이였습니다. 공부도 곧잘 해서 반에서 1, 2등을 다투는 애였죠. 단지 하나 걱정이라면 몸이 너무 가늘어서, 저렇게 약한 아이가 대학 시험 준비를 견뎌낼 수 있을까 하는 것이었습니다.

효진이의 어머니가 돌아가시자 효진이 아버지는 새 장가를 들었습니다. 젊은 나이에 상처하고, 효진이와 동생, 두 딸을 홀아비 혼자 키우기에는 너무 힘들었을 것입니다. 또한 개인 사업을 하느라 지방 출장을 다녀야 하는 그 애 아버지로서는 어린 두 딸을 남겨둔 채 집을 비우기가 괴로웠을 것입니다.

학부모 모임 때 효진이 엄마를 뵈었지만, 새엄마라는 사실을 몰랐습니다. 단지 좀 젊었다는 느낌만 들 뿐이었죠. 그 엄마도 스스럼없이 효진이의 공부를 상담해왔고, 효진이도 아무런 내색을 하지 않았습니다. 또 공부를 잘 하는 애인지라 특별히 상담할 것도 없었습니다. 그런데 그 여자가 새엄마였다는 사실을 안 것은 효진이가 엄청난 비극을 겪으면서부터였습니다.

효진이의 아버지가 큰 병에 걸려 고생하고 있었다는 사실을 담임이었던 제가 알았을 때는 효진이가 갓 삼 학년이 됐을 때였습니다. 워낙 그 애가 내색을 하지 않아서 몰랐던 것이죠. 그런데 어느 날 그 애가 결석을 했습니다. 며칠 학교를 빠지길래 이상해서 그 애 집에 전화를 해봤더니 아버지가 돌아가셨다는 것이 아니겠습니까? 효진이의 아버지는 병원에서 간암이라는 진단을 받은 지 석 달만에 세상을 떠나고 말았던 것입니다. 수업이 끝나면 아버지가 입원해 있는 병원으로 달려가 병 수발을 했었다는데, 워낙 내색을 안 해서 전혀 몰랐던 것이죠. 속이 깊은 아이라고 할까? 지나치리만치 자신을 드러내지 않는 아이였습니다.

효진이의 더 큰 비극은 그때부터 찾아왔습니다. 효진의 새엄마는 남편이 간암이라는 사실을 알고부터 남편의 재산을 빼돌리기 시작했던 것입니다. 은행 예금이나 전처의 유물인 패물 같은 것을 모두 자신의 소유로 해버렸습니다. 살던 집도 팔아서 처분해버렸습니다. 그리고는 남편이 운명하자 종적을 감추어버렸습니다. 사업을 하며 꽤 많은 돈을 모았던 효진이 아버지의 전 재산이 송두리째 없어져버렸습니다.

아버지의 장례를 치르고 나자 효진이 자매는 들어갈 집도 없는 알거지가 되고 말았던 것입니다.

효진이 자매는 경기도에 사는 삼촌집으로 들어갔습니다. 그리고는 매일 서울까지 힘드는 통학을 시작했습니다. 효진이 삼촌은 형편이 그리 넉넉한 사람이 아니었습니다. 단지 고아가 된 형님의 딸들을 어쩔 수 없이 떠안았던 것입니다.

효진이의 성적이 날로 떨어졌습니다. 걱정이 돼서 그 애를 불러 물어봐도 너무나 순진한 대답만 돌아와서 망연자실할 수밖에 없었습니다. 하기야 그 나이에 무슨 대책이 있을 수 있겠습니까? 아무 죄 없는 아이에게 그 엄청난 비극을 안겨준 운명과 파렴치한 한 여인에 대한 증오만 늘 뿐이었죠. 참으로 암담한 일이었습니다.

그리고 얼마 동안이 지났습니다. 화사했던 벚꽃이 지고 봄이 그 끝자락을 감추어 가던 4월말쯤으로 기억됩니다. 효진이가 저를 찾아오더니 수줍게 말하는 것이었습니다.

"선생님, 저 요즘, 수정이 집에서 학교 다녀요."

그게 무슨 소리냐고 캐물었더니, 효진이의 딱한 사정을 들은 수정이의 어머니가 효진이더러 수정이와 함께 있으면서 공부하라고 했다는 것입니다. 효진이가 수정이와 친한 줄은 알고 있었지만 수정이가 그런 제안을 어머니에게 한 것이 놀라웠고, 딸의 청을 들어준 수정이의 어머니도 놀라웠습니다.

부모에게 자녀의 대학입시는 얼마나 중요합니까? 태어나서부터 고등학교까지 받는 모든 교육이 좋은 대학에 가기 위한 것이라고 해도 과언이 아닌 것이 한국의 교육 현실입니다. 자녀의 대학 입시를 위해서 부모는 모든 희생을 감내합니다. 많은 돈을 들여 과외를 시키고, 자동차로 밤 늦게까지 아이들을 싣고 좋은 선생님을 찾아다닙니다. 아이의 공부에 방해가 될까봐 친구도 못 만나게 하고 집안 행사에 참석도 시키지 않습니다. 이렇게 하는 것이 보통 부모들의 일반적인 정서입니다. 오죽하면 '고3 엄마, 고생 엄마'라는 말이 생겼겠습니까?

그런데 자기 딸의 공부에 방해가 될 지도 모를 딸의 친구를, 그것도 부모를 잃고 아무런 대책이 없게 된 아이를 불러들여, 딸과 함께 기거하고 공부를 하게 하다니…… 그것은 분명 보통 일은 아니었습니다.

수정이 집에서 살고 공부하며 효진이는 점차 안정을 찾아갔습니다. 중간까지 떨어졌던 성적도 점차 올라가기 시작했습니다. 무엇보다 다행스러운 것은 파란 핏줄이 보이도록 여위었던 그 애의 얼굴이 조금씩 살아나기 시작하는 것이었습니다.

효진이와 수정이는 학교에 같이 와서 밤 늦게 함께 돌아갈 때까지 한시도 떨어지지 않았습니다. 늘 함께 공부하고 함께 다녔습니다. 수정이 어머니는 딸을 과외시킬 때도 꼭 효진이와 함께 시켰다고 합니다.

대학 입학 수능시험이 끝나고 효진이와 수정이는 이화여자대학교에 합격했습니다. 두 아이가 나란히 교무실로 들어와 합격 사실을 알려줬을 때, 저는 두 아이를 얼싸안고 기뻐서 어쩔 줄을 몰랐습니다. 그것은 선행의 승리였기 때문입니다.

효진이와 수정이는 대학 생활을 잘하고 있다고 합니다. 대학에 들어간 뒤 효진이는 경기도의 삼촌집으로 돌아가 동생의 입시 준비를 돕고 있다는군요. 그리고 아르바이트를 해서 자신과 동생의 학비와 용돈을 벌고 있다는 소식을 어느 날 학교에 들른 수정이가 일러주었습니다. 그것은 너무도 고마운 일이었습니다.

요즘 살기가 어렵습니다. 실업자도 늘고, 물가도 오릅니다. 도처에서 어렵다는 비명이 들립니다.

그러나 우리가 사는 이 세상은 결코 어둡지 않습니다. 어둠을 이기는 밝음이 있고, 악행을 이기는 선행이 있기 때문입니다. 사람의 착한 마음은 세상의 모든 악을 누르고, 사랑으로 감싸 안을 수 있는 힘을 지녔습니다. 이 세상에는 가끔 기적이 일어나는데, 그 힘의 원천이 사람의 착한 마음에서 비롯되는 것입니다. 사람의 착한 마음이 죽은 자를 살려내고, 역사의 거대한 물줄기를 바꾸기도 합니다. 그래서 이 세상은 너무도 경이롭고, 온갖 꽃들이 살아가는 하나의 거대한 꽃밭과도 같은 것이 아니겠습니까?

벚꽃이 질 때가 얼마 남지 않았습니다. 저 눈물겹도록 가냘프고 아름다운 벚꽃과 마지막 작별을 나누기 전에 저도 여의도의 윤중제로 나가렵니다.

4반 세기를 교사로 있는 아내는 학교를 꽃밭에 비유한다. 아내가 들려주는 꽃밭 이야기는 가끔 나를 감동시킨다.

변호사 P

  그는 강원도 산골 출신이다. 하급 공무원이었던 아버지를 따라 다녔기에 그는 초등학교와 중학교, 고등학교, 대학교의 소재지가 모두 다르다. 그와 나와의 만남은 고등학교에서 이뤄졌다. 학교를 자주 옮겨 다니느라 학년을 맞추지 못해 나이는 나보다 위였다.

  고등학교 시절, 공부에만 몰두했던 그는 서울대 법대에 진학했고 사법시험에 합격했다. 그 뒤 변호사를 개업한 그는 불우한 사람들의 변호에 앞장섰다. 돈이 없어서 변호사를 사지 못하는 사람들, 시국 사범들, 인권의 사각 지대에 있는 사람들이 그의 고객이다. 그는 인권 변호사로 불리고 있다.

  오늘도 그는 전철을 타고 출근한다. 점심은 집에서 아내가 싸준 도시락으로 해결한다.

  그의 주변에는 늘 민원인들이 북적거린다. 그들은 대부분 가난한 사람들이다. 고객은 많으나 그는 늘 가난하다. 그러나 그는 따스한 마음을 잃지 않는다. 나는 그를 보면 위안을 얻는다. 나는 그를 우리 시대의 의인이라고 부르고 있다.

　법조 비리로 세상이 시끄럽다. 변호사가 구속되고, 검사들이 옷을 벗고, 판사들도 문책당하고 있다. 그러나 우리 법조계에는 그런 사람들만 있는 것이 아니다. 나의 친구 P변호사처럼 찬란하게 빛나는 시대의 양심도 우리 법조계에는 있다.

좋은 가구의 비밀

그때는 밥만 먹여주면 됐었지요. 얼마나 어려웠어요? 제가 초등학교를 마치고 나자 우리집엔 입을 하나 더는 게 필요했거든요. 마침 우리 동네에 가구 공장이 하나 있었어요. 그래서 거기 취직을 했죠. 말이 취직이지 하루 종일 잔심부름을 해주고 밥을 얻어먹는 거예요. 그런데 그 공장에 기술자가 한 분 있었어요. 가구의 틀을 짜는 데서부터 멋을 내는 데 이르기까지 그분의 손이 가지 않으면 안 되었어요. 참 대단했어요. 그분의 명성은 인근에 짜아했었고, 그분이 만든 가구를 사려고 미리부터 부탁을 해두곤 했죠. 그분의 손은 마법사의 손 같았어요. 나는 그분의 기술을 배우고 싶었죠. 그런데 그분은 자신의 기술을 전수하지 않는 거예요. 그 당시는 그랬어요. 절대로 자신의 기술을 가르쳐주지 않았죠. 왜 그랬을까? 가구 제조가 수공업적으로 이루어지던 당시, 희소성을 잃을까 두려워서였을 거예요. 그래서 그때는 기술을 배우려면 그야말로 피나는 노력이 필요했죠. 기술자를 모시고 온갖 수발을 다 들며 조수 노릇을 하는 거지요. 그러면서 어깨 너머로 배우는 거예요. 몇 년이 걸릴지 알 수 없어요. 몇 십 년이 걸릴 수도 있고, 스승이 돌아가실 때까지 기다려야 하는 수도 있었죠. 그러다가 어느 날, 스승이 자신만이 깊이 감추어오던 비법을 전수하면 비로소 독립할 자격을 얻게 되는 거지요. 참 어려웠어요.

저는 낮이면 그분이 시키는 대로 심부름을 하고 저녁이 되어 그분이 집으로 돌아가면 밤이 되길 기다렸다가 그분의 작업장으로 들어갔지요. 그분은 집으로 가기 전에 작업장 문을 커다란 자물쇠로 채우고 갔지만 그곳에서 침식을 하고 있던 저는 판자 틈으로 들어갈 수가 있었어요. 열서너 살 때였으니까 몸집이 작아서 가능했을 거예요. 캄캄한 작업장 안에서 저는 그분이 작업을 하다 남겨둔 나무들을 손으로 확인했어요. 가구의 틀을 어떻게 짜나? 모양은 어떻게 내나? 일일이 손으로 만져 확인하는 거예요. 작업장 안에 있는 나무들을 손으로 만져 세세한 부분까지 모두 익히노라면 날이 부옇게 새는 때도 있었어요. 그러면 눈을 잠깐 붙였다가 그분이 오시면 다시 심부름을 하며 작업 모습을 흘깃흘깃 훔쳐보았죠. 밤새도록 어루만져서 제 손에 익어 있는 목재들인지라 그분의 작업 방법은 곧바로 이해되곤 했어요. 저로서는 얼마나 흥미있는 일이었던지……. 그러나 그분은 제가 너무나 어렸던 탓으로 제겐 신경도 쓰지 않았어요.

손의 힘이 얼마나 위대한지 아시나요? 손으로 만져 본 것은 눈으로 본 것보다 기억이 훨씬 오래 남는답니다. 수십 번 손으로 만져 모양을 익혀둔 목재의 기초 무늬가 다음날 어떤 공정을 거쳐 변해가는지를 보면 그것은 기억에 선명하게 새겨집니다.

그렇게 몇 년이 지났어요. 그분은 다른 곳으로 가게 되었어요. 요즘 말로 스카웃이 된 거지요. 큰 도시로 나간 거예요. 우리 동네는 당장 큰일이 났죠. 시집가는 색시의 혼수 장만이며 낡은 가구를 바꾸는 일 등으로 해서 가구의 수요는 계속 요구되었고 요즘처럼 도시에서 가구를 사서 갖고 올 마땅한 방법도 없었어요. 제가 살던 곳은 또 엄청난 산골이었답니다.

저는 제가 해보겠다고 했죠. 사람들은 믿지 않았어요. 절 너무 어리게 봤었거든요. 그래서 저는 우선, 며칠 걸려 조그만 문갑 하나를 만들었어요. 그 문갑을 본 마을 사람이 잘 만들었다며 제게 돈을 주고 사갔어요. 그게 제 사업의 시작이 된 겁니다. 그때만 해도 그리 크지 않던 소읍이라 소문이 금방 나데요. 주문이 오는 거예요. 저는 주문을 받으면 참 열심히 만들었어요. 제가 만든 가구를 써본 사람들은 저만 찾았어요.

제 나이 스무 살 되던 해. 저는 독립을 했습니다. 저는 저처럼 가난한 아이들에게 기술을 열심히 가르쳤어요. 그리고 그애들과 함께 가구를 만들었어요. 우리가 만든 가구는 불티나게 팔렸어요. 공장은 점점 커졌죠. 마침내 소문이 큰 도시에까지 나고, 큰 도시에서도 주문이 오기 시작했어요. 작은 규모로는 도저히 수요를 감당할 수가 없어서 도시로 나가 회사를 차렸죠. 그리고는 기술자들을 고용해서 대규모 생산에 나서기 시작했던 겁니다.

저는 공장 아이들에게 밤에 잠을 충분히 자라고 말합니다. 잠을 충분히 자지 않으면 좋은 가구를 만들 수가 없습니다. 또한 술을 지나치게 마시지 말라고 합니다. 술을 많이 마시면 정기가 달아나서 섬세한 작업을 하지 못합니다.

목재는 우리나라 것이 가장 좋습니다. 우리나라는 나라는 작아도 매우 좋은 나무를 생산합니다. 그것은 우리나라의 토질이 워낙 좋은 데다가, 국토가 다른 곳에서는 발견할 수 없는 독특한 정기를 갖고 있기 때문입니다. 우리나라의 인삼이 좋고, 우리 땅의 풀을 먹고 자란 소의 육질이 좋으며, 한국산 녹용이 좋은 것과 같은 이치입니다. 거기에다 봄, 여름, 가을, 겨울이 무척 선명한 한국의 기후가 좋은 나무를 만

28

드는 원인이 아닌가 합니다. 그러나 국산 나무로는 수요를 감당할 수 없기 때문에 수입 원목을 많이 쓰지만 사실은 우리 나무로 만든 가구가 좋은 것입니다.

가구는 멋으로 선택하면 안 됩니다. 실용성으로 보아야 합니다. 좋은 가구는 생활에 편리함을 주고 그 가정에 복을 가져다주지만 나쁜 가구는 화의 원인이 되기도 합니다. 가구업자 중에 가구 때문에 죽은 사람도 있습니다. 그 사람 집에는 아주 예쁜 가구가 있었고 그 사람은 틈만 나면 그 가구를 반들반들하게 닦았습니다. 사고가 나던 날도 가구 위에 올라가 닦고 있었는데 그만 미끄러져서 베란다의 유리를 깨고 도로로 떨어져 즉사하고 만 것입니다. 가구를 만드는 사람이 가구 때문에 죽었으니 얼마나 무서운 일입니까? 이처럼 가구가 사람을 지배해서는 안 되는 것입니다. 예쁘기만 한 가구는 쓰기에 불편하고 잘못 다루면 위험하기까지 합니다. 쓰기에 편리한 것이 좋은 가구입니다.

이젠 가구업도 옛날 같지가 않습니다. 옛날엔 가구 기술자는 연장만 갖고 있으면 밥을 굶지 않았죠. 그러나 이젠 워낙 경쟁이 치열해서 가구 팔기가 쉽지를 않습니다. 제 어릴 때가 행복했었죠. 요즘 가구 기술을 배우는 애들을 보면 안쓰러운 생각도 듭니다. 그래서 아이들에게 이렇게 가르칩니다. "어차피 세상은 경쟁이다. 남보다 더 노력해서 남보다 더 좋은 가구를 만들어야 한다."

경상남도 산골에서 태어나 초등학교 졸업의 학력으로 40대에 전국에 판매망을 갖춘 굴지의 대 가구회사를 일궈낸 N회장의 이야기는 여기서 끝났다.

운명의 훈장

사촌 형수가 올라왔다. 나와 동갑인 사촌 형수는 나보다 나이가 훨씬 더 들어 보인다. 이번에도 간을 들인 생선을 싼 보따리를 들고 왔다. 형수는 우리집 현관을 들어서면서 "내가 자식을 잘못 키워서 부끄럽소." 하시는 것이었다. 형수와 내가 만날 때는 언제나 무슨 일이 있을 때였다.

사촌형은 탈영병이었다. 사촌형이 이리저리 도망다닐 때 우연히 만났다고 한다. 형수네 집 일을 도와주고 있던 사촌형에게 형수의 어머니가 반했다는 것이었다. 왜 집을 떠나 왔는지는 자세히 모르지만 잘생기고 말 잘하는 청년에게 그 노친네가 반했던 모양이다. 그래서 세상 물정 모르는 어린 딸과 그 청년의 끈을 맺어줬다는 이야기였다.

그러나 쫓기고 있는 청년과의 만남은 예고된 형극이었다. 사실을 알고 난 형수의 설득으로 사촌형은 어린 새색시를 삼천포 본가로 보내고 자수를 했다. 새색시의 나들이 길은 옥살이하는 낭군의 옥바라지가 될 수밖에 없었다. 사촌형이 마침 내가 살던 부산에서 옥살이를 하고

30

있었기 때문에 형수와 나의 첫 만남은 갓난아기를 들쳐업고 형을 면회
하는 형수를 따라 다니면서 부터였다.

옥살이와 군대생활을 마친 형은 삼천포에서 배 사업을 하고자 했었
다 한다. 그러나 사업은 계속 고전을 면치 못했고 형은 무척 좌절감을
느꼈던 모양이다. 기자생활을 갓 시작한 내가 삼천포에 갔을 때 형은
계란을 푼 소주와 싱싱한 해물을 권했었다. 내게 형은 언제나 다정했
었다. 그리고 사촌형은 오래도록 연락이 없었다. 그 기간은 형과 내게
무척 살기가 힘들었던 기간이었을 것이다.

서울의 직장에서 한창 졸병 생활을 하고 있을 때, 어느 날 밤에 삼
천포에서 전화가 왔다. 사촌형이 교통사고로 죽었다는 것이다. 날벼락
같은 연락을 받고 내려가 보니 오토바이를 타고 가다 버스에 부딪쳤는
데 사고를 낸 버스는 도망가버렸다는 것이다. 형수에게는 여나믄 살에
서 갓난아기까지 아이 다섯이 올망졸망 붙어 있었다. 그때 형수의 나
이는 서른 둘. 기막힌 악상이었다.

문상객들도 돌아가고, 엄마의 치마꼬리를 번갈아 잡고 다니며 칭얼
대던 아이들도 잠들고 나서 형의 영정 앞에 형수와 나는 마주앉았다.
형수는 이렇게 말했다. "형님이 탈영하고 뚜렷이 하는 일도 없고 해서
주변에서는 형님 욕도 많이 하고 날더러 시집 잘못 왔다고 걱정도 해
줬지만 형님은 고민 많이 했어예. 밤이면 울기도 많이 했고예. 그리고
내게는 얼마나 잘해주셨다고예. 나는 살끼라예. 저 어린 것들이 있지
않아예. 저것들 보고 살끼라예."

나는 거친 형수의 손을 부여잡곤 할 말을 잃었었다. 형과 형수의 부
부애, 그리고 절망을 딛고 일어서려는 여인의 강인함 앞에 나는 아무
런 말을 할 수 없었다. 삼천포를 떠나며 뒤에서 손을 흔들고 있는 몸집
작은 여인을 보며 나는 홀로 뇌었다. '형수, 복 받으실 겝니다.'

그 이후 나는 국내에서, 때로는 국외에서 바쁜 세월을 보냈다. 간간

이 들리는 삼천포에서의 소식은 형수가 시장통에서 밥집을 하며 아이들 공부를 시키고 있다는 것이었다. 10여 년을 나는 형수를 한번도 보지 못하고 지냈다. 바쁜 사람들에게 시간은 그렇게 빠른 것이며, 노력하지 않으면 사람들은 만날 수 없는 것이다.

어느 날 직장으로 한 청년이 찾아왔다. 이름을 대는 데도 알 수 없었다. 자기가 누구라고 설명하는 것을 듣자 그 청년의 얼굴에 죽은 사촌형의 모습이 살아 있는 것을 알 수 있었다. 그 애는 서울대학교에 합격하고 당숙인 내게 인사를 하러 왔던 것이다. 근처 식당으로 데려가서 저녁을 먹이며 삼천포의 소식을 들었다. 형수는 여전히 시장에서 밥집을 하고 있고, 그 녀석은 고등학교를 나와 서울대학에 응시해 붙었다는 것이다. 아니 서울대학이 어떤 대학인데……. 10여 년의 세월이 가져온 변모에 나는 홀로 감격했었다.

그리고 이듬해였다. 그 녀석이 이번엔 웬 처녀를 데리고 나타났다. 꼭 선머슴애처럼 생긴 애였다. 그 녀석의 동생인데 이번엔 이 계집애가 서울대학교에 붙었다는 것이다. 삼천포 밥집 과부가 남매를 서울대학교에 넣은 것이다. 이 계집애가 학교가 파하면 집에 달려와 가방을 던져두곤 팔을 걷고 설거지며 손님 치닥거리로 엄마 일을 돕고 있다는 말을 들었는데 어쩌면 이럴 수가 있단 말인가? 부모들이 돈을 싸들고 아이들을 이리저리 과외에 내몰며 전력투구해도 힘들다는 그 어려운 서울대학교에 아이들 공부엔 신경 쓸 틈도 없었을 삼천포 시장통 식당 아줌마가 애 둘을 거푸 넣다니…….

형수는 한복을 곱게 차려 입고 2년 잇달아 서울 나들이를 했다. 애들 입학식에 참석하기 위해서였다. 그리고는 이런 말을 들려주었다. 1년 내내 몸뻬 차림으로 구정물에 손을 담그고 있는 자기를 시장통 사람들이 쳐다보지도 않더니 애 둘이 서울대학교에 가니 달리 본다는 것이었다. 애들 덕을 보는 것 같다고 겸연쩍어 했다. 그러고는 고등학생

아이를 둔 아내가 부러움이 잔뜩 서린 어조로 "얼마나 좋으세요?"라고 말하자 고개를 설레설레 젓는 것이었다. "아직 몰라예. 이제 시작인데예. 저거가 완전히 자리잡을 때까지 무슨 일이 있을지……." 오래 고생을 해본 사람만이 할 수 있는 말이었고, 조심성이었다. 호사다마라. 좋은 일 뒤에 마가 끼는 것이 세상에는 얼마나 많던가? 그래서 옛사람들은 귀한 자식은 일부러 좋은 내색을 않고 이름도 험하게 짓고 거칠게 키우지 않았는가? 사람의 부러움도 화가 되지만 하늘도 시샘할 수 있는 법이다.

형수는 삼천포시에서 주는 〈장한 어머니상〉을 받았다. 그러나 형수가 그토록 두려워하던 좋은 일 뒤의 궂은 일이 차례를 기다리고 있었다.

좋지 못한 소식은 밤에 알게 되는 경우가 많다. 그것은 밤이 갖는 마성의 힘 때문일까? 그러나 그것은 궂은 일일수록 빨리 전해야 하는 경우가 많기 때문에 날이 밝길 기다릴 수 없을 것이고, 또 활동하는 낮에는 연락이 잘 닿지 않는 때가 많아서 일터에서 돌아온 밤에 집에서 연락을 받게 되는 경우가 잦기 때문일 것이다. 그래서 조용한 밤일수록 엎드려 있던 불안이 그 얼굴을 드는 경우가 많다.

그날 따라 밤늦게 집에 돌아오니 아내가 "서울대학교에 다니는 조카딸 애가 경찰에 붙들려 갔다고 제 오빠한테서 전화가 왔었어요."하고 전하는 것이었다. 이제 1년만 더 다니면 졸업인데 웬 날벼락이란 말인가? 밤에 제 오빠한테 연락해도 잘 되지 않아 다음날 아침 집으로 불러 자초지종을 들어보니 노동운동과 관련된 학내 서클을 하다가 국가보안법 위반으로 잡혀갔는데 자기도 늦게 알았고 곧 검찰로 넘어간다는 얘기였다. 그 말을 듣는 순간 삼천포의 형수가 떠올랐다. 자식 옥바라지까지 해서는 안 되는데……. 정말 그래서는 안 되는 것인데…….

아침에 구치소로 면회를 갔더니 검찰로 갔다고 했다. 무작정 담당

검사를 찾아갔더니 조사는 오후에 있는데 원칙적으로 면회는 안 되지만 꼭 보고 싶으면 조사하는 중간에 잠깐 보고 가라는 것이었다.

포승에 묶이고 수갑을 찬 자그마한 계집애가 나타났다. 날 보더니 이내 눈물이 송글송글 맺히는 것이었다. 아니 저 애가 이적 행위를 했다니…… 제 에미가 고생하는 것을 보고 크더니 노동문제에 관심을 가진 것일까? 그렇다 해도 신분이 학생이고, 민주주의 국가에서 사상의 자유는 있는 것이 아닌가? 불필요한 전과자를 만드는 것이 아닌가? 검·경의 잣대가 너무 가혹한 것이 아닌가? 자꾸 이러니 악법 개폐 소리가 나오는 것이 아닌가?

형수가 올라왔다. 딸을 면회하고 많이 울었으리라. 날 보고는 연신 미안하다고 했다. 그러고는 이 모든 일이 모두 자기 탓이라는 것이었다. 아니, 국가보안법이 삼천포 밥집 아줌마와 무슨 상관이 있단 말인가? 형수가 느끼고 있는 가책의 사유는 이러했다.

형수는 독실한 불교신자이다. 형님 죽고난 뒤 5남매를 키우며 갖은 고생이며 외로움을 부처님께 호소하고 위안받았을 것이다. 형수는 방생도 많이 했다고 한다. 그런데 주위로부터 회 장사를 하면 돈을 많이 번다는 권유를 받았다는 것이다. 목이 좋은 곳에 식당도 났다고 해서 회 장사를 시작했다는 것이다. 그런데 펄펄 뛰는 생선을 잡아 회를 뜰 때마다 '이러면 안 되는데……. 이런 살생을 해서는 안 되는데…….' 하는 생각이 들고 마음이 편치 않았다는 것이다. 하도 괴로워, 다니는 절의 스님께 여쭤봤더니 하지 말라고 하더란 것이다. 이 짓을 그만둬야지 하던 차에 딸의 소식을 들었다는 것이다. 그러니 이 불행은 자신의 살생에서 비롯됐다는 것이다. 못난 엄마 때문에 딸이 고생한다는 것이다. 대학생 농촌 봉사활동을 가면 변소 푸는 일까지 도맡아 해서 시골 어른들이 며느리 삼았으면 좋겠다고 하는 딸인데 너무나 가엾다는 것이다.

봄이 왔다. 꽃이 피는 것도 형수는 슬프다. 옥에 갇혀 있는 딸이 보지 못할 것이기 때문이다. 남편의 뼈가 묻혀 있는 삼천포지만 이제는 이곳도 싫다. 자꾸만 왜소해져 가는 어항의 모든 것이, 구석 구석의 모든 추억이 그녀를 슬프게 한다. 그래서 옥살이하는 딸과 대학 졸업반 아들이 있는 서울로 옮겨볼까 하는 생각도 한다.

슬픔의 무게는 기쁨보다도 무겁다. 기쁨은 쉬 잊혀지지만 슬픔은 오래 남는다. 나와 동갑인 형수. 그러나 나보다 훨씬 나이가 더 들어 보이는 형수. 딸의 재판을 보러 다시 서울 나들이 채비를 하는 형수의 긴 그림자는 우리네 삶이 얼마나 많은 눈물을 요구하는지를 느끼게 한다.

그러나 나는 믿는다. 우리는 슬픔을 이겨야 한다. 슬픔의 사이 사이, 섬광처럼 반짝이는 삶의 환희를 발견할 줄 알아야 한다. 그 순간이 아무리 짧다 하더라도 그것은 진실한 삶에 베푸는 운명의 훈장이기에 긴 슬픔을 이기는 힘의 비밀이 있는 것이다.

나의 아버지

전라남도 구례군 토지면 오미동에 가면 운
조루(雲鳥樓)라는 고옥이 있다. 이 고옥은 1771년, 낙안군수로 재직
하던 유이주(柳爾冑)가 기공해서 7년만에 완공한 99간짜리 대옥이다.
이 집은 조선 중기 양반의 저택이 갖고 있는 특색을 잘 보여주고 있어
서 민속 자료로 지정돼 있다.

나의 할아버지는 유이주의 6대손이다. 그런데 할아버지는 1925년,
이 집을 떠나 경상남도 삼천포로 이거했다. 종손의 넷째 아들이셨던
할아버지는 처자를 거느리고 살림을 났던 것이다. 이때 나의 아버지는
일곱 살이었다.

삼천포에서의 생활은 무척 곤궁했던 것으로 전해진다. 셋째 아들이
셨던 아버지는 10대 때 가출을 감행한다. 아버지가 가셨던 곳은 인천
이었다. 그곳에서 일본인이 경영하는 회사에 들어갔는데 잘 생기고 똑
똑했던 아버지는 주인의 눈에 들었는가 보았다. 20대 때 상당한 돈을
모아 삼천포의 부모님을 모시고 부산에 자리를 잡았던 것이다.

36

광복과 함께 아버지의 시대가 열렸다. 당시의 부산은 모든 선진 문물이 들어오는 관문이었다. 아버지는 건설회사를 차렸는데 이것은 시대의 흐름을 잘 탄 선택이었다. 건설 붐과 함께 아버지의 활동 무대는 전국을 망라했다. 아버지는 당시 부산 지역에서 소득세 납부 2위를 기록했었다고 한다.

6. 25는 아버지에게 오히려 기회였다. 곳곳에서 건설의 수요가 폭주했던 것이다. 당시 부산 중앙동의 우리 집에는 수많은 피난민들이 들끓었다. 어머니는 이들에게 밥을 해대는 것이 큰 일이었다.

전쟁이 끝나고 아버지는 청과물 회사를 차렸다. 경남 지역에서 오는 모든 야채와 과일들이 아버지의 회사를 거쳐 부산 일대의 소비자들에게 공급되었다. 그 성장이 그대로 이어졌다면 아버지는 사업가로서 크게 성공했을 것이다. 그러나 아버지에게 첫 시련이 찾아들었다. 그것은 당시 부산의 중심부를 휩쓸었던 역전 대화재였다.

영주동에서 발화한 불은 걷잡을 수 없이 번져 중앙동과 동광동, 광복동, 남포동 일대를 휩쓸었다. 지금의 부산 중구 일대가 잿더미가 됐던 것이다. 우리 식구는 입은 옷만 걸친 채 트럭을 타고 영도로 대피했다. 당시 불은 종전 후의 혼란기에 암약하던 공산주의자들이 방화한 것이라고 한다.

아버지에겐 폐허가 된 땅덩이만 남았다. 보험 제도도 없었을 때라 보상을 받을 길도 없었다. 그러나 아버지의 회사에 청과물을 납품했던 화주들에게는 보상을 해야 했다. 아버지의 성장에 첫 제동이 걸리는 순간이었다. 아버지는 땅의 일부를 팔아 흔적도 없이 사라진 물건값을 지불했다. 이때 아버지의 나이 서른여섯 살이었다.

화재 이후 재기를 모색하던 아버지는 광산업에 손을 대었다. 서부 경남 지역에 양질의 고령토 광이 발견됐던 것이다. 고령토는 도기를 만드는 원료가 된다. 아버지는 채굴권을 사서 개발에 착수했다.

천신만고 끝에 상품화를 눈앞에 두었을 때, 뜻하지 않던 일이 터졌다. 폭력배들의 기습을 받았던 것이다. 이들은 모든 권한을 포기하고 그 지역에서 떠날 것을 요구했다. 인가도 없는 깊은 산속에서 목숨을 건 싸움이 계속됐다. 믿었던 그 지역의 인부들도 모두 폭력배에 합세했다. 아버지는 동생과 처남과 함께 외로이 이들과 맞서다가 결국 채굴권을 포기했다. 지역 연고가 없는 곳에서 정상적인 공사가 불가능했던 것이다. 그들은 다 개발해놓은 광산을 난짝 업어가 버렸다. 참으로 무법 천지와도 같던 혼란한 시대의 일이었다.

광산업에 실패한 아버지가 다음으로 손댄 것은 경마장이었다. 부산 서면에 경마장 터를 확보해 부산 초유의 경마장을 건설했다. 그러나 제대로 된 경주마를 구하는 데 실패했다. 경마가 성공하기엔 우리나라의 여건이 너무나 일천했던 것이다. 화려한 개막 행사와 함께 부산 경마장은 문을 열었으나 조랑말로써 하는 경마는 실패할 수밖에 없었다.

다음으로 아버지가 한 것은 극장을 짓는 일이었다. 영도에 땅을 사서 극장을 세웠다. 그런데 첫날 영화 상영에서부터 사고가 났다. 음향이 제대로 나오지 않는가 하면 필름이 끊어지기 일쑤였다. 가장 중요한 영사기를 잘못 샀던 것이다. 그리고 숙련된 기사도 구하지 못했다. 극장은 첫날부터 격노한 관람객들로부터의 환불 요구 소동에 휩싸였다. 결국 유랑 극단의 공연 같은 것으로 이어가다가 문을 닫고 말았다.

아버지에게 결정적인 타격이 기다리고 있었다. 아버지는 부산 앞바다의 가덕도 간척 사업을 계획했다. 제방을 쌓아 거대한 농경지를 만들겠다는 계획이었다. 아버지의 이 계획은 당시 국토 개발을 서두르던 장면 정권의 국책과도 맞는 일이었다. 아버지는 남은 재산을 모두 동원해서 가덕도에 끌어 부었다.

공사가 착공된지 일 년도 되지 않아 5 · 16 군사 혁명이 터졌다. 아버지가 함께 일했던 정부는 온데간데 없어졌다. 쿠데타라는 미증유의

초등학교 졸업때의 나와 아버지

사태 앞에서 가덕도 제방공사에 관심을 갖는 정부 인사는 아무도 없었
다. 아버지는 없어진 정부와의 계약서를 들고 동분서주했으나 그것은
이미 휴지였다. 하든지 말든지 이 엄청난 공사는 아버지 개인의 일이
되고 말았던 것이다.

아버지는 거의 광적으로 이 공사에 매달렸다. 그때부터는 빚이 동
원되기 시작했다. 그러나 가덕도 물막이 공사가 거의 완성될 즈음, 자
금 조달도 한계에 이르렀다. 연일 빚쟁이들의 아우성이 빗발쳐 어머니
는 죄인 신세가 되었다. 소송도 잇달았다. 마침내 아버지는 마지막으
로 남아 있던 우리 식구가 살던 집까지 팔아 빚을 청산하곤 공사를 포

기했다.

　아버지는 동광동 언덕바지 비탈을 조금 구해 손수 집을 짓기 시작
했다. 한때 굴지의 대 건설회사 사장이었던 아버지는 이제 빈털터리가
된 채 처자가 살 집을 손수 흙을 이겨 지었던 것이다.

　가족들을 자신이 지은 집으로 입주시킨 아버지는 어머니가 여기저
기서 둘러 마련해준 사업자금으로 부산역 광장에서 산업전시회를 열
었다. 중소기업체를 유치해 상품을 전시하고 판매도 했던 그 전시회에
서 아버지는 약간의 성공을 거두었다. 그 성공의 여세를 몰아 아버지
는 대전에서 두 번째 산업전시회를 열었다. 부산 전시회에서 재미를
본 업자들이 아버지를 따라 대전으로 갔다. 그러나 그것은 아버지 생
애의 마지막 시도가 되고 말았다.

　당시의 대전은 이상한 곳이었다는 느낌이다. 도시의 볼륨은 상당히
큰 것 같은데 유동인구가 많았다. 유동인구는 산업전시회의 고객이 아
니다. 또 정착민들은 구매력이 없었다. 아버지로서는 막대한 자금을
투입해 야심차게 시작했던 대전 산업전시회는 완전한 실패로 끝나고
말았다.

　인심이란 간사한 것이다. 남의 실패를 보고 즐기는 경향이 있다. 즐
기는 정도가 아니라 상대방이 쓰러지려는 기미를 보이면 물어뜯으려
한다. 대학생이던 나는 그때 전시회가 실패로 기울어져 가자 아버지에
게 고용돼 있던 목수며 인부들까지 뒤에서 빈정대고 얼마 안 되는 노
임을 내놓으라고 떼지어 아버지를 위협하던 것을 보았다. 나는 그때
아버지의 참 모습을 볼 수 있었다. 그 이전까지는 내가 너무 어렸고,
학교에 다니느라 아버지의 살아가는 모습을 볼 기회가 없었던 것이다.

　밤중에 수십 명의 노동자들이 아버지의 간이 사무실을 둘러쌌다.
그들은 망치며 삽 같은 작업 도구를 휘두르며 당장 노임을 지불해 줄
것을 요구했다. 그러자 아버지는 단신으로 밖에 나가 그들과 맞섰다.

아버지는 그들에게 대표자를 내세워줄 것을 요구했다. 몇 명의 인부들이 뽑혔다. 아버지는 그들과 사무실 안에서 마주앉았다. 아버지의 사무실에는 인부들의 회식을 위해 준비해 둔 됫병들이 막소주가 여러 병이 있었다. 아버지는 그 막소주를 한 사발 가득 따르더니 그대로 들이마셨다. 안주도 없었다. 그리고는 똑같은 양을 따라서 노동자 대표에게 내밀었다. 여러 명을 상대로 한 기묘한 술 싸움이 벌어졌다. 아버지와 대표들은 안주 없는 막소주에 대취해버렸다. 고함과 기성이 오가는 가운데 그들은 하나하나 나가떨어졌다. 마지막 한 사람의 대표가 떨어질 때까지 아버지의 자세에는 흔들림이 없었다. 아버지 식의 사태 해결이었다.

노임 문제를 그럭저럭 해결하고, 실패한 전시회의 마지막 밤이 되었다. 아버지는 전시장을 천천히 둘러보고 있었다. 나는 아버지를 따라다녔다. 그런데 인적 끊어진 어느 전시장에서 남자의 울음소리가 들렸다. 아버지는 그 전시장으로 들어섰다. 울고 있던 사내는 아버지를 보자 대들었다. '당신 때문에 자기는 망했다'는 것이다. 아버지는 그에게 '도대체 얼마나 투자했느냐'고 물었다. 그 사내가 금액을 대자 벽력 같은 아버지의 고함이 터져나왔다. '못난 자식, 겨우 그것 때문에 사내가 눈물을 짜느냐?'는 호통이었다. '나는 너의 몇 백 배를 잃었다. 너는 네 가게 하나만 생각하면 되지만 나는 너와 같은 사람 몇 백 명을 보상해줘야 한다. 너는 돌아갈 집이 있지만 나는 돌아갈 집도 없다. 내 집까지 팔아도 모자라기 때문이다. 그런 나도 절망하지 않는데 젊은 녀석이 약하게 눈물을 보이느냐'는 꾸지람이었다.

그렇게 효과적인 교육이 또 있을까? 그 사내는 벌떡 일어서더니 주섬주섬 짐을 꾸리기 시작했다.

아버지는 담대했다. 그리고 당당했다. 그 어떤 역경에도 아버지는 결코 굴하지 않았다. 넘어지면 일어나고 또 일어났다. 잃어버린 돈에 대해 연연하지 않았다. 계속되는 실패에도 가부장의 권위를 잃지 않았다. 아버지가 잃어버린 그 엄청난 재산. 아버지는 결코 내색하지 않았지만 어머니에게는 엄청난 고통이었다. 그러나 어머니는 부엌에서 불쏘시개를 때거나 빨래를 하면서 홀로 우실 뿐이지 아버지에게는 아무런 불평을 하지 못했다. 아버지가 용납하지 않았던 것이다.

그러던 아버지가 마침내 쓰러졌다. 아버지 나이 쉰여섯 살 때의 일이었다. 그때 나는 서울에서 대학 졸업반의 철없는 세월을 보내느라고 부산의 아버지는 병원에 가실 형편이 못 되었다는 사실도 모르고 있었다.

아버지가 쓰러지셨다는 말을 듣고 일가 친척들이 날을 잡아 우리 집에 모였다. 그런데 진실로 기이한 일이 벌어졌다. 친척들이 모두 1층에서 아버지를 들여다보고 있는 바로 그 시간에 어머니가 2층에서 홀로 운명하셨던 것이다.

아버지 병 문안을 위해 모였던 친척들은 야단이 났다. 당장 초상을 치러야 하게 됐기 때문이다. 그런데 당시 아버지도 중태에 빠져 있었기 때문에 환자를 집에 둔 채 초상을 치를 수가 없었다. 그래서 친척들은 아버지를 병원에 입원시키고 나에게 연락을 했다.

어머니의 나이 마흔여섯 살. 한창 나이였다. 어머니는 아버지의 거듭되는 실패로 얻은 듯한 심장병을 앓고 계셨지만 나는 어머니의 죽음을 대속(代贖)이라고 생각한다. 신세지는 것을 극도로 싫어하던 어머니는 친척들이 아버지를 입원시키도록 허락하지 않았을 것이다. 그런데 어머니가 대신 돌아가심으로써 아버지는 입원했고 목숨을 건질 수가 있었다. 뇌혈관이 터졌던 아버지는 조금만 처치가 늦었더라면 세상을 떠날 위기에 있었던 것이다.

의사의 엄명으로 우리는 어머니의 죽음을 아버지에게는 비밀로 했다. 의식불명 상태의 아버지를 병원에 맡겨둔 채 나는 친척들의 도움으로 어머니의 장례를 치렀다. 아무도 어머니의 죽음을 아버지에게 알

42

리지 않았지만 아버지는 그 사실을 알고 있었다. 삼우제를 지낸 날 밤, 홀로 아버지의 병상을 지키고 있던 나는 아버지의 감은 눈에서 뺨으로 흘러내리는 눈물을 보았다. 내가 아버지의 눈물을 본 것은 그때가 처음이었다. 그리고 일흔세 살로 세상을 떠나실 때까지 나는 한번도 아버지의 눈물을 본 적이 없다.

퇴원을 하셨지만 아버지의 정신은 성치 못했다. 20년 동안 거듭되는 타격으로 어버지는 처와 건강, 그리고 재산을 잃은 것이다. 취직한 큰아들을 따라 서울의 사글세방으로 따라 올라온 아버지의 그 뒤 17년은 그야말로 형극이었다.

나는 내가 장가를 가기 전에 아버지를 먼저 새 장가들여야 한다고 생각했다. 홀로 계신 아버지를 두고 내가 장가들기 미안했던 것이다. 그래서 어느 할머니를 한 분 소개받아 아버지를 장가들였다. 그런데 이것이 잘못된 선택이었다. 그 분은 우리와 너무도 맞지 않았고 가정에는 불화가 끊이지 않았다. 고통을 견디다 못한 나는 어느 날 밤, 아버지 앞에 무릎을 꿇고 앉았다. 그리고는 호소했다. "아버지, 저 분과 헤어져 주십시오. 제가 괴로워 못 견디겠습니다."

나는 그때 아버지의 대답을 잊지 못한다. 몸도 정신도 성치 못했던 아버지는 곧바로 "울지 마라. 그러다 네가 죽겠다." 그러시더니 그날 밤 아버지가 그 분에게 무엇이라고 말했는지 평소에 그렇게 사납게 펄펄 뛰던 그 분은 너무나 조용하게 우리 곁을 떠났다.

남녀 관계란 젊으나 늙으나 큰 차이가 없는 것이라고 나는 생각한다. 아버진들 그 분과 헤어지기가 얼마나 괴로웠겠는가? 또 미안했겠는가? 그러나 결심하고 처리하는 것은 정신이 부실했던 아버지가 젊은 나보다도 훨씬 나았다.

내가 프랑스 근무 발령을 받았을 때, 출국 날이 임박했는 데도 아버지를 맡길 곳이 없어서 괴로워한 적이 있다. 임지에 숙소도 정해지지 않은 상태에서 아버지와 함께 떠나기에는 아버지의 상태가 너무 좋지 않았던 것이다. 아버지를 차에 모시고 이리저리 다니다가 나는 차를 세우고 흐느껴 울었다. 그러자 뒷좌석에 앉아 계시던 아버지는 나의 등을 쓰다듬는 것이었다. 그리고는 이렇게 말씀하셨다. "내 걱정은 말고 가거라. 나는 갈 곳이 있다." 그리고 아버지는 다리를 절며 고향으로 내려가셨다.

프랑스에 있었던 3년 동안, 나는 거의 아버지를 잊고 있었다는 사실을 고백하지 않을 수 없다. 당시 서울 올림픽을 앞두고 있었고, 동유럽이 개방의 바람을 타기 시작하던 때라 쉴 틈 없이 몰아닥치는 출장 명령으로 경황이 없었던 탓도 있었다. 그러다가 아버지의 상태가 좋지 않다는 동생의 전갈을 받았다. 문득 이런 생각이 스쳤다. '이러다가 아버지가 동생네에서 돌아가시는 것이 아닌가. 그렇게 된다면 나는 그 죄책감을 어찌할까.'

나는 본사에 귀국을 청원했다. 프랑스에 조금 더 근무하기를 바라던 본사는 나의 청원을 받아들였다.

귀국 이후 아버지의 상태는 급속도로 악화돼 갔다. 나중에는 나도 알아보지 못했다. 아버지의 대소변을 받아내면서 내가 누군지도 모르는 아버지의 병구완을 한다는 것에 무력감이 느껴지기도 했다.

한번은 이런 일이 있었다. 아침에 일어나 아내가 먼저 출근을 하고, 내가 출근 준비를 하고 있는데 아버지의 방에서 코에 익은 냄새가 났다. 부랴부랴 아버지의 옷을 벗기고 목욕을 시키려고 막 목욕탕으로 모시고 갔는데 인터폰이 울리는 것이었다. 내 차가 쓰레기통을 막고 있으니 빨리 차를 빼달라는 것이었다. 옷을 벗긴 아버지를 목욕탕에 둔 채 달려 내려가 차를 빼고 올라와 보니 목욕탕 안에는 더운 김이 가득하고 아버지는 욕조 안에서 뜨거운 물 속에 빠져 있었다. 내가 없는 동안에 욕조에 들어가 뜨거운 물을 틀었던 것이다. 그리고는 찬물은 틀지 못하고 뜨거운 물이 넘쳐 나는 욕조에서 나오지 못해 허우적거리고 있었던 것이다. 나는 전신에 화상을 입은 아버지를 안아 올리며 아버지를 원망했다. 그런데 이 기억은 아직도 나를 괴롭힌다. 요즘도 나는 그 기억에 가위눌리며 소스라치게 잠이 깨는 밤이 있다. 아, 내가 나의 아버지를 원망하다니…….

나는 아버지께서 좋아하시던 담배를 피우지 못하게 했던 것을 후회한다. 몸에 나쁘다고 술을 들지 못하게 했던 것도 후회한다. 밤에 일어나 아버지의 방문을 열어보면 홀로 앉아 계시던 아버지의 고독을 바쁘다는 핑계로 위로해드리지 못했던 것을 후회한다. 아스파라거스같이 여위어가던 아버지를 단 한 번도 따뜻하게 안아드리지 못했던 것을 후회한다.

아버지보다 못났고, 아버지보다 크지 못했던 나는 그래서 아버지보다 더욱 불행하리라. 그래야 나는 속죄하는 것이 아닌가.

아버지는 끝까지 나를 사랑하셨다. 내가 회사 연수를 떠나고 집에 없을 때, 아버지는 돌아가셨다. 아내의 이야기로는 식사를 잘 하셨는데 저녁밥에 전혀 수저를 대지 않은 채 상을 물리더라는 것이다. 그래서 죽을 쑤어 떠먹여 드렸더니 한 그릇을 다 받아 잡수시고는 잠자리에 드셨다는 것이다. 그리고 새벽에 예감이 이상해서 아버지의 방문을 열어보니 아무래도 기분이 평소와 다르더라는 것이다. 불을 켜고 들여다보니 잠이 드신 그대로 이미 운명하셨더라는 것이다.

아버지는 투명하게 맑은 가을날에 돌아가셨다. 아버지는 내가 귀국하기를 기다려 일 년 동안 나의 봉양을 받고, 나의 집에서 돌아가셨다. 이렇게 아버지는 나를 구원해주고 떠나가셨다. 그것도 가장 장사 치르기 좋은 계절에…….

아버지는 돌아가신 뒤에도 나를 지탱해주는 힘이다. 내가 어려움에 빠졌을 때도 아버지를 생각하면 힘을 얻는다. 아버지는 강인하셨다.

내가 겪는 것보다 훨씬 더 큰 고통 속에서도 의연하셨다. 그리고 당당하셨다. 아버지는 잘 참으셨다. 그리고 불굴의 투지를 갖고 계셨다. 종교가 없는 내가 살아가면서 구원을 얻은 것은 아버지의 생애라는 나의 거울이다.

평양에서 만난 사람

· 1991년 7월, 판문점

평양에서 열리는 제4차 남북 고위급 회담에 참석하기 위한 남측 대표단은 자유의 집을 떠나 군사분계선을 넘었다. 수행 취재단의 일원인 나는 대표단을 따라 북측 지역의 판문각으로 들어섰다. 남북 대표단의 환담을 지켜보다 기자실로 가서 담배를 한 대 뽑아 무는데 문득 나를 찾는 소리가 들렸다.

"유자효 선생이 어느 분이야요?"

고개를 돌려보니 키가 껑충한 북한 사람이 나를 찾고 있었다. 기자 한 사람이 나를 가리키자 그는 내게 다가왔다. 그는 4박5일간의 북한 방문 동안 나를 담당할 안내원이었다. 악수를 나누며 돌아보니 군데군데서 북측의 안내원과 남측의 기자들이 인사를 나누고 있었다.

나의 안내원은 여러 가지로 나와 흡사했다. 우선 그는 나이가 나와 비슷했다. 그리고 직업이 기자였다. 가족 구성도 비슷했다. 그의 부인은 교사였다. 아이도 나처럼 하나였는데, 나는 아들을 두고 있고 그는 딸을 두고 있었다. 안내원을 선정할 때 북한 당국은 이런 점까지 고려한 것일까?

· 판문점 → 평양

우리가 탄 북한의 기차는 칸막이가 되어 있었다. 객실 하나에 그와 나 둘이서 타고 가는 것이다. 테이블에는 과자며 음료수가 놓여 있었는데, 북한이 자랑하는 신덕 샘물과 룡성 맥주가 눈에 띄었다. 그는 내게 이것저것 먹을 것을 권했다. 나이가 비슷해서였을까? 우리는 금세 친해졌다. 그나 나나 6 · 25를 직접 체험한 세대가 아니다. 둘은 은연중에 정치적인 화제는 피하고 있었다. 가족 상황, 취미, 직업 이야기 등이 주로 화제에 올랐다. 내가 이질감을 느낀 것은 평안도 사투리였는데 그것도 피난민 1세대들에게서 가끔 들어온 것이기 때문에 이질감이 심한 편은 아니었다.

우리는 차창 밖 풍경을 바라보며 대화를 이어갔다. 나무가 없는 북한의 산은 황량했다. 그러나 우리의 대화는 시간이 흐를수록 점차 따스해져가고 있었다.

· 평양

남한에서 온 기자에게 평양 시민들은 적대적이었다. 그들은 항상 도전적이었다. "와 미군은 철수하지 않는 기야요?", "와 림수경 양은 석방하지 않는 기야요?" 등 천편일률적인 질문을 속사포처럼 쏘아댔다. 길거리에서 만난 평범한 차림의 여성도 그러했고, 인민모를 쓴 중년의 사나이도 그러했다. 평양의 지하철역에서 만난 사람도 그러했고, 예고 없이 들른 가게에서 만난 사람도 그러했다.

평양의 제일 백화점에 갔을 때, 한 무리의 인파가 나를 에워쌌다. 그러고는 예의 그 속사포 같은 질문을 쏘아대는 것이었다. 나는 일순

북한 방문때 공식 만찬장에서 북한 언론인과 함께

주위를 둘러보았다. 내 주위에 우리 일행은 아무도 없었다. 아뿔싸, 구경에 눈이 팔려 너무 깊숙이 들어왔던 것이다.

내가 당황해하자 그들의 공격은 더욱 그 강도를 더해갔다. 나는 약간의 위기감마저 느꼈다. 그때였다. 갑자기 나를 에워싼 사람들이 흩어졌다. 그리고는 뿔뿔이 제 갈 곳으로 가는 것이었다. 웬일이었을까? 나는 손을 흔들며 다가오는 나의 안내원을 보았다. 그때의 그는 완벽한 나의 보호자였다.

· 백화원 초대소

우리 일행의 숙소는 주석궁 근처의 국빈 숙소였다. 경치는 좋았으나 건물 내부가 풍기는 분위기는 사회주의 국가의 독특한 냄새가 짙었다.

나는 동구가 붕괴되기 전 폴란드와 유고, 헝가리, 불가리아 등을 여행했었다. 사회주의 국가에는 특유의 냄새가 있다. 그 냄새는 폐쇄된 곳의 냄새, 가난한 곳의 냄새, 부자유한 곳의 냄새 같은 것이다.

북한 당국이 정성들여 준비해 준 실내 비품들은 북한의 소비재 수준을 짐작케 했다. 모든 것을 자체 생산하기 때문에 모두가 북한내 생산품인데, 화장수는 고형체와 액체가 분리돼 떠 있었고, 안전 면도기에 길들어 있는 나는 숙소에 비치된 면도기를 쓰다 얼굴을 베었다.

일이 없는 시간은 대부분을 백화원 초대소의 정원에서 나는 그와 함께 지냈다. 내가 건물을 나서면 어느새 그가 좇아왔고, 밤에도 그는 초대소 1층에서 잠자는 것이었다.

그는 딸의 교육을 걱정하고 있었다. 또한 요즘 젊은 애들이 너무 버릇없이 커서 걱정이라는 얘기도 했다. 맞벌이인 아내가 몸이 약해 걱정이란 얘기, 담배를 끊었다는 얘기. 어쩌면 그렇게 나와 이야기가 흡사한지……

· 평양 → 판문점

서울로 돌아오기 위해 다시 탄 북한의 기차에 나는 꽤 익숙해졌다. 나는 이 칸 저 칸을 둘러보며 농담을 건넬 정도의 여유를 갖게 되었다.

우리가 돌아올 때 해프닝 한 가지가 벌어졌다. 북측이 남측 기자 한 사람의 친척을 열차에 태운 것이다. 그 기자에게 북측 요원이 "이 기차에 당신의 백부가 타고 있다. 만나겠느냐?"고 은밀하게 물어왔다는 것이다. 그 기자는 백부를 만나고 싶은 욕심에 그 요원을 따라갔는데 과연 일반 차량과 연결된 특별 객실 맨 마지막 간에 노인 한 분이 타고 있었고, 그 노인이 자신의 백부임을 그 기자는 알 수 있겠더라는 것이다. 백부는 그 기자에게 남쪽 친척들의 안부를 물어보고는 자꾸만 빨

평양의 북한 영화 제작소에서

리 돌아가라고 하더라는 것이다. 혹시 조카에게 나쁜 일이 미칠까 두려워서였으리라. 그 기자는 갖고 있던 달러를 백부의 손에 쥐어주곤 이 기막히는 상봉의 현장을 빠져 나왔다. 그러고는 우리측 대표단에 이 사실을 알렸다. 그것은 북측의 중대한 협정 위반 행위였기 때문이었다.

　우리측은 즉각 북측에 이 사실을 항의하곤 공개리에 이 이산가족의 상봉을 허용할 것을 요구했다. 그러고는 남측 기자들이 그 기자를 앞세우고 백부를 만났던 객실로 몰려갔다. 그런데 어찌 일인가? 그 객실은 비어 있었다. 그 동안에 북측이 빼돌린 것이다. 북측은 이산가족 상봉을 원하고 있던 남측 기자를 공작적 차원에서 포섭하려 했던 것이다. 우리측 대표단이 거세게 항의하자 당황한 북측은 공식적으로 사과했다.

나와 나의 안내원은 그런 소동을 뒤로 한 채 객실로 돌아와 마주앉았다. 나는 그에게 뭔가 선물을 하고 싶었다. 그런데 마땅히 줄 것이 없었다. 나는 갖고 있던 달러 몇 장을 꺼내 그의 손에 쥐어주었다. 우리 둘만이 있는 열차의 객실 안이었다.

"고마웠소. 내 정표니까……."

그런데 그가 내 손을 조용히 밀었다.

"이러면 안 돼. 이러면 고마운 게 아니야."

몇 차례 밀고 당기다 나는 단념했다. 객실로 우리 일행 중의 몇 명이 들어왔던 것이다. 그들은 왁자지껄하게 북측을 비난했다. 그러나 그는 아무 말없이 창밖을 물끄러미 보고 있었다.

· 판문점

4박 5일간의 여행이 모두 끝났다. 판문각 앞의 양지바른 뜰까지 그는 나의 짐을 들어다주었다. 그러고는 내 손을 잡으며 말하는 것이었다.

"언젠가는 통일이 될 거 아닌가? 그때 우리 서로 찾자구. 나도 유선생을 찾을 테니까, 유 선생도 날 찾아줘."

나는 그의 손을 흔들며 대답했다.

"그래, 그때 만나세. 꼭 만나자구."

군사분계선을 넘어 뒤돌아보니 그는 나를 향해 손을 흔들고 있었다.

· 에필로그

사무실로 전화가 걸려왔다. 평소에 잘 아는 신문기자였다. 그는 대뜸 물어왔다.

"당신 ××× 알아?"

나는 깜짝 놀랐다. 그가 말한 이름은 내가 북한에 갔을 때 나의 안

52

내원이었기 때문이었다.

"아니, 그를 어떻게 알지?"

"내가 이번 6차 고위급 회담 때 평양에 다녀왔잖아. 그런데 그가 내 안내원이었다구. 그런데 유 형 이야기를 많이 하더라. 그는 유 형이 참 좋은 사람이라고 하던데? 안부 전해달라고 부탁을 해서 전화하는 거야."

내가 한 여행 가운데 가장 멀었던 곳. 내가 만났던 사람들 가운데 가장 적대적이었던 사람들. 그 가운데서 그가 나를 향해 보내온 메시지는 따뜻했다.

슬픔의 전말

오 랜만에 뵌 부인은 한결 정돈되고 안정된 모습이어서 반가웠습니다. 또한 따님도 소녀다운 발랄함을 되찾고 있어서 기뻤습니다. 괌에서의 그 엄청난 비극이 있은지 불과 넉 달 남짓, 남편과 아들, 딸을 함께 잃은 그 충격, 그 비탄이야 어찌 평생을 다한다 해도 잊을 수가 있겠습니까? 세상을 살아갈수록, 세월이 흐를수록 그 슬픔은 깊이 잦아들어갈 것이고 견디기 힘든 고통으로 무수한 밤을 잠 못 이루게 할 것입니다. 또한 부인의 영혼 속에 흐르게 될 눈물의 강은 부인의 인생을 바꾸게 될지도 모릅니다. 우리는 외부의 환경 변화에 의해 인생을 바꾼 많은 예를 알고 있습니다. 그 변화가 긍정적인 것인가, 부정적인 것인가의 차이만 남는 것이죠.

부인의 남편과 저는 중·고등학교와 대학교, 그리고 직장의 1년 선·후배 간입니다. 제가 형을 줄기차게 좇아다닌 셈이 되었죠. 나이는 불과 한 살 차이였지만 형은 제 앞에서 언제나 의젓했고 큰형처럼 당당했습니다.

그 형이나 저나 어려운 젊은 시절을 보냈습니다. 그때는 가난이 특별한 것이 아니라 상식이던 때였으니까요.

제가 결혼한지 얼마 되지 않은 일요일이었습니다. 아내와 함께 집에 있는데 그 형에게서 전화가 왔습니다. 아내와 함께 중앙극장 앞으로 나오라는 거였어요. 부인, 기억하십니까? 부인과 형이 함께 저희 내외를 기다리고 계셨습니다.

그때 형은 중부 경찰서 출입기자였습니다. 햇병아리 기자였던 저로서는 무척 부러운 곳에 출입하고 계셨습니다.

중부 경찰서가 유명해진 데는 이런 비화가 있습니다. 어느 말단 사건기자가 죽었습니다. 그의 영결식에서 한 동료 기자가 읽은 조사중에 이런 구절이 있었습니다. "그 좋다는 중부 한번 못 나가보고……."

중부 경찰서는 당시 사건기자들이 출입해보고 싶어하던 선망의 대상이었죠. 중부를 출입하고 나면 다음은 서울시 경찰국을 출입하면서 일선 경찰기자들을 총 지휘하게 되니까요.

그래서 당시 자랑스럽던 중부 출입기자였던 형은 저희 내외를 관내의 영화관으로 불러냈으리라고 생각됩니다. 형 내외와 저희 부부는 함께 영화를 봤죠. '사관과 신사' 라는 영화였던 것으로 기억됩니다.

제가 직장을 옮길 때였습니다. 일주일을 잠 못 이루고 고민할 때였습니다. 직장이란 묘한 곳입니다. 누구에게나 라이벌이 있습니다. 라이벌이 잘못되면 겉으로는 안됐다는 표정을 지으면서도 속으로는 좋아하는 것이 많은 사람들의 정서입니다.

직장을 옮길 때도 그렇습니다. 라이벌의 경우는 경쟁자가 하나 사라지게 되니까 말리지 않습니다. 심한 경우에는 '말리지 말아야 한다' 며 떠들고 다니기도 합니다.

제 경우도 마찬가지였습니다. 저와 비슷한 연배에서는 저의 떠남을 만류하지 않았습니다. 오히려 '가게 돼야 한다' 고 부채질하는 사람도 있었습니다. 그런 것들이 첫경험인 저로서는 아프게 각인되던 때였습니다.

하얗게 밤을 새우고 난 날 새벽, 형한테서 전화가 왔습니다. 내용은 간단했습니다. "그렇게 중요한 문제를 결정하면서 왜 내게 상의 한번 없었냐? 지금이라도 번의하고 함께 있자." 형다운 씩씩함과 단순함이 실린 말이었습니다.

저는 형께 약합니다. 형의 단정적인 말에 저는 그러겠다고 했었죠. 결국은 그 직장을 떠나고 말았고, 그래서 제가 돌아올 줄 믿고 회사에 나가서 그렇게 말했다가 냉소적인 측과 싸움까지 했던 형께는 큰 잘못을 저지르고야 말았습니다.

방송 기자는 왜 그렇게 일이 많은지요? 특히 중요 직책으로의 보임과 선두 주자로서의 승진을 거듭해 온 형은 너무나 바빴습니다. 쉴 틈이 없으셨어요.

지난 여름, 형이 가족과 함께 2박 3일의 괌 여행을 강행했던 것도 휴가 한번 제대로 가족과 함께 보내지 못했던 미안함의 표현이었으리라 짐작합니다. 그래서 그 알량한 2박 3일 휴가를 떠나는 날도 종일 회사에서 일하고, 밤 비행기편으로 떠나는 괌행을 택했겠지요. 그런데 그 길이 다시는 돌아오지 못할 길이 될 줄 어찌 짐작이나 했겠습니까?

괌행 대한항공기 1등석 제일 앞자리에 형은 창 곁에 앉으셨고, 부인은 그 옆에 앉으셨다면서요? 그런데 비행기가 착륙 고도를 잡자, 형이 부인께 '바깥 구경을 하라'며 자리를 바꿔주었다면서요? 그것이 생사의 갈림길이 되고 말았습니다. 앞 뒤 좌석 창문 곁에 앉았던 부인과 딸 하나만 살고, 안쪽에 앉았던 형과 아들, 딸은 숨지고 말았으니까요.

괌에서의 비보를 안 것은 여름휴가 때였습니다. 제 아이가 고등학교 3학년이라 멀리 가진 못하고 집에서 책을 읽으며 소일하고 있었죠. 아침에 느지막이 일어나 TV를 켜니 괌에서의 참사가 보도되고 있었습니다. 그런데 사망자 명단에 형의 이름이 나오는 거예요. 깜짝 놀라서 긴가민가하며 방송사로 전화를 했었죠. 그런데 그것이 사실이었습니다. 세상에는 그런 일도 있었습니다.

형과 아이들의 시신이 서울로 돌아오던 날 형의 빈소로 갔었죠. 중상을 입고 같은 병원에 입원해 있던 부인께서 휠체어를 타고 빈소로 내려오셨죠! 자신도 다친 몸으로 소복을 하고 남편과 아이들의 사진을 어루만지며 오열하는 부인께 무어라 위로할 말을 찾을 수 없었습니다. 세상에 이보다 더한 비극이 어찌 있을 수 있겠습니까? 남편과 자식 둘을 한꺼번에 잃다니……. 그것도 바로 옆자리에서…….

형의 장례가 회사장으로 치러지고 부인과 딸도 퇴원을 하고 난 뒤 나는 또 다시 기막힌 소식을 들었습니다. 아니, 강도가 들었다구요. 부인과 딸을 묶어놓고 보상금으로 받은 돈을 다 내놓으라고 위협했었다구요.

아무리 불황으로 살기가 어렵다지만 그 기막힌 불행을 당한 사람에게 어떻게 그런 짓을 할 수 있는 것인지, 인간성에 대한 절망감이 앞서던 일이었습니다. 그리고 큰 사고 뒤 보상금을 받은 집에는 도둑이나 강도가 들고, 돈을 노리고 찾는 사람들이 늘어 이사를 가는 경우가 많다는 사실도 그때 처음 알았습니다.

다행히 강도는 경찰에 체포됐고, 조사받는 강도를 취재기자들이 한 대씩 쥐어박고 지나가더라는 후일담도 들었습니다.

그리고 나서 몇 달 뒤 저는 부인을 뵈었습니다. 그러고는 놀라운 소식을 들었습니다. 남편의 직장에서 나온 퇴직금 3억 원, 남편의 평생의 피와 땀의 결정인 그 퇴직금 전액을 기자 클럽에 내놓으셨다구요? 그 돈으로 기자상을 만들어 달라고 했다면서요? 그 상의 이름을 남편의 이름으로 해달라고 했다면서요?

저는 큰 감동으로 한동안 말을 잃었습니다. 우리 같은 봉급 생활자에게 3억 원은 적은 돈이 아닙니다. 특히 그것이 평생을 몸바친 대가로 받은 퇴직금일 경우에는 그 상징적인 의미도 큽니다. 돈이 많은 사람이라 하더라도 3억 원을 선뜻 내놓기란 쉬운 일이 아닙니다. 돈이란 많은 사람이나 적은 사람이나 더 갖고 싶고, 남에게 거저 주기에는 아까운 것이기 때문이죠. 돈 때문에 얼마나 많은 비극이 이 세상에는 일어납니까? 그런데 사고로 남편과 자식 둘을 한꺼번에 잃은 중년의 연약한 가정주부가 남편의 퇴직금 전액을 내놓다니……. 그것도 남편 이름의 기자상을 만들어 달라는 부탁과 함께…….

부인, 참 잘하셨습니다. 잘 결심하셨습니다. 역시 남자답던 그 형의 부인다우신 결단이었습니다. 부인이 사랑했던 남자, 부인을 사랑했던 형의 이름은 그 상과 함께 영원할 것입니다. 또한 형의 기자정신은 그 상을 받는 후배들에게 면면히 이어져 나갈 것입니다.

사람의 생애는 짧지만 영원히 사는 길이 있습니다. 그것은 큰 명예를 남겼을 때 그렇습니다. 부인은 그 큰 명예를 형께 주셨습니다. 그래서 부인은 형의 사랑에 보답하셨다는 생각입니다.

돈을 희사하는 자리에서 혹시 눈물을 보이실까 저는 걱정했습니다. 그런데 저의 걱정은 그야말로 기우였습니다.

기금을 전달하고 돌아서는 부인의 표정이 어쩌면 그렇게도 밝으시던지요. 당연히 할 바를 행한 사람의 평온함과 당당함이 있었습니다. 그것은 주는 자에게서만 발견할 수 있는 행복과 넉넉함의 모습이었습니다.

부인, 이것이 제가 지난 해 겪은 가장 큰 비극과 가장 큰 감동의 전말입니다. 이제 남편의 이름을 밝히는 것을 용서하십시오. 기자상의 이름으로 영원히 남게 될 그 기자는 홍성현 KBS 보도국장입니다.

의사 김양희

제가 박사님을 뵌 것은 특파원으로 부임한 파리에서 자리를 잡아가던 1987년 봄으로 기억합니다. 본국에 소개할 만한 자랑스러운 교민을 취재해서 보내라는 본사의 지시를 받고 주불 한국 문화원을 찾아갔었죠. 프랑스 주재원 생활을 오래 해서 현지 상황을 꿰뚫고 있는 장덕상 문화원장이 루앙의 김양희 박사를 만나보라고 제게 알려 주었습니다.

박사님과의 첫 전화 통화에서 저는 무척 포근한 느낌을 받았습니다. 프랑스어로 전화를 받다가 통화자가 한국인이자 한국어로 바꾸는 그 순간 저에게 와닿는 느낌이 그러했습니다. 약속한 날짜에 제가 루앙의 병원을 찾아갔을 때 박사님은 환자 진료시간을 조정해서 저를 기다리고 계셨습니다. 그날 박사님과의 짧은 만남에서 저는 평생에 두 번 겪기 어려운 감동을 받았습니다.

6·25 때, 젊은 청년 김양희는 유엔군의 일원으로 한국에 온 프랑스군의 통역을 맡게 되었죠. 프랑스어를 자유롭게 말할 수 있는 사람

이 드물었던 당시에, 프랑스어를 독학해서 영어와 함께 불편없이 구사할 수 있었던 김양희는 프랑스군 장병들에게 꼭 필요한 존재였습니다. 그것은 어학에 남다른 재능이 있고, 또 매사에 열심인 청년 김양희의 노력이 가져다준 결실이었습니다.

조국의 명령에 따라 산 설고 물 선 이국 땅에서 한국의 여름 더위와 겨울 추위에 고통을 받으며 사선을 넘나들던 푸른 눈의 프랑스 청년들과 함께 통역관 김양희도 죽음의 능선을 몇 번이고 넘었었다죠.

전쟁이 끝나고 프랑스 군인들이 본국으로 돌아갈 때 청년 김양희도 그들과 함께 프랑스로 떠났습니다. 무한히 열려진 세계 속에서 새로운 가능성을 향해 도전한 가난한 나라 청년의 모습을 저는 그려볼 수 있었습니다.

거의 맨주먹 상태로 프랑스에 온 박사님의 청년기는 시련과 고난의 연속이었을 것으로 생각됩니다. 당시 프랑스에는 만날 수 있는 한인들이 거의 없었을 때였죠. 그러나 청년 김양희는 의과대학에 진학했고, 프랑스에서도 전문가가 드문 언어 교정 분야에서 박사 학위를 취득했습니다. 김 박사가 공부한 언어 교정은 주로 청소년들을 대상으로 하는 것이죠. 그것도 정신적 발육이 부실한 뇌성마비나 질병의 후유증 또는 성격상의 문제로 말을 잘 하지 못하는 어린이들이 주된 치료 대상이더군요. 김 박사의 뛰어난 언어적 재능과 2세 교육에 대한 높은 관심이 그 분야를 선택한 까닭이었으리라고 저는 생각했습니다.

김 박사는 프랑스 북부 노르망디 지방의 중심 도시 루앙에 자리를 잡았습니다. 그리고 성녀 잔 다르크의 고장에서 아름다운 프랑스 처녀를 아내로 맞았습니다. 마침내 병원도 개업하고, 김 박사에게는 아무런 거칠 것 없는 탄탄한 미래가 보장되었습니다. 김 박사의 병원을 찾는 환자는 날로 늘어났고, 지역에서의 지명도를 바탕으로 김 박사는 노르망디 지방에서 명사의 반열에 오르게 됐습니다.

아들도 하나 얻고, 부와 명성을 쌓아가면서 성공적인 삶을 살아가는 김 박사가 자신의 직업 외에 동분서주하는 또 하나의 일이 있었습니다.

그것은 프랑스 언론과의 싸움이었습니다. 한국에 관한 왜곡된 기사를 보도하는 프랑스 언론을 상대로 한 싸움이었던 것입니다.

박정희 정권 시대, 한국의 독재와 인권 탄압에 대한 프랑스 언론들의 비판은 매서웠습니다. '한국은 후진국이다. 희망이 없다' 이런 류의 기사가 프랑스 언론에 보도될 때면 김 박사는 그 언론사를 찾아갔습니다. 루앙뿐 아니라 파리를 비롯한 프랑스의 그 어느 지방이라도 김 박사는 찾아가서 그런 기사를 쓴 기자나 논설위원들과 논전을 벌였습니다.

당시 프랑스 언론들은 한국에 무지했습니다. 정당한 비판도 있었지만 한국에 대한 몰이해에서 비롯된 잘못된 기사도 많았습니다. 그런 기사들의 잘못된 부분들을 적시해서 바로 잡는 역할을 김 박사는 했던 것입니다.

그것은 누가 시켜서 한 일이 아니었습니다. 한국의 정권을 위해서도 아니었습니다. 본능적인 조국애, 가난하고 약한 조국을 할퀴고 짓밟는 강대국 언론에 대한 저항이었습니다. 그리고 프랑스 언론에 대한 그런 싸움이 가능했던 것은 김 박사의 높은 지명도 때문이었습니다. 노르망디 지방의 유지였던 김 박사는 정계와 언론계 등에 많은 지인들을 갖고 있었습니다.

김 박사에게는 병원 일 외에 또 하나의 큰 일이 있었습니다. 그것은 프랑스 가정에 입양된 한국 고아들에 대한 모국어 교육이었습니다. 김 박사는 자신의 병원에 루앙 한인학교를 열었습니다. 그리고 환자 진료가 끝난 저녁 시간에 입양아들에게 한국어와 한국의 역사를 가르쳤습니다. 선생님은 단 한 분 김양희 선생님이었습니다. 교재는 모국에 있는 친지들에게 부탁해서 우편으로 받은 책들이었습니다.

입양아들은 자라면서 자신의 정체성에 대한 시련에 봉착합니다. 나는 누구인가? 프랑스인과 피부색과 머리색, 눈 색깔이 다른 나는 어디에서 왔는가? 이런 문제와 만나면 그들은 방황하기 시작합니다. 때로는 장래를 그르칠 수도 있습니다. 그런 아이들을 상대로 김 박사는 그들의 고국과 언어, 그리고 역사를 가르쳐 줌으로써 그들이 한국계 프랑스인으로 꿋꿋하게 살아갈 수 있도록 길잡이를 했던 것입니다.

입양아들 가운데는 양부모를 잘못 만나 고생하는 아이들, 때로는 양부모를 잃고 고아 상태가 되는 아이들, 이 부모, 저 부모 밑으로 전전하는 아이들 등으로 불행한 아이들도 많습니다. 이런 아이들에게 김 박사는 아버지와도 같은 존재였습니다. 저녁에 한인학교에 와서 김 박사의 다정한 지도를 받으며 그런 아이들은 용기를 얻고, 한국인이라는 혈통에 자부심을 갖게 됐습니다.

한인학교의 학생 수는 날로 늘어났습니다. 전쟁 고아들은 자라서 어른이 돼 가지만 한국의 미혼모들이 버린 아이들이 입양돼 오기 시작한 것입니다. 이 아이들이 자라면 양부모의 손에 이끌려 또는 스스로 루앙 한인학교를 찾아오는 것입니다. 혼자 힘으로 도저히 감당하기 어려워지자 김 박사는 루앙의 한국 유학생들을 불러 함께 입양아들을 가르쳤습니다. 입양아들도 늘었지만, 한국의 국력 신장과 함께 프랑스 유학생들도 늘었기 때문이죠.

김 박사는 또 한국전에 참전했던 프랑스인들에게 대부와도 같은 존재였습니다. 한국에 가장 큰 애정과 관심을 갖고 있는 사람들은 6·25 참전 용사들입니다. 그들은 한국전 관련 행사가 있을 때면 꼭 김 박사를 초청했고, 김 박사와는 깊은 유대를 갖고 있었습니다.

김 박사의 회갑 때, 초청을 받아 루앙에 갔었습니다. 장 르까뉘에 루앙 시장이 김 박사의 회갑연을 마련했기 때문이었죠. 르까뉘에 시장은 프랑스 우파의 지도자로서, 자크 시락 당시 파리 시장과 함께 프랑스 정계의 대표적인 거물이었습니다.

노르망디 지방의 옛 성(城)인 루앙 시청에서 성대하게 열렸던 김 박사의 회갑연을 기억합니다. 그리고 한복으로 곱게 차려입은 김 박사와 역시 한복으로 단장한 프랑스인 부인을 기억합니다.

르까뇌에 시장은 박사님의 고매하신 인품과 프랑스에 끼친 공로에 대해 높이 치하하셨죠. 그리고 박사님과 같은 훌륭한 친구를 갖고 있는 것이 자신의 자랑이라고 말하더군요. 루앙 시청 앞 뜰에 기념 식수를 하고 프랑스 지도층 인사들의 박수 갈채를 받는 김 박사의 모습을 보며 저는 이런 생각을 했었습니다. '그렇습니다. 김양희 박사는 프랑스의 발전에 큰 공을 쌓은 훌륭한 의료인입니다. 그러나 프랑스인들이 모르는 또 하나의 공적이 있습니다. 그것은 모국에 대한 뜨거운 사랑입니다.'

그런데 그것을 프랑스인들이 모르고 있는 것이 아니었습니다. 프랑스 정부가 김 박사를 파리에 초청해서 프랑스의 국가공로훈장인 레지옹 도뇌르 훈장을 수여했던 것입니다. 서훈의 이유는 한·불 이해에 기여한 김 박사의 공로였습니다.

저는 훈장을 받는 김 박사를 보며 '프랑스는 큰 나라'라는 생각을 했습니다. 프랑스 정부가 인정한 '한·불 이해에 기여한 공로'는 김 박사와 프랑스 언론과의 싸움이었던 것이기 때문입니다. 김 박사는 프랑스 언론들의 잘못된 한국관을 바로잡은 싸움꾼이었고, 그것이 한국을 바르게 이해하는 데 기여했으므로 프랑스의 국익에 도움이 됐다는 것이 프랑스 정부의 평가였습니다.

우리 같으면, 그런 것이 우리의 국익에 도움이 된 공로로 인정될 수 있었겠습니까? 생각이 거기에 미치자 '프랑스는 역시 큰 나라'라고 평가하게 됐던 것입니다. 정작 큰 훈장을 주고 고마움을 표시해야 할 모국은 별다른 관심이 없는데, 프랑스는 김 박사가 행한 역할의 중요성에 높은 가치를 부여했던 것이죠.

88 서울 올림픽은 김 박사에게도 큰 자랑거리였습니다. 김 박사는 당연히 초청돼야 할 것으로 저는 생각했지만 한국 정부는 그렇게 하지 않았습니다. 김 박사는 서울 올림픽이 열리고 있던 그 기간에 저희 내외를 루앙의 자택에 초대했습니다. 가까운 몇 몇 한국인들과 식사를 함께 하며 서울 올림픽을 자축하자는 취지였습니다.

댁에서 박사님은 평범한 한 사람의 가장이었습니다. '양희, 양희' 하고 부르는 프랑스인 부인을 도와주려 애쓰는 남편이자, 대학 입학 자격 시험을 치른 외아들의 장래를 걱정하는 아버지였습니다. 그리고 초등학교에 다니는 제 아이를 무릎 위에 앉히고 프랑스 생활의 이모저모를 물어보는 인자한 할아버지였습니다. 식사를 마치고 차를 함께 들면서 김 박사는 제게 물었습니다.

"유 선생, 유 선생은 금방 한국으로 돌아가실 것 아니죠?" 그 물음에는 간절함이 짙게 묻어 났습니다. 프랑스에 있는 한인들은 주재원과 유학생이 대부분이고, 그들은 일정한 기간이 지나면 귀국합니다. 프랑스에 살고 있는 김 박사 입장에서는 정이 들 만하면 헤어져야 하는 것이죠. 그러니까 좀 오래 프랑스에 살면서 정을 나누었으면 하는 소망에서 그런 질문을 했을 것입니다. 저는 김 박사의 손을 부여잡으며 할 말을 잃었습니다. 그리고 그 이듬해 저도 귀국 발령을 받고 프랑스를 떠났습니다.

한국은 바쁜 나라입니다. 귀국 이후 저도 다른 한국 사람들처럼 이 일, 저 일에 분주히 좇아 다니느라고 프랑스에서의 일은 점차 잊어가고 있었습니다. 그리고 김양희 박사도 어느새 기억의 저편으로 접혀져 있었던 것이 사실입니다. 정부를 탓할 것도 못됩니다. 저 자신도 잊는 데는 선수이기 때문입니다. 그렇게 분주하고, 삶의 가치 있는 부분들을 제대로 챙기지 못하는 많은 한국인들의 부류에 저도 예외가 아니기 때문입니다.

귀국 이후 분주한 와중에 직장까지 옮겨서 더욱 분주한 나날을 보내고 있는 저에게 깜짝 놀랄 만한 전화가 왔습니다. 그것은 김양희 박사로부터의 전화였습니다. 어디냐고 물으니 서울이라는 대답이었습니다. 그리고 시간이 되면 한번 만났으면 한다는 이야기였습니다. 언제나 자신보다 상대방을 먼저 생각하는 김 박사의 배려가 담뿍 담겨 있는 말씀이었습니다. 저는 한달음에 김 박사께 달려갔었죠.

만남의 환희가 한바탕 지나고 난 뒤, 김 박사는 모국에서 일을 좀 해보려 한다고 말했습니다. 그 말을 듣자 프랑스에서 들은 말이 떠올랐습니다. 김 박사는 필생의 사업을 모국에서 마무리짓고 싶은 열망이 있었습니다. 즉 자신의 전공이 언어 교정인데, 한국에는 그런 치료 기관이 없다는 것입니다. 따라서 많은 뇌성마비 어린이들이 평생 언어장애 속에서 살아야 하는 한국의 현실이 안타깝다는 얘기였습니다. 수구초심(首邱初心). 저는 김 박사에게서 모국을 향한 그리움을 잊지 못하는 간절한 열망을 느낄 수 있었습니다.

그러던 김 박사에게 기회가 왔습니다. 한국의 새세대육영회에서 김 박사를 초청한 것입니다. 그런데 귀국해서 들어보니 전직 대통령의 부인이 관심을 갖고 있던 육영재단이 정권이 바뀌면서 운영의 어려움을 겪고 있고, 새로운 재단 관계자들과는 상당한 견해차가 있다는 설명이었습니다.

그 말을 듣고 저는 단호하게 말했었죠. "박사님, 프랑스로 돌아가십시오!"

제가 그렇게 말한 데는 이유가 있었습니다. 그것은 우리나라의 여건이 아직 김 박사의 그런 순수한 의도를 받아들일 태세가 되지 못한다는 판단 때문이었습니다. 자칫하면 김 박사의 무한대의 희생만 요구받게 된다는 생각에서였습니다. 한국에서 그와 비슷한 예를 너무나 많이 봐 왔기 때문이기도 했습니다.

그리고 김 박사의 고령도 걱정이 됐습니다. 주위의 보살핌이 필요한 70대 노인이 독신 상태의 한국 생활과 격무를 이겨낼 수 있겠는가? 하는 걱정 때문이었습니다. 프랑스에는 큰 병원도 갖고 있고, 안락한 가정도 있고, 명성도 있는데, 그 모든 것을 버리고 한국에 왔을 때, 그를 기다리고 있는 것은 고생밖에 없을 것이라는 우려 때문이었죠. 이제 편안하게 노년을 정리해야 할 분이 왜 고생을 사서 하시려 하느냐는 안타까움이 일었습니다. 김 박사는 제 말을 한참 듣더니 "잘 알았다"고 말씀하셨습니다. 그리고 헤어졌죠. 그러고는 전 또 김 박사를 잊고 말았습니다.

그로부터 일 년쯤 뒤, 저는 초청장 한 장을 받았습니다. '언어 교정 센터 개원'을 알리는 초청장이었습니다. 저는 신음과도 같은 탄성을 올렸습니다.

'기어코 해내셨구나!'

김 박사의 개원식에는 그의 성품처럼 가까운 몇 분만 초청되었습니다. 제가 김 박사를 찾아갔을 때, 그는 어린이들에게 둘러싸여 있었습니다. 어린이들은 '하부지, 하부지' 하며 김 박사의 손을 놓지 않았습니다. 저를 반기면서 '할아버지 곧 올게' 하며 어린이들을 쓰다듬는 김 박사의 표정은 무척 밝고 행복해 보였습니다.

그날 김 박사로부터 그 동안의 과정을 들을 수 있었습니다. 육영회 관계자들과 견해차를 해소했다는 얘기였습니다. 그러나 치료원 문을 열기까지는 큰 어려움이 있었습니다. 우선 치료 기재들이 한국에는 없기 때문에 루앙 병원에서 쓰던 것을 가져왔는데 세관에서 엄청난 세금을 물리더라는 것이었습니다. 이 기재들은 팔려는 것이 아니고, 쓰던 물건을 한국에서 환자 치료용으로 쓸 것이라고 설명해도 막무가내더라는 얘기였습니다.

또한 남편이 고집을 부리며 한국으로 가자 부인이 남편을 따라 왔습니다. 한국말을 전혀 모르는 프랑스 할머니가 장을 봐서 남편의 식사를 준비해주다가 덜컥 간염에 걸려버렸다는 것입니다. 한국의 비위생적인 생활 관습이 간염에 대한 저항력이 약한 프랑스인에게 감염된 것이 아닌지 모르겠습니다. 그래서 부인은 치료를 위해 프랑스로 돌아가고, 자신이 아파트에서 밥을 지어 드신다는 얘기였습니다.

프랑스의 병원은 어떻게 했느냐고 물었더니 후계자에게 물려주고 자신은 일 년에 한두 차례 가본다는 설명이었습니다.

김 박사는 제게 부탁이 있다고 말했습니다. 그것은 혼기를 넘기고 있는 외아들 스테판의 결혼 문제였습니다. 꼭 한국인 며느리를 맞고 싶은데 중매를 좀 해달라는 부탁이었습니다. 아들이 한국말을 모르니 프랑스어를 좀 아는 여성이었으면 좋겠다는 희망이었습니다.

저는 할 말을 잃었습니다. 세상에 이럴 수가……. 조국이 김 박사에게 준 것은 가난뿐이었습니다. 오늘까지도 조국은 김 박사에게 고통을 더 주고 있습니다. 그런데도 프랑스에서의 부와 명예와 안락한 가정을 다 버리고 이런 고생을 자청하다니……. 이제는 후손도 한국 피를 이으려고 간절히 원하다니, 도대체 조국이 무엇이길래 팔순을 앞둔 이 노인을 이토록 연연하게 붙들어 매고 있는 것인가?

저와 헤어져 환자 아이들의 놀이방으로 돌아가는 김 박사의 모습에서 저는 그 해답을 발견할 수 있었습니다. '하부지' 하며 한 어린이가 달려오자 쪼그리고 앉으며 '응, 할아버지 왔다' 하고 감싸안는 백발의 노인. 순간 광휘(光輝)와도 같은 것이 그 모습을 감싸는 것을 보며 '저것이 진정한 행복'이라는 발견의 눈이 열렸던 것입니다.

의사 김양희, 그 80년의 삶은 이제 행복으로 마무리되려 하고 있습니다.

기파랑의 노래

  그는 우선 잘 생겼다. 얼굴엔 기품이 흘렀다.
  그의 음성은 맑았다. 그의 말소리를 듣고 있으면 나쁜 일은 생각할수가 없었다.
  음성은 영혼의 소리다. 영혼의 깊이대로 울려나는 것이다. 그의 목소리를 들을 때면 나는 늘 그런 생각을 했다.
  훤칠한 키에 건장한 몸매. 상대를 압도할 것 같은 체격을 갖고 있으면서도 그에게서는 온화함이 넘쳤다.
  이런 그가 대학을 졸업하고 119구조대원이 된 것은 의외였다. 세상 사람들이 말하는 좋은 직업을 선택할 것으로 생각했기 때문이었다.
  학교에 다닐 때도 유독 등산을 즐겨했던 그였다. 등산을 할 때면 그는 언제나 리더였다. 아무리 험한 길에 접어들어도 그는 침착했고, 그의 모습을 보는 것만으로도 동반자들은 안도했다. 그에게는 사람을 이끌고 믿음을 주는 힘이 있었다.
  그의 이런 등산 경력은 119구조대원으로서 조난자를 구조하는 데 큰 역할을 했다. 특히 산악지역의 구난 활동에 그는 독보적인 존재였다.

이런 그가 지난 여름의 지리산 폭우 때 구조대원의 일원으로서 동원된 것은 어쩌면 당연한 일이었다.

자연은 인간이 지켜주지 않으면 보복을 한다. 인간이 저지른 무분별한 대기오염으로 엘니뇨와 라니냐 현상이 세계 이곳 저곳을 엄습하고 지난 여름 그 같은 자연의 보복은 한반도에 게릴라성 폭우의 모습으로 나타났다. 하루에 수백 밀리미터의 폭우가 이곳 저곳을 무차별로 공격한 것이다.

폭우가 지리산을 강타했을 때, 그 곳에는 여름 휴가철을 맞은 인파가 산을 뒤덮고 있었다. 대부분의 사람들은 안전지대로 대피했지만 계곡에서 야영을 하던 사람들이 문제였다.

지리산의 계곡은 깊고 아름답다. 번잡한 일상을 피하고 싶은 사람들에게는 자연의 품에 안길 수 있는 최적의 장소다. 그러나 이 아름답던 곳이 집중호우에 죽음의 장소로 돌변한 것이다.

그를 비롯한 구조대원들이 투입된 곳은 지리산에서 구례로 통하는 계곡 지대였다. 그 곳에서 밤사이 수십 명의 인원이 급류에 떠내려가고 역시 수십 명의 조난자들이 고립된 채 구조를 기다리고 있었기 때문이었다.

그와 대원들이 현장에 도착했을 때 아름답고 그윽했던 계곡은 거대한 탁류로 변해 있었다. 그리고 엄청난 수량에 의해 섬으로 변해버린 야영지에 모여 있는 야영객들의 모습이 드러났다.

구조대원들은 즉각 활동에 들어갔다. 물살이 워낙 빨라 보트를 띄울 수는 없었다. 최선의 방법은 누군가가 로프를 몸에 감고 물살을 뚫고 야영지까지 가서 로프를 연결하고는 한 사람 한 사람씩 로프를 잡고 건너오도록 하는 방법밖에 없다는 결론이 내려졌다.

계속 비는 내리고 수량은 점차 불어나고 있었다. 시간을 지체하면 야영지마저 급류에 휩싸일 것 같은 절대절명의 위기감이 감돌았다.

그는 스스로 몸에 로프를 감았다. 그러고는 동료들이 지켜보는 가운데 급류에 뛰어들었다. 그의 몸을 묶은 로프의 한쪽 끝은 단단하게 고정되어 있긴 했지만 그가 계곡을 건너는 것은 너무나 위험한 일이었다.

그는 몇 번을 바위에 미끄러지고 때로는 급류에 쓰러지기도 하면서 조심조심 계곡을 건너갔다. 마침내 그가 야영지에 도착했을 때 야영지에 모여 있던 피서객들은 환호성을 올렸다. 밤새 죽음의 공포에 떨었던 그들에게 생명의 줄을 가진 천사가 당도했기 때문이었다. 그는 야영지의 굵은 나무와 바위에 로프를 단단히 묶었다. 그 줄을 잡고 몇 명의 구조대원들이 건너왔다. 그러고는 조난자들을 계곡의 저편으로 옮겨내는 작업이 시작되었다.

로프를 잡고 급류를 가로질러 가는 것은 평소에 훈련되지 않은 사람들에게는 매우 위험하다. 대부분의 사람들은 구조대원의 인도를 받으며 로프를 잡고 급류를 건너지만 어린이나 노인들은 운반 장비를 도르래로 로프에 달아서 실어 나르기도 한다. 구조 작업은 신속하게 이뤄지는 것이 아니고, 한 사람 한 사람 안전하게 계곡 저편으로 보내야 한다. 상당한 시간이 필요한 일이지만 물이 점차 불어나고 있는 상황에서는 피를 말리는 일이기도 하다. 안전지대가 점차 좁혀지고 있는 상황에서 한 사람 한 사람씩 계곡을 건너갔다. 마침내 그를 포함한 구조대원 두 명과 청년 조난자 두 명만 남게 되었다. 어린이와 노인, 그리고 여성부터 구조하고 성인 남성들의 순서는 뒤로 잡았기 때문이었다.

동료 구조대원이 로프를 잡고 앞장을 서고 두 명의 조난자는 가운데 세운 뒤 그는 맨 마지막에서 그들을 보호하며 급류를 건너기 시작했다. 앞의 두 명과 뒤의 두 명은 로프의 안전을 위해 상당한 간격을 두고 있었다.

앞의 두 명이 거의 다 건너가고 마지막 조난자와 그가 계곡의 중간에 이를 즈음이었다. 갑자기 로프가 출렁이더니 그의 앞에 가던 청년이 줄을 놓고 쓰러졌다. 그러고는 허우적대기 시작하는 것이었다.

상황이 매우 다급해졌다. 청년 뒤에 바짝 붙어 계곡을 건너던 그는 손을 뻗어 청년의 옷자락을 움켜잡았다. 이미 상당량의 물을 들이킨 청년은 그에게 매달렸다. 그러나 급류 속에서 한 사람의 체중을 짊어진 채 로프를 탈 수는 없는 노릇이었다.

그는 청년의 몸을 고리로 로프에 연결시키곤 청년을 바로 세웠다. 빗속에서 무어라고 입술을 달싹거리는 청년의 모습이 보였다. '고맙다'는 말이었을까? 그러나 벌써 5, 6시간의 사투로 그의 몸은 지칠 대로 지쳐 있었다.

마지막 남은 두 명이 계곡을 건너오는 것을 동료 대원들은 초조하게 지켜보고 있었다. 그런데 청년의 건너오는 속도는 점차 빨라지는데 그와 청년의 거리가 멀어지는 것이었다. 로프와 연결된 고리가 풀어져서였을까? 그는 거센 물살 속에서 자꾸 미끄러지며 쓰러지기 시작했다. 그러나 그의 앞에서 건너오고 있는 청년 때문에 그를 구조하기 위한 대원이 접근하기는 불가능한 상태였다.

'어, 어……'라는 동료들의 비명이 터져나오고 있는 가운데 갑자기 큰 물살이 그를 덮쳤다. 거대한 물굽이가 때리고 간 뒤 로프에 간신히 매달려 있는 그의 모습이 나타났다. 동료 구조대원들은 마지막 청년을 끌어올리고, 급류 속으로 뛰어들었다. 물과의 처절한 싸움이었다. 그들은 인간 사슬을 엮어 그를 건져냈다. 그는 이미 혼수상태였다.

병원으로 옮겨진 그는 의식을 찾지 못했다. 중환자실에서 산소호흡기에 매달려 호흡을 유지하고 있는 그에게 연락을 받은 아내가 달려왔다. '제발 눈 좀 떠보라'는 아내의 절규에도 그는 아무런 말이 없었다.

의식불명 닷새째의 밤, 갑자기 의사들의 발길이 분주해졌다. 그러더니 주치의가 그녀를 찾아왔다. 주치의는 그녀에게 마지막 통고를 했다. 남편은 뇌사 상태가 시작돼 소생할 가능성이 없다는 것, 그런데 지금 장기 이식을 기다리는 환자들이 있다는 것, 남편은 탈진 상태에서 뇌를 다쳐 불행한 일을 겪었지만 그의 장기는 몇 사람의 생명을 구할 수 있다는 것 등이 의사가 한 말의 요지였다.

의사들이 물러나고 밤의 중환자실에서 그녀는 남편과 홀로 앉았다. 주사 바늘이 꽂혀 있는 그의 손을 부여잡고는 하염없이 울었다. 그러고는 남편의 귀에 대고 속삭이듯 말했다.

'여보, 당신은 많은 사람들의 목숨을 구했잖아요. 또 남들을 구하다가 이렇게 됐잖아요. 마지막으로 몇 사람 더 구해주고 가세요.'

그녀가 남편의 곁을 떠나자 의료진들이 그를 둘러쌌다. 잠시 동안의 묵념이 있고 난 뒤 메스가 그의 몸에 내려졌다. 젊고 건강한 그의 두 안구와 심장, 그리고 간이 적출되었다.

신라 경덕왕 때 기파랑이라는 화랑이 있었다. 그는 매우 잘 생기고 덕이 높은 사나이였다. 그리고 희생정신이 강했다. 그의 주변에는 늘 젊은 낭도들이 줄을 이었다. 그가 젊어서 죽자 고승 충담사가 기파랑을 찬양하는 노래를 지으니 온 서라벌 사람들이 따라 불렀다. 삼국유사에 전하는 그 노래는 이러하다.

헤치고 나타난 달이 흰 구름을 좇아 떠나가는 어디에
새파란 냇물 속에 기파랑의 모습이 있어라.
거센 여울 조약돌에 님의 지니신 마음 그 가를 좇으리.
아아, 잣가지처럼 높아 찬 서리 모를 화랑이여.

72

인류애에 대하여

지금 이 순간에도 알제리의 베드윈들은 사막의 텐트에서 양들을 키울 것이다. 같은 순간 맨하탄의 월가에서는 엄청난 부가 거래되고 있을 것이다. 파리의 샹젤리제에는 지난 크리스마스 때 점등한 가로수의 등불들이 아직도 명멸하고 있을 것이며, 스리랑카의 콜롬보에서는 어린 아이들이 코브라를 손에 든 채 관광객들을 좇아다니고 있을 것이다.

한 순간에 우리는 수천 년의 세월을 함께 살고 있다. 알제리의 베드윈과 맨하탄의 월가는 수천 년의 차이가 있다. 그 차이가 지구의 이편과 저편에서 공존하고 있는 것이다.

흔히들 과거가 그립다고 한다. 과거로 돌아가고 싶다고 한다. 그것은 불가능한 일이 아니다. 약간의 과거가 그립거든 산골로 들어가 보라. 그곳에 과거의 생활이 있다.

수십 년 전의 유년이 그립거든 비행기를 타라. 그리고 방글라데시에 가보라. 그곳에는 어려웠지만 행복했던 우리의 유년 시대가 있다.

그들은 세계에서 행복지수가 가장 높은 국민들이다. 가족들과 어울려 살며 조그만 물질적 혜택에도 행복해 하는 우리의 수십 년 전 모습 그대로이다.

문자가 없던 시절, 따라서 역사가 없던 시절이 보고 싶거든 사하라로 가라. 사막의 한가운데, 텐트 속에 문자가 없던 우리의 모습이 있다.

미래가 보고 싶은가? 십수 년 뒤의 모습을 알고 싶거든 일본에 가라. 우리와 모습이 비슷하고 음식이 비슷하고 주거가 비슷한 그곳에 우리의 미래의 모습이 있다.

보다 더 미래를 보고 싶거든 유럽으로 가보라. 두터운 문명의 켜가 쌓이고 세계 최고의 세련된 문화로 세례 받은 시민들이 살고 있는 곳, 수십 년 뒤 한국의 모습이 그곳에 있다.

타임머신이 필요가 없다. 갈수록 발달해 가는 운송 수단이 바로 타임머신인 것이다. 이 지구상에는 수천 년이 공존하고 있고, 그 시공을 뛰어넘을 수 있는 수단이 여행이다.

연변을 여행해본 사람들은 마치 과거로 돌아간 듯한 착각에 빠진 경험이 있을 것이다. 그것은 착각이 아니다. 그것은 분명히 우리의 과거인 것이다. 여행이라는 수단을 통해 우리는 과거를 경험한 것이다.

사람과 사람의 관계에서 언어가 얼마나 중요한 것일까? 물론 말은 중요한 것이다. 그러나 말이 절대적인 것은 아니다.

맨하탄의 월가에서 세계의 부를 움직이던 사람이 사하라의 베드윈족과 만나도 인간의 생존과 관련된 기본적인 의사 소통은 할 수 있다.

그는 베드윈족으로부터 한 잔의 물을 얻어 마실 수 있으며, 인상만 좋다면 텐트 속을 구경할 수도 있다. 약간의 친절을 베푼다면 낙타를 얻어 탈 수도 있을 것이다.

그것은 맨하탄 주민이나 사하라 주민이나 기본적으로 정서가 통하기 때문이다. 정서는 언어보다 강하다. 생존과 관련한 기본적인 의사

소통을 할 때 인간의 모습은 가장 진실해진다. 어떻게 나의 뜻을 상대방에게 전할 것인가? 그것에만 몰두하기 때문이다.

그러나 언어가 잘 통할수록 관계는 복잡해진다. 가장 복잡한 인간관계는 같은 언어를 쓰는 동족끼리의 관계이다. 동족끼리는 언어로 표현되는 내용과 그 이면의 내용이 다른 경우도 많다. 말을 하는 것과는 전혀 엉뚱한 내용이 숨어 있는 때도 많다. 따라서 동족끼리는 이민족에게 서투른 의사 소통을 할 때처럼 솔직하게 말해서는 안 된다.

동족끼리의 말이란 얼마나 믿을 수 없는 것인가? 내가 의사 소통에서 가장 큰 곤란을 겪는 상대는 외국인이 아니었다.

나의 경우는 북한 사람이었다. 취재차 판문점에서 만났던 북한 사람들이나 평양을 방문했을 때 겪은 북한 사람들과의 대화나 이해는 거의 절망적이었다. 서투른 영어나 불어로 외국인들과 대화할 때보다 같은 언어를 쓰는 동족과의 대화가 더욱 어려웠다는 것은 그 얼마나 아이러니컬한 일인가?

앞으로의 세계는 국경이나 민족보다도 인류애나 연대가 더 중요해질 것이다. 이는 선진국에서는 이미 실현되고 있는 바이지만, 우리의 인식도 전환되지 않으면 안 된다.

그 가운데의 하나가 입양 문제다. 한국 전쟁 때 미국과 유럽으로 숱하게 입양되어 가기 시작한 우리 아이들의 입양 역사는 오늘에까지 계속 이어지고 있다. 지금도 미혼모들의 무책임한 출산이 빚어낸 고아 아닌 고아들이 속속 입양길에 오르고 있다.

이 아이들의 문제를 해결하기 위해서는 국내 입양도 권장되어야 겠지만 입양에 대한 우리의 인식을 획기적으로 전환해야 할 때가 됐다. 즉 이제 우리나라 사람들도 외국 아동의 국내 입양을 실현해야 한다.

내가 좋아하는 닥터 리는 미국의 병원에 근무할 때 모두 세 명의 아이들을 양자와 양녀로 입적시켰다.

그 자신의 친자녀 세 명을 이미 둔 뒤였다. 세 명 가운데 두 명은 미국에 입양되어 온 한국의 고아들이었고, 한 명은 미국 아이였다. 그는 나를 만나면 양자와 양녀를 키우는 재미와 보람을 얘기하며 내게도 입양아를 받아들일 것을 권한다.

그가 내게 말하는 입양아를 키우는 재미와 보람은 이러하다. 그것은 입양아들이 친자식보다 부모에게 더 잘한다는 것이다.

입양아들은 자라면서 자신의 출생의 비밀을 알게 되는데, 그 후 양부모와는 친자식과의 관계에서는 생각할 수 없는 강한 연대감으로 결속된다는 것이다. 또한 미국에서는 입양아를 키우는 가정이 사회적으로 존경을 받는다는 얘기도 했다.

그가 미국 사회에서 자리잡는 데는 입양 부모라는 사실이 큰 도움이 됐다는 것이다. 그것은 그로서는 예상하지 못했던 일이었다.

한때 그는 무고에 걸려 직장 생활에서 위기에 봉착했었다고 한다. 그가 직장에서 징계위원회에 회부됐을 때, 당시 열아홉 살이었던 미국인 양자가 양부의 변호에 나섰다는 것이다. 그 애는 자신의 양부가 자신을 어떻게 키웠으며 어떤 사람인가를 역설하고, 양부의 누명을 벗겨줄 것을 눈물로 호소했다는 것이다.

양자의 호소는 징계위원들을 감동시켰고, 재심 결과 그의 누명이 벗겨지는 경험을 했다 한다. 선행은 이렇듯 예기치 못한 곳에서, 예기치 못한 순간에 응답하는 것이다. 이것은 조건 없는 사랑만이 이루어낼 수 있는 기적의 힘이 아닐 수 없다.

세계 도처에서 분쟁이 끊이지 않고 있다. 이 가운데서도 종교와 인종간의 갈등이 원인이 되고 있는 동유럽의 분쟁은 특히 비극적이다.

이런 분쟁 지역에서는 필연적으로 숱한 고아들이 생겨난다. 분쟁

지역이 아니라 하더라도 경제적으로 낙후돼 있는 동유럽 국가에는 해외로 입양되는 아기들이 많다.

이 아기들은 서유럽이나 미국 등지로 입양되는데, 이런 아기들의 입양에 우리도 적극적이어야겠다는 생각이다.

입양 문제에 관한 한 우리는 엄청난 신세를 지고 있는 나라이다. 얼마나 많은 우리 아이들이 미국인이나 유럽인들의 손에 길러졌는가?

이제 우리도 전쟁의 상처를 씻고 웬만큼 먹고 살 만하게 됐으면 그 신세를 갚아야 한다. 그러지 못하고 고아를 수출만 하는 나라로 남아 있다면 영원히 후진국으로 남아 있겠다는 말과 다름 아니다. 즉 인류애와 연대에 우리는 언제나 빠져 있게 되기 때문이다.

선진국의 국민일수록 의무도 많다. 그들은 세계의 분쟁에 참전하며, 민간 봉사도 한다. '국경 없는 의사들'은 의사의 손이 필요한 곳은 세계 어디든지 달려간다.

각종 민간 단체들은 세계 가족의 문제를 자신의 문제로 여기며 기부도 하고, 현지를 찾아서 봉사 활동을 하기도 한다. 따라서 우리도 세계의 문제가 우리의 문제이고, 지구 저편의 비극도 알아야 한다는 세계 시민으로의 의식 전환이 필요하다.

수천 년의 시간이 공존하고 있는 지구 위에 함께 살아가고 있는 사람으로서 이해와 연대는 인류를 지키는 힘인 것이다. 지구가 왜 아름다운지 아는가? 그것은 인류가 사랑으로 결속돼 있기 때문이다.

죽은 자와의 화해

루마니아 태생의 시인이자 소설가, 그리스 정교회 신부이기도 한 비르질 게오르규와의 만남은 나의 20대로 거슬러 올라간다.

첫 만남은 그의 소설 '25시'를 통해서였다. 나치에게 철저히 짓밟힌 한 농부의 이야기를 통해 그는 파시즘을 통렬하게 고발했다. 그리고 그의 조국 루마니아가 소련의 철의 장막 안에 있다는 점에서 그가 파리에서 망명생활을 하는 이유를 알 것 같았다.

그 다음은 영화를 통해서였다. 앤소니 퀸이라는 대 배우의 연기를 통해 그의 작품은 새로운 생명을 부여받았다. 특히 고향에 돌아온 주인공이 카메라맨들의 성화에 억지 웃음을 짓는 라스트 신은 '25시'의 압축된 상징이었다.

그리고 나는 그의 강연을 들을 기회를 가질 수 있었다. 어느 대학의 초청으로 그가 한국을 방문했던 것이다. 당시 대학생이었던 나는 게오르규 씨를 보기 위해 그 학교를 찾아갔었다. 대강당을 가득 채운 학생들. 가물가물하게 멀리 보이던 세계적인 대 작가 게오르규 씨. 그가 무슨 말을 했는지는 지금 나의 기억에 남아 있지 않다.

그와 본격적인 만남은 내가 KBS의 특파원 근무를 하던 파리에서 이루어졌다. 나는 가을에 파리에 부임했다. 도착하자말자 집 구하러 쫓아다니고, 여기저기 출장 다니느라 경황없이 연말을 보내야 했다. 그리고 주불 대사가 주최한 대사관저의 신년 리셉션에서 그를 발견했던 것이다.

그를 처음 보았을 때, 나는 눈을 의심했다. '아니 저런 대 작가가 여기에 오다니…….' 게오르규 씨와 주불 한국 대사관이 언뜻 연결되지 않았다. 멍하게 서 있는 나를 문화원장이 게오르규 씨에게 끌고 가서 인사를 시켰다. 그리스 정교회 신부 복장을 하고 있는 그는 거구의 사나이였다. 그리고 굵은 검은 테 안경 뒤로 깊은 눈을 갖고 있었다. 그는 울림이 큰 목소리를 갖고 있었다. 느릿느릿한 그의 불어는 마치 시를 낭송하는 듯했다.

파리에 갓 도착한 젊은 한국인 기자를 그는 무척 따뜻하게 맞아주었다. 내 명함을 보더니, "음, Directeur Général! Il y a beaucoup de Directeur Général en Corée!(총국장이라! 한국 사람들은 총국장이 많지!)"하고 조크를 던졌다.

프랑스에 나가 있는 한국 사람들 가운데는 총국장이나 지사장 등의 명함을 갖고 다니는 사람들이 많다. 본국 직급과 주재국의 직급이 차이가 있기 때문이다. 나 자신도 본사 직급은 차장인데, 프랑스에서는 총국장이었다. 그러니 프랑스 사람이 보기에는 한국 사람의 계급이 무척 높은 것이다. 바로 그 점을 게오르규 씨는 '여기도 총국장! 저기도 총국장!' 하는 식의 조크를 했던 것이다.

게오르규 씨와 인사를 나눈지 얼마 되지 않아 나는 그의 집을 방문해야 할 일이 생겼다. 한국의 국내 사정과 관련해서 해외의 시각을 알아보는 인터뷰를 만들어 보내라는 본사의 지시를 받고 얼핏 생각나는 사람이 게오르규 씨였다. 지명도와 한국에 대한 이해의 측면에서 그만한 사람이 없을 것 같았다.

그의 아파트는 그리 크지 않았다. 파리 시내 주택가 조용한 곳에 자그마한 몸집의 부인과 단둘이 살고 있었다.

그는 한국을 좋아한다고 했다. 한국의 역사가 그의 조국 루마니아의 역사와 닮은 점이 많다고 했다. 그는 한국 사람들이 무척 역동적이고 똑똑하기 때문에 머지 않아 강국이 될 수 있으리라고 했다.

그는 공산주의자들을 무척 싫어했다. 공산주의자들과의 대화 자체를 그는 불신했다. 그리고 한국의 당시 학생운동을 그는 우려하고 있었다. 나라의 발전에 걸림돌이 될 수도 있다는 걱정이었다.

그는 한국을 주제로 한 저서도 갖고 있었다. 내가 본 게오르규 씨는 한국광이었다.

당시의 한국은 5공화국 말기였다. 한국의 국내 정치에 대한 유럽국가들의 비판이 만만찮았다. 이런 유럽에서 게오르규 씨는 한국인들에게 천군만마와도 같은 원군이었다. 문인으로서, 지식인으로서 게오르규 씨의 지명도와 영향력은 막강한 것이었기 때문이었다. 그런 그가 한국을 감싸고 나섰기 때문이었다. 그 누구도 한국의 정권에 우호적인 말을 하기 꺼려할 때, 논전과 필봉으로 나서던 그는 당시 사자와도 같은 존재였다. 순수함은 용기와 통하는 것이다.

한국에서 정권이 바뀌고 새로 대통령이 된 노태우 씨의 일본 방문이 추진되었다. 노 대통령의 일본 방문을 계기로 게오르규 씨를 만났을 때 그는 화해의 의미에 대해 말해주었다.

프랑스와 독일은 오랜 역사를 두고 먹고 먹히는 것을 반복해 온 관계이다. 2차대전 때는 프랑스가 엄청나게 당했다. 그런 프랑스가 독일과 화해를 할 때의 일이다. 아데나워 총리가 파리로 날아왔다. 그리고는 엘리제 궁으로 드골 대통령을 찾아가 지난 역사에 대해 사과를 했다. 그때 드골은 이렇게 말했다.

"나의 핏줄 속에는 게르만의 피가 흐르고 있습니다."

이 얼마나 기막힌 말인가? 드골의 말은 독일과 프랑스의 오랜 역사를 상징하고 있다. 또한 화해는 피해자가 가해자의 사과를 받아들였을 때 가능해진다. 이 이상으로 사과를 받아들일 수 있는 말이 있을 수 있을 것인가?

프랑스와 독일의 화해는 그런 화해를 이끌어낸 두 나라의 지도자가 위대하고, 그것을 받아들인 국민들도 훌륭하지만, 그 화해의 의미를 적확하게 끌어낸 시인 게오르규의 직관이 내게는 천둥처럼 여겨졌었다.

그러던 게오르규 씨가 프랑스 한인 사회에서 자취를 감추어버렸다. 한국인들이 초청하면 한 달음에 달려오곤 하던 그에게 그 무슨 신상의 변화가 있어서인가?

본사로부터 귀국 발령을 받고 나는 게오르규 씨는 만나고 가야 한다고 생각했다. 그의 집으로 전화를 했더니 귀국하게 됐다는 나의 말을 듣고서야 그는 자택 문을 열어주었다. 나와 마주앉은 그는 대뜸 이렇게 물어왔다. "한국 사람들이 도대체 자기에게 왜 이러느냐?"는 것이다. "자기가 한국 사람들에게 무엇을 잘못했느냐?"는 것이다. "자기는 과거에나 지금이나 한국을 좋아하는데, 한국 사람들이 갑자기 바뀌어져 버렸느냐?"는 것이다.

그의 질문을 받고 나는 그 동안의 의문이 송두리째 풀려나가는 것을 느낄 수 있었다. 그렇다. 그의 의문대로 한국인들은 바뀌어버린 것이다. 그것도 단기간에……. 그것을 게오르규 씨는 이해할 수가 없던 것이었다.

당시 한국은 6. 29선언 이후 급속한 민주화가 진행되고 있었다. 그런데 이 민주화가 해외에서는 좀 엉뚱한 방향으로 나타났다. 즉 과거 정권과 가까웠던 사람들은 따돌리는 현상이 나타났던 것이다. 그러다 보니 게오르규 씨는 전두환 정권 때 친한적인 발언을 많이 했다고 해서 파리의 한인사회에서 '왕따'를 당한 것이다. 어느날 갑자기 자기를 대하는 한국인들의 태도가 달라지고, 접촉도 피하고, 한국 관련 행사에 초대하지도 않고 하니 그는 처음에는 왜 그러는지 궁금해하다가, 사유를 알고 나서부터는 배신감을 느끼게 됐던 것이다. 그런 게오르규 씨를 또 파리의 한인들은 뒤에서 손가락질을 했으니, 이런 한국인의 염량세태를 종교인이자 시인의 순결한 영혼이 어찌 이해할 수 있었겠는가?

내가 파리를 떠나고 얼마 되지 않아 게오르규 씨는 세상을 떠났다. 만년의 몇년 동안 그가 한국이라는 나라로부터 받은 배신과 모멸감으로 몸을 떨었을 것을 생각하면 송구스러움을 감출길 없다. 한국이 어려웠을 때, 한국은 게오르규 씨로부터 많은 도움을 받았다. 그것은 그의 작가로서의 명성이 세계적이었기 때문이었다. 그 세계적 작가가 요행히 한국을 좋아했기 때문이었다. 극도로 권위적이던 한국의 군사 정권이 그의 맑은 영혼으로부터 도움을 받은 것이다.

거기에는 어쩌면 당시 정권의 기도가 있었을지도 모른다. 그러나 그것은 게오르규의 잘못이 아니다. 한국 정부는 이 세계적인 작가에게 신세만 지고 별로 해준 게 없다. 그러다가 정권이 바뀌자 한국인들은 그에게 등을 돌리고, 손가락질을 해댄 것이다. 한국인들은 은혜를 배신으로 갚았던 것이다.

얼마 전, 한국의 한 텔레비전 제작진이 게오르규 씨의 묘소를 찾았다. 그와 한국의 이런 사연을 모르는 제작진이 문학 르포를 만드느라고 그의 묘소를 찾은 것이다. 화면에는 묘소를 어루만지는 미망인의 모습이 비쳤다. 남편을 따라 망명자로서 어려운 생애를 살았던 이 몸집 작은 루마니아 여성은 이제 백발의 노파가 되어 있었다.

올 여름, 나는 파리로 갈 것이다. 우리 정부가 못한 한 마디 말을 고(故) 게오르규 부부를 아는 한국인인 내가 미망인에게 하기 위해서…….

'미안하다!' 는 말을…….

천재를 만나는 즐거움

석가모니가 살아 있던 시절, 인도의 한 고승은 이런 말을 남겼다. "내가 세존과 같은 때에 태어났다는 것, 이것은 얼마나 큰 행운인지 모르겠다!"

그렇다. 자기의 시대에 천재를 만나기란 쉽지 않다. 더욱이 인류 역사상 최고의 천재와 동 시대에 태어나 그의 행동을 보고, 그의 말을 들을 수 있다는 것은 얼마나 큰 행운이겠는가?

나는 나의 시대 한국인 가운데 몇 명의 천재를 만날 수 있는 행운을 누렸다. 그들이 지금 이 시대에 살고 있다는 것은 우선 그들의 복이요, 한국의 복이며, 세계의 복이기도 하지만, 그 무엇보다도 나에게 가장 큰 축복이다. 천재를 보는 것, 그것보다 더 큰 기쁨을 내가 누려본 적이 있었을까?

1.

내가 파리에 특파원으로 나가 있던 1987년, 어느 일요일 아침에 텔레비전을 보다가 깜짝 놀랐다. 사회자가 한 여성 성악가를 소개하는 데, 그녀는 혜성과 같이 나타나 유럽의 음악계에 충격을 주고 있다는 내용이었다. 천재를 알아보는 데 천재인 헤르베르트 폰 카라얀이 그녀의 목소리를 '신이 주신 최고의 선물' 이라고 극찬했다는 설명과 함께 소개되는 이름은 한국인 조수미였다. 국영 프랑스 2텔레비전은 장시간에 걸쳐 그녀의 노래를 들려주었다. 그것은 소프라노 조수미가 예술의 나라 프랑스에 데뷔하는 순간이었다.

다음날 나는 프랑스 2TV로 전화를 했다. 그리고는 그 프로그램 전체를 사서 본사로 보냈다. KBS는 특별 프로그램을 마련하고 그녀의 노래를 방송했다.

서울대 음대 성악과 재학중 이탈리아로 유학을 떠났던 조수미는 그렇게 모국에 소개되었다. 그것은 그녀의 화려한 음악적 귀국이었다.

그 뒤 나는 조수미의 활동을 관심을 갖고 지켜보았다. 그녀가 오를레앙에 공연을 왔을 때, 나는 카메라 크루와 함께 취재를 갔다.

공연을 마치고 우리 팀과 조수미는 근처 식당에서 함께 저녁 식사를 했다. 자그마한 몸집의 이 아가씨는 무척 쾌활했다. 식사를 끝내고 그녀를 숙소로 바래다주고 돌아서려 하자 그녀는 나의 뺨에 입을 맞추는 것이었다. 그리고 카메라맨과 오디오맨에게도 차례로 뽀뽀를 했다. 그것은 이별을 아쉬워하는 유럽 식의 작별 인사였다. 그녀는 말했다. "로마에 오시면 꼭 연락주세요."

인사를 끝내고 호텔로 돌아가는 그녀의 뒷모습에 외로움의 그림자가 스쳤다. 그녀가 무명에 가까웠던 시절, 멀리 프랑스에 공연을 온 동족의 아가씨를 홀로 두고 떠나는 그런 느낌이 나의 가슴에 일었다.

그 이듬해 로마로 출장을 갔을 때, 나는 조수미의 말을 떠올렸다. 나는 그녀의 집으로 전화를 했다. 그러나 '지금 여행중이어서 전화를 받을 수 없다' 는 그녀의 이태리어 녹음 소리만 들리는 것이었다. 조수미는 점차 바빠지고 있었다.

내가 귀국하고 난 뒤, 그녀의 성장은 눈부신 것이었다. 몇 년 뒤의 공연 스케줄까지 미리 잡히는 세계적인 대스타의 반열에 올라서고 있었다.

내가 직장을 옮기고 얼마 되지 않았을 때, 책 한 권이 부쳐져 왔다. 조수미가 쓴 '노래에 살고 사랑에 살고'란 책이었다. 책 속표지에 나에게 보낸다는 그녀의 서명이 들어 있었다. 그녀의 집으로 전화를 하니 그녀의 어머니가 받았다. 그녀의 어머니는 나를 잘 알고 있었다. 딸이 유럽으로 떠나면서 나에게 책을 보내주라고 부탁했던 것이었다.

나는 조수미가 부르는 모든 노래를 좋아하지만 특히 그녀의 첫 번째 가곡 앨범에 들어 있는 '동심초'를 좋아한다. 조수미는 유럽에서 오페라 아리아로 대스타이지만 역시 한국의 가곡을 부를 때 그녀의 장기가 더욱 드러나는 것이 아닌가 하는 생각을 한다.

조수미는 고음을 전혀 무리없이 처리하는 가수다. 고음으로 갈수록 그녀의 아름다움이 더욱 두드러진다.

동심초에서의 고음 처리 때, 나는 귀기마저 느낀다. 그것은 인간으로서는 이를 수 없는 초인적인 경지를 느끼게 하기 때문이다.

천재의 경지는 인간의 한계를 넘어서는 데 있다. 소프라노의 조수미는 그녀의 노래에서 그런 경지를 보여주었다. 나는 조수미가 당대 세계 제일의 소프라노라고 생각한다. 유수한 소프라노들의 노래를 많이 들어봤지만 조수미만한 소프라노를 나는 아직 발견하지 못하고 있다.

이 시대 최고이자, 인간의 한계를 넘어선 소프라노 조수미. 그녀와 한 시대에 살고 있기 때문에 그녀를 만날 수 있었고, 또 그녀의 노래를 들을 수 있는 나는 얼마나 행운아인가?

2.

그를 볼 때마다 나는 늘 '천재'라는 말을 떠올린다. 그와 함께 있을 때 나는 '천재와 함께 있다'는 생각을 한다. 그의 기억력은 비범하며 그의 지적 탐구열을 보통 사람들은 엄두를 내지 못한다. 그는 끊임없이 글을 쓴다. 그의 글은 신기할 정도로 타작이 없다. 일류 신문에 칼럼을 연재하고 있는데 그의 글을 볼 때마다 나는 새로운 지적 경험을 한다. 도대체 이런 재능, 이런 에너지는 어디에서 비롯되는 것인가?

내가 방송사 정치부장을 하고 있을 때, 그는 청와대 대변인이었다. 그런데 신기한 것은 청와대 대변인으로 있으면서 계속 책을 내는 것이었다.

청와대에 근무한다는 것은 대통령 중심제인 우리나라 권력의 핵심부에서 일한다는 점에서 대단한 영광이지만 그 정신적인 중압감 또한 여간이 아니다. 나는 청와대 출입기자로서 취재해 본 경험이 있다. 언론사의 기자 신분인데도 당시 내가 겪은 스트레스는 보통이 아니었다. 우선 최고급 정보가 넘실거리고 있는 곳이기 때문에 늘 촉각을 곤두세우고 있어야 했다. 청와대에서 흘러오는 정보는 소속사의 사장부터가 관심을 갖는 것이기 때문이다.

또한 대통령을 수행 취재해야 되기 때문에 늘 청와대 공보수석실에서 내게 연락이 될 수 있게끔 조치를 취하고 있어야 했다. 비상은 시도 때도 없이 걸려왔다. 대통령이 심야 시찰이라도 하는 날이면 집에서 자다가도 달려가야 했다. 만일 연락을 제대로 받지 못하면 그야말로 낭패였다.

한번은 그 전날의 음주로 속이 불편한 상태에서 새벽 시찰을 수행한 적이 있다. 그런 경우, 대통령의 시찰이 끝날 때까지 취재기자는 자유롭지 못하다. 대통령의 모든 말과 행동이 취재대상이 되기 때문이다. 시찰이 끝나고 경호실에서 마련한 대통령 임석의 아침 식사까지 배석하면서 화장실에 가고 싶어서 미칠 것 같았던 경험이 있다.

취재기자가 이럴진대 비서관들의 긴장도는 엄청난 것이다. 그것도 대통령의 불시 부름과 전화를 받아야 하는 수석 비서관의 경우는 사생

금강산에서 김학준 씨 등과 함께

활은 완전히 단념해야 한다. 그 가운데서도 대통령의 입이라고 하는 공보 수석비서관은 스물네 시간 대기 상태에 있어야 한다. 보도가 되는 모든 행사에 수행, 배석을 해야 하기 때문이다. 그런 공보 수석비서관이 책을 쓴다는 것은 나로서는 기적 같은 일로 보였다. 하도 신기해서 당시 청와대 출입기자에게 그 비결을 물어본 적이 있다. 그 기자의 대답에서 나는 궁금증을 풀 수 있었다. 즉 '그는 글을 쓰면서 생각을 정리한다'는 것이다.

그것은 일견 그럴 듯한 말로 들리기도 한다. 그러나 그것은 진실로 어려운 일이다.

나의 경우, 글 한 줄을 쓰기 위해서는 우선 일상과의 차단이 필요하다. 일상의 틀에 묶여버리면 문학적 상상력은 문을 닫아 버리기 때문이다.

물론 그의 글이 문학적인 창작은 아니다. 그러나 자신의 시간이 거의 없는 팽팽한 긴장감 속에서 책을 쓴다는 것은 엄청난 용기와 정신력, 그리고 탁월한 자질이 뒷받침돼야 하는 일이다. 그가 청와대에서 물러나와 좀 자유로운 몸이 됐을 때, 방송 프로그램에 그를 출연시키기 위해 점심에 초대한 일이 있다. 그때 나는 평소에 궁금했던 점을 그에게 물어보았다. 그것은 그의 다작의 비결이었다. 그때 그의 대답이 나의 우문에 대한 현답이었다. 그는 '자꾸 써야 한다'는 짧은 말로 대답했다.

그의 말은 옳았다. 이 시대의 지식인으로서 쓰는 일 외에 할 일이 무엇이 있겠는가? 지식인이 글을 쓴다는 것은 의무다. 그것은 동시대인들과 대화하는 수단이기 때문이다. 써야 하는 것이다. 그것도 되도록 많이……. 반 고흐가 몇 점의 작품을 남겼으며, 피카소가 몇 점의 작품을 남겼는가? 천재의 의무는 살아 있는 동안에 많은 작품을 남기는 것이다. 석가나 예수, 공자나 소크라테스가 오늘날 살고 있다면 그들은 많은 글을 썼을 것이다. 또 많은 말을 했을 것이다. 그것도 대중 매체를 통해……. 오늘날은 매스 커뮤니케이션의 시대이기 때문이다.

그는 우리 시대의 가장 바쁜 사람 가운데 하나다. 우선 대학교 총장직을 맡고 있다. 거기에 엄청난 양의 원고 청탁과 강연 요청, 세미나 주제 발표나 사회, 방송 출연 요청 등이 쇄도한다. 그야말로 몸이 몇 개라도 감당해내지 못할 판이다.

그런데 그에게 방송 출연 요청을 해보면 스케줄이 허락하는 한 거부를 하지 않는다. 또한 그가 출연하는 방송 프로그램들은 대부분 성공한다. 이것이 그가 갖고 있는 힘이다.

천재는 박덕하다는 말이 있다. 그러나 이런 선입견은 그에게 통하지 않는다. 내가 그에게서 발견하는 최대의 미덕은 그의 인품이다.

그와 함께 금강산 선상 토론회에 참가한 적이 있다. 그의 주제 발표는 역시 당대 최고의 석학다운 깊이와 폭을 지니고 있었다. 언론들의 숱한 질문에 대한 친절한 대답은 그의 성실성의 표현이었다. 누구를 보아도 웃는 얼굴로 따뜻한 말을 건네는 것은 그의 인간성의 향기였다. 끊임없는 화제가 그의 무궁무진한 지식의 샘에서 흘러나왔고, 간간이 사람들을 웃기는 위트는 그의 정신적 여유였다.

이 천재가 갑자기 집에서 쓰러져 그를 아는 많은 사람들에게 충격을 안겨준 적이 있었다. 그도 '평소 운동을 잘 하지 않았더니 이런 변을 당하는지 모르겠다'고 걱정을 했다.

천재는 오래 살아야 한다. 그것은 천재의 의무다.

나는 그를 보며 늘 나를 가다듬는다. 그는 나 같은 범인에게 충격을 준다.

그가 지금처럼 왕성한 힘과 열정으로 많은 글과 방송, 그리고 강연으로서 동시대인들을 만나주기 바란다. 그가 있음으로서 우리 시대가 더욱 풍요해지고 가치를 갖게 되기 때문이다.

인간으로서도 높은 성취를 보이고 있는 우리 시대의 진정한 천재인 그의 이름은 김학준이다.

3.

고등학교 시절, 친구의 집에서 읽은 서정주 시집은 충격이었다. '문둥이'와 '귀촉도'는 전율마저 느껴졌다. 그것은 천재에게서 발견되는 공포스런 전율이었다.

1968년, 나는 신아일보의 신춘문예에 시부 입선을 했다. 그때 심사위원이 미당이었다. 미당 선생은 또 내가 장가를 들때 주례를 서 주셨다.

미당 선생과 나의 만남은 몇 년, 혹은 몇 십 년의 간격을 두고 간헐적으로 이어졌다. 그리고 그를 만날 때마다 나는 잠들어 있는 시적 상상력에 자극을 받을 수 있었다.

내가 프랑스에 있을 때, 미당 선생 내외가 파리로 와서 나를 찾았

나의 주례를 서 주신 미당 서정주 선생

다. 우리 부부는 선생 내외를 내가 운전하는 차에 모시고 식당으로 향했다. 그때 초등학교 2학년이던 아들이 선생 내외의 가운데에 자리했다. 그런데 차를 타면서부터 꾸벅꾸벅 졸기 시작하던 녀석은 미당 선생의 무릎에 안겨 아예 깊은 잠에 빠져 버린 것이다.

그 뒤 한참의 세월이 지나고 나서, 나는 아들에게 그때의 일을 회상시켰다.

"그때, 네가 안겨 잔 그분이 누구신지 아느냐? 그분은 미당 서정주 선생이시다."

나의 아들은 대시인의 품에 안겨 잠을 자는 엄청난 복을 누렸다. 그것은 부모인 내가 아들에게 줄 수 있는 축복이었다. 그것은 시혼의 세례였던 것이다.

나는 미당 선생과의 만남에서 신비로운 경험을 한다. 내가 어떤 상황에서 선생을 만났건, 그를 만나고 온 날은 꼭 시를 쓰게 되는 것이다.

그리고 시를 쓰고 싶은 강렬한 유혹이 그의 만남 후 상당 기간 동안 나를 사로잡는다. 그는 그를 만나는 사람도 시를 쓰게 하는 힘을 지녔다.

미당은 시 자체이다. 그는 살아서 시의 신이 되어버렸다. 그가 하는 말 자체가 시다. 그가 살고 있는 남현동 자택은 시의 신전이다. 그 신전에 들어가 시의 신을 만나고 온 사람이 시를 쓰는 것 외에 할 일이 무엇이 있겠는가? 그 강렬한 시혼의 세례를 받고 나서도 시를 쓰지 못한다면 미당의 교도가 될 자격이 없는 것이다.

우리 시대에 미당 서정주가 있다는 것은 한국어의 생명을 불어넣고 있다는 말과도 같다. 그의 말과 글은 한국어가 그 고유의 의미를 찾고 새로운 빛깔로 반짝일 수 있도록 한다.

위대한 시인은 그의 존재만으로 그의 시대에 의미를 부여한다. 위대한 시인은 그 시대의 정신을 만들고 지키는 사람이다.

내가 이 시대에 살았기 때문에 시신 서정주를 만났고 그의 말을 들을 수 있었다는 것은 얼마나 큰 행운이며 축복인가?

2000년 12월 23일 토요일 오후, 모처럼의 주말을 아내와 함께 단성사에서 막 개봉한 외국 영화를 보고 집으로 향하고 있을 때 휴대폰이 울렸다. 전화는 방송 작가 전옥란 씨에게서 온 것이었다. 전화 내용은 미당 선생의 용태가 매우 위중하니 돌아가시기 전에 뵙는 게 좋겠다는 내용이었다.

전옥란 씨는 미당이 딸처럼 아끼던 동국대 국문과 제자로서 내가 일하고 있는 SBS라디오 작가이다.

강남 삼성병원 1912호실에 선생은 계셨다. 큰 며느리와 전옥란 씨, 그리고 동국대 제자인 윤재웅 교수가 함께 있었다.

선생은 왼쪽 팔에 큰 염주를 감고 계셨다. 그리고 산소 마스크를 쓰고 계셨다. 선생은 머리와 손을 떨고 계셨다.

내가 '선생님' 하고 부르니 선생은 눈을 크게 뜨셨다. 그리고는 무어라고 말을 하려는데 입을 막고 있는 관 때문에 알아들을 수가 없었다. 선생을 지켜보던 며느리는 '앉으라고 한다' 고 말했다.

나는 앉아서 선생의 손을 잡았다. 선생은 손을 움직일 힘조차 없었다. 그리고 가래가 계속 차 올라 30분마다 가래를 뽑고 있었다. 그것은 환자에게 엄청난 고통을 주는 일이었다.

간호사가 선생을 들여다보고 가더니 젊은 의사가 다녀갔다. 그리고는 엑스레이 기사가 촬영 기재를 끌고 들어왔다. 그는 선생님의 가슴을 촬영해야겠으니 날보고 선생님을 일으켜달라고 했다. 등으로 손을 넣어 선생을 일으키니 백지장처럼 가벼웠다.

촬영 기사가 다녀간 뒤 입에서 기관까지 연결된 관을 치워주기를 원하는 것이 역력하게 느껴졌다. 무슨 말씀하시기를 원하는 것 같다며 며느리가 관을 뽑았다. 선생은 온 힘을 다 모아 무어라고 말하려 했다. 그러나 무슨 말인지 알아들을 수가 없었다.

그러다가 나는 깜짝 놀랐다. 갑자기 '윤이, 보고 싶어' 란 말이 또렷이 들린 것이다. 윤이는 선생의 둘째 아들이다. 늦게 봐서 무척 귀여워했다는데 미국에서 심장병 전문의로 일하고 있다. 그리고는 큰 아들도 찾는 것이었다.

'선생님이 돌아가시려고 저러시는게 아닌가?' 문득 그런 생각이 들었다. 죽음을 예감하신 선생이 미국에 있는 아들들을 부르시는게 아닌가 하는 생각이 들었던 것이다.

마침 그때 미국의 윤이에게서 전화가 왔다. 며느리가 휴대 전화를 복도로 들고 나가 '아버지가 찾으신다' 는 말을 하는 것을 들을 수 있었다.

간호사는 '선생님이 무척 잘 참으신다' 고 했다. 지금 겪고 계신 고통이 엄청나다는 것이다. 대다수의 노인들은 그 고통을 견디지 못해 짜증을 내고 괴로워하는데 미당 선생은 그러지 않으신다는 것이었다. 며느리도 '우리 아버님은 너무 잘 참으신다. 오히려 나를 염려해 주신다'고 말했다.

간호사가 가래를 뽑으려 드나들 때 선생은 무어라 손짓을 하려 했다. '다 소용없는 짓이니 그만들 하라'는 뜻으로 느껴졌다.

죽음을 직면하고 있는 고통 속에서 선생은 자꾸 웃으시려 했다. 입에 꽂혀 있는 플라스틱 관과 산소 마스크 탓으로 웃음이 잘 지어지진 않았지만 웃으시려 애쓰는 선생의 모습은 역력히 알 수 있었다.

나는 선생이 좀 쉬셔야 한다고 생각했다. 그래서 선생의 뺨에 내 뺨을 대었다. 꺼칠한 선생의 뺨이 닿았다.

나는 선생께 허리를 깊이 숙여 인사했다. '선생님, 편히 주무십시오'그리곤 병실을 떠났다.

크리스마스 이브가 지나고 모처럼의 화이트 크리스마스였다. 아침 TV 뉴스를 보던 나는 깜짝 놀랐다. 미당 선생이 운명했다는 기사가 나오는 것이었다. 때마침 전옥란 씨에게서 전화가 왔다.

우리 일행이 병실을 떠난 뒤 선생은 다시 눈을 뜨지 않으셨다는 것이다. 둘째 아들은 전화 통화 뒤 곧바로 비행기 표를 구해 서울로 와서 아버님을 임종했다는 것이다. 크리스마스 휴가 시즌이었는데도 기가 막히게 표가 바로 있더라는 것이었다. 그래서 큰며느리와 나, 전옥란 씨, 윤재웅 씨가 의식이 있는 미당을 마지막으로 본 사람들이 됐다는 이야기였다.

문득 회한이 가슴을 쳤다. 나는 왜 그렇게 병실을 떠났었던가? 그날 밤만이라도 병상을 지켜드려야 했던 것이 아니었던가? 나는 왜 선생을 쉬시게 하려고만 했던 것인가? 한 마디라도 더 선생의 말을 들으려고 노력해야 했던 것이 아닌가? 말은 아니라고 하더라도 선생이 표현하려 원하는 것을 느끼려는 노력을 더 해야 했던 것이 아니었던가? 배려가 미덕만일 수는 없다. 지나친 배려는 우둔함과 통하는 것이다. 어리석다. 어리석다.

의식이 있는 마지막 순간까지, 극심한 고통 속에서도 선생은 왜 웃으시려고 했을까? 생의 마지막 순간, 미소를 지으려 애쓰던 선생의 모습에서 나는 큰 깨침을 얻었다.

우리의 삶은 기쁘고 즐거울 때보다도 슬프고 고통스러울 때가 더 많다. 또한 불치의 병으로 고통 속에서 죽음을 향해 가는 사람도 많다. 누구든, 어떤 형태로든 죽음을 맞는 것이다.

그러나 삶은 귀한 것이다. 고통마저도 살아 있기 때문에 느낄 수 있는 것이다.

선생이 미소짓던 마지막 순간은 여생을 초로 잴 수 있을 만큼 짧은 시간이었다. 그러나 선생은 살아 있었기 때문에 선생을 위로하는 제자들을 만날 수 있었던 것이다. 그것을 선생은 기뻐한 것이 아니었을까?

인생에 있어서 그 어느 때라도 너무 늦은 때란 없다. 살아 있다는 것 자체만으로도 인생은 황홀한 것이다. 살아 있기 때문에 생각을 하고, 사람을 보고, 말을 할 수 있고, 행동할 수 있으니 이 얼마나 복된 것인가? 그것이 설령 초로 잴 수 있을 만큼 짧은 시간이라 할지라도 생명을 고맙게 여기고, 생명을 즐기고, 기쁨을 누려야 하는 것이다. 이 세상의 생명들은 기쁨을 누릴 권리가 있다.

나는 대시인의 열반을 보았다. 열반이 어떤 것인가를 체험할 수 있었다. 시인은 삶을 기뻐하고 있었다. 의식이 있는 마지막 순간까지 기뻐하고 있었다. 기쁨 속에서 떠남. 그것이 열반이었다.

삶에 게으르고, 시에 게으르고, 후회가 많고, 용기가 없는 나에게 대시인은 이런 가르침을 주었다. 떠나시면서도 큰 가르침을 주신 스승께 나는 홀로 머리를 벽에 찧으며 사죄의 울음을 울었다.

그리고는 2001년이 됐다.

권희로의 비극

02 진왜란 때, 육군은 연전연패를 거듭했지만 오직 충무공의 해군만은 연전연승이었다. 그것도 중앙 정부의 지원이 있어서가 아니었다. 도망치기에 바쁜 중앙 정부가 남해안의 해군을 도울 정신도 힘도 없었다. 열세의 병력으로 지형을 이용한 뛰어난 전술과 자체 개발한 병기로 왜적을 격파해 호남을 범접하지 못하게 했던 것이다.

중앙 정부가 충무공에게 했던 것은 잠시 평화가 오자 그를 서울로 달아올려 죽이려 했던 것이었다. 그러나 때마침 왜적이 재침해오자 졸병으로 싸우라며 풀어주었다. 충무공을 살린 것은 왜적이었다는 아이러니가 성립한다.

오랜 전쟁이 끝나고 왜적의 마지막 부대가 철군을 시도할 때 충무공의 해군은 노량에서 막아섰다. '이 원수를 갚게 하시면 죽어도 한이 없나이다!' 이 기도처럼 그는 적탄에 맞아 숨졌다. 전후 논공행상에서 조정은 그를 일등공신으로 봉했다.

그러나 충무공이 살았더라면 그는 중앙 정치 무대의 권력 다툼에서 부지할 수 있었을까? 그가 죽었기 때문에 그에게 관대했던 관료들이 전쟁의 영웅으로 개선한 그에게도 끝까지 관대할 수 있었을까? 그렇게 보면 충무공은 죽을 때를 잘 택했다고도 볼 수 있다. 한번 죽어 영원한 성웅으로 남았으니 그는 죽음의 복을 타고 났다고 할 것이다.

유비가 세 번이나 찾아올 때까지 그를 피했던 제갈량은 마침내 더이상 피할 수 없게 되자 그를 따를 것을 결심한다. 미래를 내다볼 줄아는 혜안을 가진 천재 청년 제갈량은 유비가 천하를 제패하기가 지극히 어려우리라는 것을 미리 알고 있었다. 그러나 인생은 때로 실패를알면서도 그 실패의 길을 걸어야 하는 경우가 있는 법이다. 제갈량은유비를 따르는 것이 그의 운명임을 내다보았다.

제갈량이 천하를 제패할 주군을 따르려면 유비보다는 조조가 현실적인 선택이었으리라. 그러나 조조와 제갈량은 만날 운명이 아니었다. 압도적인 힘의 우위에 있으면서도 조조가 끝내 천하를 얻지 못한 것역시 조조의 운명이었다.

관우, 장비, 유비가 차례로 죽고 나약한 군주 유선을 모시게 된 제갈량은 홀로 천근 짐을 지고 계곡을 건너는 심경이었다. 그가 잇따라 위(魏)에 대한 공격을 감행한 것은 자신의 죽을 곳을 찾는 행위였다. 폐결핵을 앓고 있어서 오래 살지 못할 것을 알고 있는 그로서는 자신이 살아 있을 때 일을 이루어내야만 했다. 제갈량은 자신의 건강과 시간과 싸웠던 것이다.

제갈량이 오장원에서 쓰러진 뒤 얼마 되지 않아 촉은 망한다. 자신의 운명을 알면서도 몸을 던져 운명과 싸운 제갈량은 비극적인 인간상이다. 냉정하게 평가한다면 그는 실패한 인간인 것이다.

그러나 오늘날 중국인들이 좋아하는 역사상 최고의 인물로 제갈량이 중국과 대만에서 모두 꼽히는 까닭은 무엇인가? 그것은 눈물겨운

출사표에 이은 그의 장렬한 죽음 때문이다. 죽은 뒤에도 산 사마의를 쫓은 그의 천재성 때문이다. 쉰네 살로 죽은 제갈량은 죽을 때를 잘 택했던 것이다. 그는 한번 죽어 영원한 삶을 택했다.

미국 역사상 가장 젊은 나이에 대통령이 된 존 F 케네디는 세계인을 매료시켰다. 젊고 잘 생긴 대통령에 여배우처럼 아름다운 부인, 인형처럼 예쁜 딸과 아들, 세상의 모든 복을 한몸에 받고 있는 듯한 사람이었다.

그러나 그는 댈러스의 총탄에 숨지고 만다. 그의 사망 뒤 부인은 그리스의 선박왕에게 재가해 미국인들을 실망시켰고, 그의 아들은 비행기 사고로 젊은 나이에 숨져 다시 한 번 세계인들을 비탄케 했다.

케네디에 대한 세계인들의 사랑은 대단하다. 알링턴 국립묘지에 있는 그의 묘소에는 추모의 발길이 끊이지 않고, 보스톤의 기념관에도 방문객의 물결이 이어지고 있다. 그는 각종 여론조사에서 미국인들로부터 가장 사랑받는 대통령의 수위에 오르고 있다. 젊고, 매혹적이고, 미완성으로 끝났기 때문에 한없이 아쉬운 그의 생애가 아름답게 투영되고 있는 것이다.

그러나 그가 아직까지 살아 있다면 어떠했을까? 마릴린 먼로를 비롯한 숱한 여성들과 가진 그의 섹스 행각이 여론의 포화를 맞진 않았을까? 그래서 빌 클린턴보다 먼저 증언대에 오르진 않았을까? 그의 정적들은 그를 내버려두었을까? 온갖 흠결을 다 집어내 그를 공격했을 것이다. 간신히 닉슨을 이겼던 그는 재선에 성공할 수 있었을까? 젊은 나이에 은퇴한 그는 그 후의 생을 어떻게 보냈을까? 국민들의 사랑과 존경을 받을 수 있었을까?

케네디에 대한 사랑에는 정당이나 인종이나 국가의 구별이 없다. 그는 생애의 정점에서 사라졌으며, 죽은 자에게는 적이 없기 때문이다.

권희로 씨는 박해받는 재일 한국인의 표상이었다. 그가 일본인 경찰을 죽이고 여관 투숙객들을 인질로 농성을 벌였을 때 한국인들의 시각은 박해받는 재일 한국인의 의거를 보는 듯했다. 그가 단순한 살인 폭력배에 불과하다는 일본인들의 주장은 한국인들에게 조금의 공감도 불러오지 못했다.

그는 긴 영어 생활을 통해 점차 한국인들의 영웅이 되어 갔다. 그의 석방 운동이 이어졌으며 그의 일대기를 그린 영화가 나왔다. 그의 석방 문제는 한일 외교 당국의 현안이 되기도 했으며 옥중의 그와 결혼을 하겠다는 여성도 나타났다. 종교단체와 인권단체들이 나서서 그의 석방 문제는 국제적인 쟁점이 되었다.

마침내 그는 석방됐다. 70이 넘은 노인의 모습으로 그는 한국으로 귀환했다. 마치 비전향 장기수들이 북한에서 환대받듯, 그는 개선 장군처럼 한국에서 환대받았다.

그러던 그가 다시 뉴스의 초점이 됐다. 이번에는 칼을 들고 온몸에 피칠을 한 모습이었다. 그것도 70대의 치정 폭력범으로서…… 질투에 몸을 떠는 이 노인의 모습은 우리에게 무엇인가? 우리가 석방시키려고 그토록 애썼던 바로 그 사람인가?

권희로의 생애에서 볼 때, 가장 잘된 종막은 그가 일본의 감옥에서 죽는 것이었다. 그래서 한국인들에게 민족 차별 반대자의 모습과 인권 투쟁자, 모국을 그리다 숨져간 재일 한인의 모습으로 영원히 남는 것이었다. 그리하여 이번 사건이 발생하자 '그것 보라'며 조소하는 듯한 일본인들의 시선이 있을 수 없도록 했어야 했다. 그런 점에서 권희로 씨는 죽을 복을 타지 못한 사람이었다. 그것이 그의 비극이었다.

사람의 생애는 어떻게 살았는가와 함께 어떻게 죽었는가도 중요하다. 그러나 그것은 뜻대로 되지 않는다. 그래서 예로부터 잘 죽을 수 있는 복을 오복의 하나로 쳤던 것이다. 그 오복에는 고통 없는 죽음이라는 측면과 함께 죽어 더욱 명예를 얻는 복도 포함이 되는 것이다.

일본의 쉰들러, 후세를 아시나요?

스티븐 스필버그가 제작한 영화 '쉰들러 리스트'는 세계에 큰 감동을 불러 일으켰다. 2차 대전 때 독일인 쉰들러는 다수의 유태인들을 그의 공장에 고용했고, 그들은 대학살을 피할 수 있었다는 내용이다. 이 영화는 처음에는 사업적인 목적으로 유태인들을 고용하던 쉰들러가 점차 휴머니스트가 돼가는 과정을 그리고 있다.

2차 대전 당시 독일에 쉰들러가 있었다는 것은 독일을 도덕적으로 건져내주는 엄청난 힘이 된다. 그 양심의 힘 덕분에 독일은 무서운 죄를 짓고도 오늘날 통일을 이룩하고 경제적으로 번영하고 있는 지도 모른다. 한 사람의 의인은 수백, 수천만의 범인과 악인들을 구할 수 있는 영혼의 힘을 가졌기 때문이다.

그런데 2차 대전 때의 일본에도 쉰들러와 같은 양심이 있었다. 그의 행적을 보면 쉰들러보다도 더 고결하고 순수했다. 그의 이름은 일본인 변호사 후세 다츠지(布施 辰治, 1880~1953)이다.

일본의 한 농가에서 태어난 후세는 레오 톨스토이에 심취한 박애주의자였다. 그는 명문 메이지 법률학교를 졸업하고 도쿄에 변호사 사무실을 개업했다.

후세와 조선과의 인연은 1919년, 도쿄에서 2·8 독립선언을 했던 '조선 청년 독립단' 재판에서부터 시작된다. 3·1 운동의 전조와도 같은 이 사건에 대한 재판에 후세가 자진 변호를 요청했던 것이다. 그리고 3·1 운동이 발발하자 '조선 독립 운동에 경의를 표한다'는 논문을 발표해 일본 검찰에 기소됐다.

1923년 9월, 관동 대지진이 일어나자 일제는 민심 수습책으로 조선인 폭동설을 유포했다. 이 결과 조선인에 대한 무자비한 학살이 자행됐다. 격노한 후세는 조선인들에 대한 유언비어를 일본 경찰이 날조했다고 정면으로 비난했다. 그리고 일본인들의 조선인 학살에 대한 사죄문을 발표했으며 조선을 직접 방문해 사죄하기도 했다.

일본 제국주의의 식민지 수탈이 정점을 이룬 1920년대, 일제가 가장 두려워하던 존재는 비타협 폭력 노선으로 항일운동을 펼치던 의열단이었다. 1923년에는 의열단의 박열 의사가 일본 천황 암살을 기도함으로써 일본이 떠들썩했다. 후세는 박 의사와 그의 일본인 아내 가네꼬 후미꼬의 변론을 자청해 화제를 불러 일으켰다. 박열 부부는 첫 재판에서 대역죄로 사형을 언도 받았으나 후세는 '조선인이 독립운동을 하는 것은 자연스러운 일'이라는 논리로 맞서 무기징역으로 경감시켰다. 후세는 박열의 아내 가네꼬가 옥사하자 유해를 문경의 박씨 선산에 이장할 수 있도록 도왔다. 해방 후 박열은 재일 조선 거류민단을 창설한다.

1923년에는 또 김시현 등 12명의 의열단이 일본 고위 관리들을 제거할 목적으로 중국 상해에서 폭탄을 들여온 후 체포되자 후세는 서울로 달려와 이들의 변호에 앞장섰다. 같은 해 8월 1일에는 한국 최초의 인권 운동 단체인 형평사(衡平社)가 서울 천도교 교당에서 창립됐는

정준영씨(후세 발굴자), 유안진 시인과 함께

데, 후세는 이 모임에 참석해 '조선 해방을 위한 국제적 연대'를 강조하면서 인간의 존엄성과 평등권의 중요성을 역설했다.

1924년에는 김지섭 의사가 일본 황궁에 폭탄을 던진 사건이 일어났다. '천황 시해 미수 사건'의 변호를 맡은 후세는 사형으로 몰아가려는 일본 검찰의 움직임에 대해 '폭발물 단속 규칙을 위반했다고 사형에 처한 일이 이제까지 단 한 번이라도 있었느냐?'고 변론했다. 후세는 오히려 '조선인의 극렬한 행동에는 조선 총독부의 압정에 그 원인이 있다'며 조선인 차별에 대한 일제의 악정을 비판했다.

일제는 한반도에 대한 지배권을 확립하게 되자 동양척식회사를 내세워 일본인들의 조선 정착을 본격적으로 추진했다. 일본의 토지 수탈이 극에 달한 1926년, 동척이 전라도 궁삼면(지금의 나주 지역)의 비옥한 농지를 수탈하려 하자 궁삼면 농민들은 이에 항거했다. 이 와중에 일본 헌병의 발길에 채여 사망하는 사람이 나오자 농민들은 혈서를 써서 현해탄을 건너 후세 변호사를 찾아갔다. 후세는 조선을 방문해 조사 활동을 벌였다. 그는 동척의 행위를 사기 행위로 규정하고 일본 정부를 직접적으로 비판하자 총독부는 농민들과의 타협에 나섰다.

당시 조선 농민들이 그를 얼마나 구세주처럼 반겼던가는 후세의 강연회를 알리는 광고지의 문면에서 읽을 수 있다. 즉 '왔다. 왔다. 후세 선생. 일찍 가서 들어보세'

일본으로 돌아간 후세는 이렇게 말했다. '나는 식민지 정책에 반대한다. 나는 식민지 동포와 함께 그 해방을 바라고 있다'

이런 후세를 일제가 버려둘 리가 없다. 그는 1933년과 1939년, 치안유지법 위반 등으로 두 차례나 투옥되었다. 그는 자신을 위한 변론에서 '나는 약한 자를 변호하는 해방 운동가이지 맑스나 레닌을 표방하는 공산주의가 아니다' 라고 말했다.

후세 사건을 6년 여 동안 다뤘던 일제의 대심원은 후세를 가리켜 '인도적 정신에서 약자를 위해 분투한 고귀한 열정을 지니고 있다' 고 극찬을 아끼지 않았다. 오늘날 그는 일본의 변호사 100인에 꼽히고 있다.

마침내 광복이 되자 후세는 한국 건국에 바치는 최대의 선물로 '헌법 초안' 을 만들어 한국에 보냈다. 그의 초안은 유진오 박사 등 헌법 기초 위원들에게 전달됐다고 한다.

후세 다츠지라는 일본인 변호사가 알려진 데는 정준영(鄭畯泳, 62세)씨의 노력이 크다. 그는 일본을 방문해 후세의 유족들을 만나고 당시 기록들을 확인해 업적을 밝혀냈다.

그는 11월 13일, 국회 의원회관 소강당에서 후세 다츠지 사망 47주년 기념 국제 학술대회를 열었다. 이 행사에는 후세의 외손자 오이시 스스무(大石 進)와 모리 다다시(森 正) 나고야 시립대 교수, 그리고 이형남 일본 중앙대 교수가 와서 그의 생애를 증언했다.

정준영 씨는 이 모든 일을 사비로 해내고 있다. 그가 바라는 바는 한국 정부가 후세의 업적을 인정하고 유족에게 훈장이라도 전달하자는 것이다. 지금 일본에는 후세의 딸이 생존해 있다.

후세의 업적은 쉰들러의 업적에 못지 않다. 남은 일은 가려져 있는 후세의 발자취를 역사 위에 드러내고 고마웠던 한 일본인에게 한국인들이 감사의 정을 표하는 일일 것이다.

다시 볼 수 없어 더욱 그립다

고등학교를 졸업하고 한 해를 허송한 나는 동국대학교 국문과에 입학했다. 문학에 뜻을 두고 있었던 나는 당시 동국대 국문과에 조연현, 서정주 선생 등 쟁쟁한 교수들이 계시고, 많은 문인들을 배출하고 있다는 소리를 들었기 때문이었다.

입학하고 보니 동국대 국문과는 역시 자랑할 만한 곳이었다. 고교 시절에 글 솜씨를 날리던 학생들이 많이 와 있었고, 대학에 재학하면서 문단에 데뷔하는 사람들이 꽤 있었다.

그런데 한 가지 비위에 맞지 않는 것이 있었다. 동국대 국문과는 정원이 25명이었고, 입학시험을 치르고 들어갔는데, 1학년 학생만 100명이 훨씬 넘는 것이었다. 청강생이란 명목으로 학생들을 무차별로 받아들인 탓이었다. 그러다보니 학번 1번에서부터 25번까지는 정식 합격생이었고 26번 이하는 당국에 등록되지 않은 청강생들이었던 것이다. 지방 명문 고등학교를 졸업했던 나로서는 심히 자존심이 상하는 일이었다.

그 당시에는 학생 시위가 잦았다. 내가 다녔던 고등학교는 4·19 전에 부산에서 최초로 부정선거에 항의하는 시위를 했던 자랑스러운 전통을 갖고 있었다. 따라서 나는 학생 시위를 상당히 긍정적으로 생각하고 있었다.

그런데 어느 봄날, 강의실에서 100명이 넘는 학생들이 수업 준비를 하고 있는데 갑자기 몽둥이를 든 몇 명의 청년들이 뛰어들었다. 그들은 몽둥이를 마구 휘둘렀고, 학생들은 맞지 않으려고 운동장으로 몰려나갔다. 그들은 상급생이었으며, 운동장에서도 역시 몽둥이를 휘둘러 교문 밖으로 내모는 것이었다. 시위를 하라는 것이었다. 그런 식으로 시위를 하는 것을 보며 나는 입맛을 잃었다.

당시 동국 문학회장은 선원빈 씨가 하고 있었다. 어느 날 선원빈 씨를 만나 그 같은 일에 대한 불평을 털어놓았다. 학교의 폭력적인 분위기에 대한 불만은 그도 갖고 있었다. 그러나 그것은 문학 청년들의 힘이 미치지 못하는 곳에서 이루어지는 것이니만치 개탄만 할 뿐이었다.

선원빈 씨는 포용력이 크고 인간적인 매력이 있는 사람이었다. 그러나 나는 그가 쓴 글을 본 적이 없다. 그가 왜 창작에의 꿈을 일찍 접었는지 궁금하다.

그는 졸업 후 불교신문에서 편집 일을 하고 있다고 듣고 있었다. 그런데 어느 날 신문의 부음난에 그가 사망했다는 소식이 실려 있었다. 문인에의 꿈을 펴지 못하고 황황히 떠난 그가 아쉽다.

당시 동국문학회에는 선원빈 씨와 함께 정의홍 씨도 주요 멤버로 활약하고 있었다. 그는 대학생이면서도 늘 정장을 하고 다녀서 짙은 눈썹과 함께 깔끔한 풍모가 돋보였다. 그는 재학중에 현대문학의 추천을 끝내 기성 시인으로 대접받고 있었다. 참으로 다정다감하고 부드러운 사람이었다. 그런데 그도 한창 나이에 떠나버렸다. 학교에서 교편 생활을 하고 있었고, 시와 함께 비평으로서도 상당한 성가를 올리고 있었는데 죽음으로 그 허리가 끊긴 것이다.

동국대에는 고등학교 때부터 내가 아는 학생이 있었다. 출신 지역은 달랐지만 학생 잡지 《학원》 등에 작품을 투고하다보니 이름은 알고 있는 사이였다. 그도 나의 상급생이었는데 불교학과의 송영섭 씨였다. 송영섭 씨는 내성적인 사람이었다. 그리고 무척 착한 사람이었다.

2학기가 됐을 때 나는 등록금을 마련하지 못해 학업을 중단해야 할 지경에 이르렀다. 나의 딱한 사정을 들은 송영섭 씨는 자기가 국문과 주임교수에게 말해서 장학금을 받도록 해보겠다는 것이었다. 타 학과의 교수에게 장학금을 부탁하는 것은 대단한 용기가 필요한 일이었다.

당시 국문학과의 주임교수는 두시 연구로 유명한 이병주 교수였다. 이 교수를 만나고 온 송영섭 씨는 난처한 표정을 짓더니 '안 된다고 하더라' 고 말하는 것이었다. 그리고는 내게 무척 미안해했다. 미안한 쪽은 오히려 나였는데, 내게 그 말을 전하며 얼굴이 빨개지던 그의 모습이 선하게 떠오른다.

송영섭 씨는 졸업 후에 송유하란 필명으로 문단에 데뷔했다. 생활은 어려웠지만 시인으로서 희망찬 출발을 하던 그는 불의의 교통사고로 세상을 떠나고 말았다. 죽음이란 사람의 착함이나 악함과는 상관없이 이렇게 무차별로 불시에 습격하는 것이다.

사립대학의 등록금을 도저히 감당할 수 없었던 나는 다시 대학입시를 봐서 학비가 싼 서울대학교 사범대학으로 옮겼다. 학과는 국어과를 가고 싶었지만 동국대 국문과에 대한 의리를 생각해서 나로서는 생소한 불어과를 택했다. 영어 외에 외국어를 하나 더 알아야 되지 않겠는가 하는 생각과, 번역으로 읽었던 발레리나 말라르메 같은 프랑스 시인들에 대한 막연한 동경이 뒤섞인 선택이었다.

서울사대에서는 어린 후배들과 함께 공부해야 했기 때문에 학과에서는 별로 재미를 느낄 수가 없었다. 자연 나의 발길은 사대 문학회로 향했고, 학년과 상관없이 문학 지망생들과 어울리며 꽤 열띤 습작기를 보냈다.

동급생 가운데 국어과에 김태일 씨가 있었다. 그는 군대를 다녀왔기 때문에 나보다 두어 살 위였다. 그는 무척 강렬한 인상을 주는 사람이었다. 아침에 만나면, '밤새 원고 100장을 썼다가 마음에 들지 않아 다 태워버리고 나왔'고 예사로 말하곤 했다.

합평회 때나 문학의 밤 때에 그의 시를 보면 나보다 몇 걸음 앞서 있는 자질과 노력을 느낄 수 있었다. 참으로 외경스런 선배였다. 그는 시와 소설을 닥치는 대로 써댔다. 그의 문단 데뷔는 임박한 것으로 보였고, 문단에 태풍을 몰아올 것 같은 기개가 번뜩였다.

그런데 내가 군 생활을 하고 있던 어느 겨울, 그는 선배 문인의 출판기념회에 갔다가 술을 마시고 언쟁을 벌인 뒤 귀가 길에 지하도에 추락해 숨지고 말았다. 너무나 허망한 죽음이었다.

서울사대에도 선배 문인들이 상당수 있었다. 문학회에서는 이따금 문인 선배들과 만남의 기회를 가질 수 있었다.

김광협 씨와의 첫 만남은 문학회의 술자리에서였다. 뒤늦게 등산복 차림으로 나타난 그를 본 나의 가슴은 매우 설레었다. 시 「강설기」로 《동아일보》 신춘문예에 당선하고, 동아일보 기자로 있던 그는 내게 이를 수 없는 까마득한 별이었다.

김광협 씨는 촉망받는 시인으로서 활발한 문단 활동을 했다. 그리고 후배들에게도 많은 관심을 보여주었다. 그러나 그는 어느 때부터인지 지나친 음주 습관이 알콜 중독으로 진전되면서 어려운 시기로 접어들었다.

내가 파리에 있을 때, 문득 그의 전화를 받았다. 만취한 목소리였다. 그가 있는 호텔로 달려가니 그는 몸도 못 가눌 정도로 취해 있었다. 그러더니 나를 보고 '대사관저로 가자'는 것이었다. '술이 깨고 나서 가자'고 해도 막무가내였다. 그를 부축하고 계단으로 내려오는데 몇 번을 넘어지며 야단이었다. 대사관저에 갔으나 방문을 허락하지 않았다. 문전 축객을 당한 것이다.

귀국하고 나서 직장을 옮긴 나에게 그로부터 전화가 왔다. 요즘《음악 동아》를 만들고 있는데 시를 한 편 보내라는 것이었다. 그의 사무실은 나의 회사와 가까이 있었기 때문에 점심 때 틈을 내서 원고를 가지고 찾아갔다. 상대가 선배이고, 또 오랜만이어서 보고 싶기도 했기 때문이었다.

그의 사무실 근처에서 점심을 하는데 '딱 한 잔만 하자' 는 것이었다. 그런데 술을 얼마 하지도 않았는데 그는 너무나 빨리 취했다. '그만 하자' 고 해도 계속 잔을 비우더니 대취해버렸다. 나는 그를 부축해서 그의 사무실로 데리고 갔다. 그것이 그와 나의 마지막 만남이었다.

그의 사망 소식을 듣고 빈소를 찾아갔다. 젊은 미망인과 딸 셋이 오두마니 앉아 있었다. 그의 영정 앞에는 생전에 냈던 시집 몇 권이 놓여 있었다. 술이 재기발랄한 한 시인을 망치고, 끝내는 저 세상의 안내자가 되고 만 것이다.

살아 있는 사람들은 언젠가는 만나리라는 기대 때문에 보지 않아도 아쉽지 않다. 그러나 유명을 달리한 사람들은 다시는 만날 수 없기 때문에 그 그리움이 절절해진다.

아름다웠던 사람들, 선원빈, 정의홍, 송유하, 김태일, 김광협. 그들이 보고 싶다.

우연이 아닌 우연

1956년 이른 봄, 시인 박인환, 작곡가 이진섭, 가수 나애심, 소설가 송지영이 명동의 동방 살롱에서 만났다. 동방 살롱은 피폐했던 전후의 서울에서 문화인들이 자주 만나던 곳이었다.

그냥 헤어지기 서운하니 아무데서나 한 잔 하자고 해서 바로 길 건너 대폿집으로 자리를 옮겼다. 술이 얼큰하게 오르자 박인환이 즉석에서 시를 썼다. 시를 받은 이진섭 역시 그 자리에서 곡을 만들었다. 가사와 곡을 들여다보며 나애심은 맑고 구성진 목소리로 노래를 불렀다. 이렇게 해서 탄생한 노래가 오늘까지 널리 불리는 '세월이 가면' 이다.

이것이 송지영의 회상기에 남아 있는 기록이다. 그런데 이봉구의 증언은 좀 다르다. 자신도 그 자리에 동석했었는데 최초로 노래를 부른 사람은 테너 임만섭이라는 것이다.

송지영의 증언이나 이봉구의 증언에 나오는 사람들은 모두 이 세상 사람이 아니다. 그래서 그 증언을 다시 확인할 길은 없다. 그러나 두 사람의 증언을 종합하건데 동방 살롱에서 만났던 사람은 네 사람이었지만 대폿집에서 두세 명 더 참석하지 않았을까? 그때의 명동은 갈 곳 없는 문화인들이 아는 얼굴을 찾아 배회하던 곳이었기 때문이다.

그리고 가수도 두 명이 있었으니 한 번씩 불러보지 않았을까? 짐작 해볼 뿐이다.

어쨌든 오늘날 박인환이라고 하면 이 '세월이 가면'이 대표작처럼 떠오른다. 인구에 널리 회자되고 있기 때문이다. 특히 박인희가 맑고 우수 서린 목소리로 이 노래를 부르고 난 뒤에는 노래방에서도 끊임없 는 인기를 누리고 있다.

세상에……. 십수 년 시를 썼던 박인환이 그토록 심혈을 기울였던 많은 작품들은 다 잊혀져버리고, 대폿집 목로 위에서 술에 취해 쓴 가 사 하나로 길이 기억되다니…… 이 얼마나 기막힌 일인가?

박인환이 '세월이 가면'을 얻은 것은 우연이었다. 이 우연에 의해 박인환은 길이 기억되는 시인, 대중적인 인기를 얻고 있는 시인이 된 것이다. 박인환 당대에만도 얼마나 많은 시인들이 명멸했으며, 그 가 운데 과연 몇 명의 시인, 몇 편의 시만이 살아 남았는가를 생각해보면 '세월이 가면'의 성공은 참으로 기막힌 사례라고 하지 않을 수 없다.

세상에는 많은 우연들이 있고, 우연의 사건들에 의해 인생의 길이 엇갈리는 경우도 허다하지만, 많은 경우 우연은 그럴 만한 사유가 쌓 여오다가 어느 순간 우연의 가면을 쓰고 나타나는 것이다.

박인환의 경우도 좋은 시를 쓰고자 하는 그의 끊임없는 노력이 절 창(絶唱)이 태어날 때를 기다리고 있었다. 박인환의 시 세계는 도시적 이고, 서구 지향적이고, 지적인 체하고, 감상적이었다. 이런 박인환의 시적 경향은 성공적인 노래 가사를 쓸 수 있는 여건으로 성숙돼가고 있었던 것이다.

여기에다가 6·25의 고통, 참혹함을 살아 견디며 얻게 된 허무주 의. 전후 폐허 서울에서의 가난과 폭음. 이런 환경이 가까운 친구, 그것도 작곡가와 가수가 한 자리에 모이는 순간 시로서 터져나왔던 것이다. 따라서 박인환의 '세월이 가면'은 이런 탄생의 여건이 성숙돼가면서 태어나는 순간만 기다린 것이지 결코 우연이 아니었던 셈이다.

그의 생전과 사후, 숱한 비평가들과 동료 시인들에 의해 시의 완성도가 떨어진다고 난도질돼 온 박인환은 그러나 얼마나 행복한 시인인가? 시인으로서 자신의 시가 시대를 뛰어넘어 읽혀지고, 노래로 불려지는 것 이상의 영광이 없을 것이다. 그런 점에서 박인환은 진실로 행복한 시인이라고 할 수 있다.

우리의 인생은 우연의 연속이다. 이 우연은 우연이기 때문에 사람의 노력이 미치는 한계밖에 있는 것 같은 생각도 든다.

그러나 결코 그렇지 않다. 천재지변에도 그럴 만한 이유가 있듯이 우리가 인생에서 만나는 우연에는 그럴 만한 이유가 반드시 있다. 그러한 동기들의 축적에 의해 어느 날 우연의 사건이 돌발하는 것이다.

지혜로운 사람은 이 동기의 축적까지를 본다. 이 동기는 인과(因果)의 모습으로 나타난다. 그래서 지혜로운 사람은 현재 모습의 원인을 알 수 있으며, 현재의 모습을 보고 미래의 상황을 예측할 수도 있다.

그러면 운명에 몸을 맡기고 사는 대부분의 평범한 사람들은 어찌할까? 매순간 순간에 최선을 다해야 한다. 최선을 다하는 순간들이 이어져갈 때, 어느 순간 그것은 성취의 모습을 띠고 나타난다. 그것은 우연으로 보이겠지만 결코 우연만은 아닌 것이다.

이 같은 원인과 결과가 연이어 일어나고 노력에 따라 성취가 나타나는 우리의 인생은 얼마나 신비로운 것인가?

라고스에서 온 편지

"내 뿌리는 여의도의 밤과 마지막의 포장마차가 흐뭇한 추억으로 길이 가슴에 새겨져 있네. 여러모로 인형의 우정과 후의에 감사할 뿐이네. 나는 서울을 떠나 동경에서 이틀, 런던에서 3일간을 지내고 토요일 밤 이곳 라고스에 무사히 도착했네. 아프리카에 대해서 무지한 탓도 있지만, 나이지리아의 사실상 수도인 라고스가 인구 8백만의 대도시임을 보고 놀랐네. 정글과 사막은 아득한 곳에 있는 것 같았네."

더위에 헉헉대며 짜증스런 여름을 보낸 나에게 문득 날아든 한 통의 편지는 가슴에 서늘한 바람을 스치게 했다. 외무부 근무 27년 만에 대사가 되어 첫 임지인 나이지리아로 떠난 내 친구 이동진, 그는 나에게 보낸 도착 보고에서 그가 본 나이지리아의 오늘과 지금은 혼란스럽지만 영어로 마음대로 책을 내고 영어권 문화에 자유롭게 침투하는 나이지리아의 가능성을 전해왔다. 그리고 방송사에 있는 내게 도움이 될까 해서 그곳 방송의 현황을 본 대로 알려주는 것이었다.

그와 나의 첫 만남은 대학 때였지만 재학중에 외무고시에 합격한 그와 사병으로 군에 입대해야 했던 나는 서로의 얼굴만 익혔을 정도였다. 그 뒤 기자 생활을 하던 내가 로마를 방문했을 때 이태리 주재 대사관의 참사관으로 있는 그를 만났고 나의 짧은 로마 체류 동안 그와 함께 영국 낭만파의 대표적 시인인 바이런이 지냈던 집을 찾았었다. 우리는 꿈 많은 젊은 시인들이었기 때문이었다.

내가 특파원으로 파리에서 살고 있을 때 그는 네델란드 주재 대사관에서 근무하고 있었기 때문에 비로소 우리는 자주 만날 수 있었다. 우리 가족은 헤이그의 그의 집에 가서 하룻밤을 보내기도 했고, 그의 가족이 파리의 내 좁은 아파트로 와서 여행의 며칠을 보내기도 했었다. 내가 귀국하자 몇 년 뒤 그도 귀국해서 만남의 갈증을 풀 수 있었다.

해외 근무와 국내 근무를 몇 년씩 번갈아하는 그에게 국내에서의 시간은 참으로 소중한 것이었나보았다. 그는 국내 근무 2년을 질풍노도처럼 살았고 시집 한 권과 번역서 여러 권을 묶어 내었다. 그리고 그에 비해 현저하게 게으른 나를 끊임없이 독려했다.

"시의 시대는 끝나고 있어. 소설을 써야 해. 소설을……." 자정 넘어 함께 귀가하던 차안에서 그가 들려준 말이었다. 그러나 내게 소설은 아직도 이방의 언어와 같다.

"한국에서 인정받는 것만으로는 안 돼."

이 역시 그의 주장이었고 나는 그의 지론에 동감했다. 그와 나 그리고 시인 김종철은 3인 번역시집을 내기로 하고 번역은 이동진이 맡았다. 비 내리던 여의도의 포장마차에서 그는 말했다.

"네가 준 시 100편을 가지고 나는 나이지리아로 떠난다."

이는 이루어지지 못할 우리의 꿈일런지도 모른다. 그러나 나는 그가 내 시의 대부분을 갖고 있다는 사실만으로도 행복하다. 그는 나의 시를 가장 정독한 독자이기 때문이다.

만나면 자극을 받게 되는 사람이 있다. 이동진과의 만남은 잠들고 싶어하는 나의 의식을 일깨워준다. 매일 새벽 서너 시까지 글을 쓰는 그. '우리는 천재가 아니기 때문에 많이 써야 그 가운데 몇 편을 건질 수 있다'는 것이 그의 생각이었다. 그는 자신만 부지런히 살 뿐 아니라 친구인 나에게도 부지런함을 요구하는 것이었다.

그는 나에게 많은 자극을 주었지만 나는 그에게 아무것도 줄 것이 없었다. 단지 그를 만나는 것이 내게는 자극이었고 하나의 경이였다.

그는 나이지리아에서도 부지런히 살 것이다. 낮에는 대사로서의 직분에 충실할 것이고, 밤에는 문인으로서 자신의 영혼을 불태울 것이다. 그리고 새로운 발견을 해나갈 것이다. 그 발견은 문인 외교관 이동진의 영역을 더 한층 넓히는 또 하나의 도약대가 될 것이다. 서양의 시인 외교관이었던 폴 클로델과 파블로 네루다를 부러워하던 그. 그는 떠나면서 그의 처녀시집과 제2시집 한 권씩을 보내왔다. 멀리 떠나는 자의 조심성에서였을까? 나는 이제는 희귀본이 된 그의 초창기 시집들을 서가에 소중히 간직하며 이역에서 보낸 한 젊음의 꿈과 인생을 읽는다.

어느새 투둑투둑 떨어졌는가
대사관 뜰 한구석에 핀 무궁화
하얗게 출근길 긍지처럼 또는 번뇌처럼
세월 잊은 듯
가지마다 내 마음 열리게 하더니
한여름
이상하게 섬뜩한 바람이 불어
꽃마저 시드는 저녁인가 벌써.

　　　　　　　　　— 이동진의 시 「맑은 물은 어디에 있는가」 부분

세계 최장수 시장

우리의 지방자치 단체장 선거를 보며 프랑스의 지방자치 단체장들을 생각한다. 그것은 프랑스의 경우가 무척 이색적이기 때문이다.

우리나라는 자치 단체장의 명칭이 행정 단위에 따라서 도지사, 시장, 군수로 돼 있지만 프랑스는 행정 단위가 모두 꼬뮌(commune)으로 돼 있고, 단체장은 큰 꼬뮌이건 작은 꼬뮌이건 모두 메르(maire)이다. 프랑스의 꼬뮌은 무려 3만 6,000개나 된다. 꼬뮌에는 파리처럼 인구가 몇 100만 명인 대도시에서부터 인구 1, 2만 명의 작은 소읍도 있다. 그런데 대도시나 소읍이나 단체장의 명칭은 모두 메르, 즉 우리말로 하면 시장이다.

파리 북쪽에 에피네이 샹플레트르라는 조그만 전원마을이 있다. 이마을의 메르, 즉 에피네이 샹플레트르 시장은 전세계에서 한곳에서 시장을 가장 오래하고 있는 사람이다. 그는 무려 63년 동안 이곳의 시장을 지내고 있기 때문이다. 어떻게 한 사람이 그렇게 오래 시장을 할 수 있는지 궁금해하는 사람도 있을 텐데, 그의 나이가 아흔 두 살이라는 점을 알면 이해가 좀 될 것 같다. 그가 스물 여덟 살에 처음 시장으로 뽑힌 이후 6년 임기의 선거가 열 번 있었는데 계속 당선된 것이다.

그의 이름은 프랑수아 노아이유. 그의 아버지도 1904년부터 28년 동안 에피네이 시장이었다. 그러니까 부자가 100년 가까운 세월을 한 도시의 시장으로 재직한 것이다. 프랑스의 자치단체장은 이런 개념이다. 그 지역에 깊이 뿌리내리고 있는 사람이 그 지방의 장이 되는 것이다.

노아이유 씨를 므쉬 르 메르(Monsieur le Maire), 즉 시장님이라고 부르는 주민은 없다. 노아이유 아저씨가 그의 호칭이다. 그는 이 작은 마을의 가장 큰 어른 같은 존재이자 마을 사람들의 가장 가까운 이웃이기 때문이다. 그는 시간만 나면 마을 카페에 들러서 주민들의 얘기를 듣는다. 주민들도 그와 얘기하기를 좋아한다. 주민들이 결혼을 하면 그가 꼭 주례를 서게 되는데 프랑스인의 결혼은 성당과 시청에서 두 번 하게 되기 때문이다. 그가 주례를 할 때 어깨에서 허리까지 두르는 프랑스의 3색기 청, 백, 홍 띠는 그의 아버지로부터 물려받은 것이다.

그는 주민들의 이름은 물론이고 생일과 결혼날짜까지 훤히 꿰고 있다. 그의 봉직 자세는 '주민에게 쓸모 있는 시장이 돼야 한다. 업무시간이 아니더라도 주민이 자기를 필요로 하면 언제라도 서비스를 제공해야 한다' 는 것이다.

그가 언제까지 에피네이의 시장을 할 수 있을까? 그것은 오직 신의 뜻에 달렸다.

자치 단체장은 어떤 인물이어야 하는가? 63년간 시장으로 재직한 노아이유 에피네이 시장은 여기에 대한 한 가지 대답이 되지 않을까 한다.

라라의 죽음

모스크바에서 들어온 짧은 외신 한 줄이 문학과 인생을 생각하는 이들의 가슴을 젖게 한다. 그것은 올가 이빈스카야라는 한 여성의 죽음이다.

이빈스카야는 러시아 작가 보리스 파스테르나크의 연인이었다. 이빈스카야의 생애가 러시아 현대문학사에서 관심의 대상이 되는 이유는 그녀가 파스테르나크의 불후의 명작 『의사 지바고』의 여주인공 라라의 모델이기 때문이다.

이빈스카야는 러시아 중부의 탐보프 시에서 태어났다. 그녀는 모스크바 편집 노동자학교를 졸업하고 2차대전 종전 직후 문학잡지 《노비 미르》의 편집인으로 있다가 시인 파스테르나크를 만나 사랑에 빠졌다. 그러나 파스테르나크는 그때 이미 자녀를 둔 기혼의 몸이었다. 만남부터가 비극을 배태한 것이었지만, 이빈스카야의 생애는 파스테르나크가 그녀를 여주인공 모델로 한 소설 『의사 지바고』가 출판되고 나서 고통으로 점철됐다.

파스테르나크의 『의사 지바고』는 러시아 혁명을 비판적으로 그렸기 때문이다. 소련 당국은 그에게 체제 비판을 못하도록 압력을 가하기 위해 1949년, 이빈스카야를 체포해 수용소에 보냈으며 그곳에서 그녀는 파스테르나크와의 사랑의 결실인 딸을 낳았다.

이빈스카야의 수난은 여기에 그치지 않고 파스테르나크 사후에도 이어졌다. 파스테르나크의 작품을 해외에서 출판하도록 밀반출했다는 죄목으로 그녀는 8년형을 선고받고 강제노동수용소에 끌려갔다. 그러나 이빈스카야에게도 해빙의 바람이 찾아왔다. 옛 소련체제가 무너지고 민주화의 바람이 불어온 것이다. 그녀는 지난 60년 파스테르나크가 사망한 후 케이지비(KGB)가 그녀에게서 압수해 간 서류들을 찾기 위해 당국과 투쟁을 벌였다. 또한 파스테르나크의 유고 일부를 둘러싸고 그의 가족들과 소유권 분쟁에 휘말리기도 했다.

그녀의 죽음 소식에 느끼는 감상은 지바고의 비극적 연인 라라의 죽음이다. 그 감상은 한 남녀의 사랑이 시대의 역사적 격랑에 갈갈이 찢겨져갔고, 인간성을 말살하는 체제의 광폭한 힘 아래서도 끝내 진실함을 잃지 않으려 발버둥쳤던 순수한 사랑의 이야기가 주는 감동이다.

소설 속의 라라는 의사이자 시인이었던 지바고에게 끊임없이 영감을 자극하는 존재였고 실재의 이빈스카야는 파스테르나크의 문학에 희생된, 그러나 스스로의 운명에 순응하는 한편 파스테르나크 문학을 세계에 알리기 위해 목숨까지 걸었던 후견인이었다. 또한 파스테르나크는 이빈스카야 생애의 유일한 남성이었다.

모스크바에서의 외신은 이빈스카야가 모스크바 중심지에 있는 한 교회에서 종교의식에 따라 매장됐다고 전했다. 그러나 그녀는 파스테르나크의 소설 『의사 지바고』에서는 영원한 연인 '라라'로 남아 있으니 순결한 사랑의 보상을 받고 있다는 생각이 든다.

맥나마라의 눈물

로버트 맥나마라 전 미 국방장관의 회고록
『베트남의 비극과 교훈』을 보면 공직자의 판단이 얼마나 중요한가를 절
감하게 한다. 맥나마라 전장관은 이 회고록에서 '미국은 1963년에 베
트남에서 철수할 수 있었다. 그때 철수했어야 했다'고 후회하고 있다.

맥나마라는 자신이 오판을 하게 된 이유로 '도미노 이론을 과신한
나머지 베트남 민족주의의 의미를 깨닫지 못했고, 월남의 꼭두각시 장
군들이 베트콩 혁명군에 대항할 수 있을 것으로 알았으며, 2차대전 때
보다 더 많은 폭탄과 첨단무기들을 동원해도 농촌을 근거지로 한 게릴
라전에는 적합하지 않다는 것을 알지 못했었다'는 것 등을 들고 있다.

물론 맥나마라 혼자만의 잘못은 아니지만 그 오판의 대가는 참혹한
것이었다. 미국의 베트남 참전은 12년 동안 계속됐고, 150만 명이 죽
었으며 수백만 명이 부상당했다. 그렇게 많은 인명을 잃었음에도 불구
하고 결국 전쟁에 지고 비참하게 철수함으로써 참전 미군 출신들은 명
분 없는 전쟁에서 저지른 살육의 후유증으로 괴로워해야 했다.

베트남 안에서는 미국에 협력했던 월남인들이 목숨을 잃거나 말 못할 고초를 겪어야 했다. 무작정 배를 타고 탈출해 열대의 바다 위를 방황하다가 숨져간 엄청난 숫자의 보트피플들도 이 잘못된 전쟁의 희생자들이었다.

전쟁 당사자였던 월맹과 미국 외에 미국의 종용으로 참전해야 했던 한국 같은 경우도 경제적인 이익은 있었지만 명분 없는 피를 흘린 결과가 되고 말았다.

베트남 전쟁은 '맥나마라의 전쟁'이라고 불렸을 정도로 맥나마라는 당시 매파의 기수였다. 그 맥나마라가 텔레비전에 나와 베트남에 대한 잘못된 정책 결정을 반성하면서 눈물을 흘렸다. 그러나 뒤늦은 그의 눈물이 엄청난 목숨의 희생 앞에 그 무슨 의미를 가질지 허망할 뿐이다.

당시 베트남에 대한 정책 집행자들이 그 뒤 어떤 길을 걸었던가? 맥나마라가 모든 책임을 떠넘겼던 린든 B. 존슨 대통령은 자신의 결정이 잘못됐음을 깨닫자 대통령 재선 출마를 포기하고 은둔생활로 들어갔다. 그러나 맥나마라는 세계은행 총재를 맡기까지 했다. 존슨의 안보보좌관이던 맥조지 번디는 포드 재단의 회장이 됐다. 가장 실소를 금하지 못하게 하는 인물은 닉슨 대통령 시절 안보보좌관과 국무장관을 지냈던 헨리 키신저다. 그는 월남전 때의 오판과 캄보디아 정부가 미국의 지원을 받은 군사 쿠데타로 전복된 뒤 크메르 루즈의 정권 장악으로 200만 명이 학살당했음에도 불구하고 노벨 평화상을 받았던 것이다.

세계사에는 진실과는 전혀 다른 모습으로 어떤 사안이 재단되는 경우가 있는데 키신저의 노벨상 수상도 그런 예에 속한다고 본다.

맥나마라 회고록은 '공직자는 어떤 자세로 일해야 하는가?'에 대한 한 가지 해답을 제시하고 있다. 그것은 '절대로 독선에 빠져서는 안 된다'는 것이다.

맥나마라와 그의 동료들은 월남에 미군 지원 사령부가 설치된 1962

년 미군 참전에 문제가 많다는 보고를 받고 있었다. 그러나 그는 거리와 대학 캠퍼스에서 절규하는 시위자들의 목소리에는 귀를 기울이지 않았다. 그는 연구실에 앉아 있는 아시아 전문가나 정치사가 또는 정치학자들의 말만 믿었다. 그는 또한 베트남의 문제점을 누구보다 절실하게 알고 있는 참전 병사들이나 정보 장교들의 얘기는 들으려고 하지 않았다. 미국 정부가 분별력을 잃고 있다는 여론이 확산되고 있는데도 그는 전쟁 반대론을 순진한 생각이라고 일축했었다. 현장과 동떨어진 학자들의 이론을 너무 믿었던 것이다.

맥나마라 회고록은 공직자의 역사적 책무가 얼마나 무서운 것인가를 환기시켜주고, 정책의 결정에는 절대로 독단을 피해야 한다는 값비싼 교훈을 주고 있다.

2

사람과의 약속, 신과의 약속

6월에 생각하는 국군

한 국 전쟁 때 북한군에 포로가 됐다가 47년 만에 탈출한 양순용 씨는 우리에게 몇 가지 시사점을 던져준다.

첫째는, 북한에 국군 포로 상당수가 아직 살아있다는 사실이다. 양 씨를 비롯한 이들은 이미 전사자나 실종자 명단에 올라 있던 사람들이다. 그들 대부분은 탄광 지대 등에서 숱한 고생을 하며 살아왔다는 것이 양씨의 증언을 통해 밝혀졌다.

나라를 위해 희생한 사람들을 끝까지 책임지는 것이 나라의 도리다. 정부는 이들 국군 포로들의 송환을 위해 북한 당국과 직접 교섭에 나서야 한다. 이들의 생존이 확인된 이상 이들을 가족의 품으로 돌려보내야 하는 것이다. 그리고 송환된 국군 포로들을 위한 처우도 국가 유공자급에 준하는 제도를 갖추어야 한다.

그 필요성은 교육적 측면에서도 강조된다. 나라를 위해 목숨을 걸고 싸우다 평생을 적지에서 허송해 버린 이들의 명예를 회복시켜주는 것은 나라의 몫이기 때문이다. 만일 그러지 않는다면 그 누가 나라를 위해 희생하려 하겠는가?

양씨의 경우는 또 대한민국 국민에게 군은 어떤 것인가를 일깨워 준 계기도 됐다. 일흔 살이 넘은 노인이 육군 참모총장에게 거수 경례를 하며 면역 신고를 하는 모습 이상으로 군의 의미를 극명하게 보여 줄 수는 없었다.

군인은 전역 명령을 받고 전역 신고를 하기까지는 군인으로써의 신분을 갖는다. 양씨가 천신만고 끝에 적지를 탈출해 조국에 돌아왔을 때, 30대의 홍안은 이제 한쪽 눈마저 실명한 노인의 얼굴로 변해버렸다. 자동차로 한나절이면 건너갈 수 있는 북한에서 남한으로 건너오는 데 그의 평생이 걸린 것이다. 그러나 그는 아군측으로 돌아와서 면역 신고를 함으로써 비로소 군인의 신분에서 벗어날 수 있었다.

군인이란 이런 것이다.

노병의 면역 신고는 대한민국 남성에게 군인의 신분이 얼마나 자랑스러운 것인가를 역설적으로 보여 준 장면이었다. 특히 우리는 남북 분단과 대치 상황에 놓여있기 때문에 군 복무는 자랑스러움을 넘어 성스럽기까지 한 것이다.

나는 대학 재학중에 징병검사를 받고 육군 제39사단에 입대했다. 자유분방한 생활을 하던 내게 훈련병 기간은 전혀 새로운 경험이었다.

그 기간은 내게 일종의 생존 체험으로 기억된다. 장정들이 민간인 복을 입고 있을 때 그렇게도 자상하고 예의 바르던 인솔병은 일단 영내로 장소를 옮기자 무자비한 폭군으로 변신하는 것이었다.

아직 정신을 제대로 차리지도 못하고 있는 청년들을 마구 짓밟고 때리며 폭언을 퍼붓는 것이었다. 그때 들은 말 가운데 아직까지 기억되는 말이 있다. 즉, '× 빨라고 군에 왔냐?'는 말이었다. 당시 그 말은 '내가 못 올 곳에 왔구나' 하는 극심한 후회에 사로잡히게 했다.

첫 인상이란 중요한 것이다. 따라서 군은 아직 신병이라 할 것도 없는 갓 입소한 햇병아리 장정들에게 맨 처음 보여주는 말과 행동이 가장 중요하다. 그때 내가 들은 욕설과 비인간적인 폭행은 군대 생활에 대한 다른 기억은 희미해져 가는 데도, 30년이 지난 지금까지도 생생하게 남아있다. 그는 장정들을 마치 원수 대하듯 했던 것이다. 무자비한 폭행과 발길질에 이리저리 떠밀리고 넘어지고 머리를 땅에 박으며 나는 스스로 슬펐다.

나는 대한민국 남성으로서 국민의 의무를 다하기 위해 군에 자진 입대한 것이다. 그런데 왜 이렇게 짐승처럼 취급받아야 하는 것인가? 군대가 이런 곳이라면 앞으로 이런 환경을 견뎌낼 수 있을 것인가?

근시가 심했던 나는 신병 교육이 쉽지 않았다. 특히 완전 군장 상태에서 알철모로 해야 하는 구보와 총알이 난사되는 가운데 철조망 아래를 기어가야 하는 각개 전투 최종 코스가 고통스러웠다. 안경과 철모가 벗겨지는 통에 혼이 났던 것이다.

산악 훈련장으로 식사 당번이 점심 식사를 날라오면 큰 통 속에서 김이 무럭무럭 나는 흰 밥을 혼자서 다 먹을 수 있을 것 같은 생각이 들었다. 1분 정도나 될까? 쑤셔 넣다시피 밥과 국을 들이키고 나서 돌아서면 또 배가 고픈 것이었다. 요즘도 이따금 구내식당 같은 곳에서 된장을 푼 배춧국 냄새가 나면 나의 신병 훈련 시절이 생각난다. 배춧국이 그렇게 맛있는 것인 줄 군대에서 처음 알았다.

신병 훈련을 마치고 기성 부대에 배속되었다. 내가 배출될 때의 주특기는 수송과 취사 두 가지 뿐이었다. 그런데 무작위로 분류하다보니 취사 병과를 부여받았다.

기성 부대에 와서 취사반에 배치되었다.

그런데 취사반 기합이 또 보통이 아닌 것이었다. 저녁 식사와 식당 청소를 끝내고 나면 조리장 구석에 집합을 시키는 것이었다.

'원산폭격'은 땅에 하는 것보다 시멘트 바닥에 하는 것이 훨씬 더 고통스럽다. 그것도 물 청소를 해서 번들거리는 시멘트 바닥에 하는 것은 더욱 고통스럽다.

내무반 기합도 만만치 않았다. 일석 점호가 끝나고 주번사관이 사라지고 나면 고참병의 시간이 시작된다. 내무반 가운데 일렬로 세워놓고 야전 침대 방망이로 타작이 시작되는 것이다. 도대체 취사반에 기합줄 일이 뭐 그렇게 많았던지, 지금 생각하면 쓴웃음이 난다.

당시 취사반에는 무학(無學)의 병사들도 있었다. 대학생이었던 나는 고참병의 연애 편지를 대필해 주며 귀여움을 받아갔다. 기합의 빈도도 줄어들었다.

1종 수송차가 도착하면 취사병들이 나가서 창고까지 쌀 가마를 져날라야 했다. 나는 쌀 가마를 한번도 져 본 일이 없었다. 트럭에서 쌀 가마를 짊어지고 출렁거리는 널빤지를 내려올 자신이 도무지 생기지 않았다. 내 차례가 거의 다 됐을 때 나보다 반년 정도 고참인 일등병이 내 어깨를 툭 치며 나를 줄 밖으로 밀어냈다. '너는 빠져라' 는 신호였다. 그리고는 자기가 올라가서 내 몫의 쌀 가마를 져 내리는 것이었다. 내게 연애 편지를 대필시킨 고참 병장은 딴 곳을 보고 있었다.

돼지 고기가 급식된 날이었다. 이런 특식이 급식되면 취사반은 단연 빛난다. 배식할 때, 좀 예쁜 친구는 고깃점을 많이 넣어주고, 미운 친구는 국물만 주는 특권을 누릴 수 있는 것이다. 취사병들은 배식을 다 끝내고 마지막에 식사를 하는데, 그 일등병이 내 식판에 고기를 잔뜩 얹어주는 것이었다. 나는 허겁지겁 먹어 치웠다. 어떻게 그렇게 맛이 있던지……. 나는 그때 먹었던 돼지 고기보다 더 맛있는 돼지 고기를 지금껏 먹어본 적이 없다. 그런데 그 대가로 그날 밤 나는 한숨도 자지 못했다. 밤새 화장실을 들락거려야 했던 것이다.

우리 부대에 월남 파병 차출이 내려 왔다. 그런데 월남 차출에는 취사병과 경비 소대 경비병들이 우선적으로 뽑히는 것이었다. 상당수의 취사병들이 월남으로 갔다. 그들과 마지막 회식을 하는 밤이면 내무반은 울음바다가 됐다. 그리고는 많이들 돌아오지 않았다. 나에게 연애편지를 대필시키던 고참병, 그리고 나 대신 쌀 가마를 져 주고 돼지고기를 듬뿍 떠 주던 일등병은 파병 몇 달 뒤 전사했다는 소식을 들었다.

나는 취사반에서 행정반으로 옮겨졌다. 본부 사령실 서무계가 제대가 임박해지자 후임을 물색했던 것이다. 당시로서는 내가 학력이 괜찮다고 봤던지 나를 행정반으로 데려 갔다.

행정반 근무 기억은 내게 부끄러움으로 남아 있다. 당시 장병들의 비리를 목격해야 했고, 때로는 그 비리의 중간에 내가 있기도 했었기 때문이다. 대학 재학중에 입대했던 내게 사회에는 이런 면도 있다는 것을 보여준 기회였다.

첫 휴가를 다녀온 나는 군 복무 기간중 최대의 시련을 맞았다.

입대 후 1년 동안은 졸병 생활하느라고 경황이 없었는데, 휴가 한 달 동안 밖에서 본 풍경은 완전히 별천지였다. '나는 낙오하고 있다'는 생각이 엄습하기 시작했다. 밤이면 칼빈 소총을 들고 초소를 지키다가 '이 철조망만 넘으면 되는데……' 하는 유혹의 마수가 나를 괴롭혔다.

나는 은연중에 탈영 계획을 짜기 시작했다. 보초 서던 중에 총을 버리고 철조망을 넘는다. 내가 달아나야 하는 코스는 외출, 외박 때 면밀하게 봐 두었다. 부대 지역을 벗어나면 깊은 산으로 들어간다. 그리고는 어디로 가지?

나는 밤이면 머리 속으로 탈영을 자행하다 지우곤 했다. 그런데 나의 이 비밀을 들켜버렸다.

어느 날, 갓 병장으로 진급한 고참이 내무반으로 날 불렀다. 낮의 내무반에는 아무도 없었다.

그는 내게 낮은 목소리로 물어 보았다. '너, 무슨 고민이 있냐?' 나는 깜짝 놀랐다. 나의 이 은밀한 탈영 계획을 그가 혹시 눈치챈 것일까? 그는 독심술이라도 갖고 있단 말인가?

나는 그에게 나의 고민을 털어놓았다. 그러나 그 고민은 그가 해결해 줄 수 있는 것이 못 되었다. 어쩌면 그도 같은 고민 속에 있을 수도 있는 것이기 때문이었다. 그때 그가 내게 해 준 대답은 지극히 상식적인 것이었다.

예를 들면 '군대 생활인데 어떻게 하냐? 참고 견뎌야지.' 하는 정도의 얘기였을 것이다. 그런데 얘기의 내용이 문제가 아니었다. 고참이 나를 불렀다는 것이 문제였다. 그는 내 속을 들여다보고 있었던 것이다.

나의 웅대했던(?) 탈영 계획은 그 후에 흐지부지 힘을 잃어갔다. 나는 서서히 기력을 회복해가고 있었으며 중고참이 되었다.

병영 생활에서 고참병의 역할은 참으로 중요하다. 그의 말 한 마디가 졸병의 인생을 좌우할 수도 있다. 고참병이 관심을 갖고 있다는 사실만으로도 하급자는 큰 위안을 얻는다. 그때 고참은 당당하고 강해야 한다. 그리고 온화하고 포용력이 있어야 한다. 그때 그 고참병은 자칫 그르칠 수도 있었을 나의 청춘을 건져 준 결과가 됐다.

또한 첫 휴가 귀대 후, 사병은 심한 정신적 갈등을 겪을 수 있다. 장교나 하사관은 이런 점에 각별히 유의해야 한다.

사병 생활의 매력은 한시적이라는 것, 그리고 고참이 된다는 데 있는 게 아닌가 한다. 내가 행정반의 최고 고참이 되자 내게는 엄청난 자유가 주어졌다. 아침에 졸병들이 행정반을 깨끗이 청소하고 정위치하고 있으면 인사계가 출근한다. 그 다음 중대장이 출근하고 대대장이 출근하면 나의 조수가 내무반으로 전화를 한다. 그러면 서무계인 내가 출근을 하는 것이다. 참 희한한 고참병 생활은 그러나 길진 않았다.

나의 군 동기들에게는 병장 진급의 기회가 없었다. 진급 T/O가 내려오지 않는다는 것이 인사반의 얘기였다. 그래서 나는 상등병 제대를 했다. 만 35개월만의 일이었다.

제대를 하고 대학을 졸업하고 나서 나는 새로운 사실들을 발견했다. 내 또래에 군대를 다녀오지 않은 친구들이 의외로 많은 것이었다. 어떻게 안 갈 수 있었는지, 참으로 신기한 일이었다. 그리고는 징병검사 때, 건성으로 하던 신체검사가 회상되면서 분노와도 같은 감정이 일었다.

인생의 황금기인 20대 초반의 3년은 참으로 중요하다. 군 입대란 그 중요한 시기를 조국에 바치는 것이다.

군에 다녀온 사람과 다녀오지 않은 사람은 산술적으로 3년 차이가 난다. 한 직장에 두 사람이 3년 차이를 두고 입사한다면 그 차이는 평생을 두고도 극복하기 힘들다.

그래서 군에 갔다왔기 때문에 불이익을 받는 일이 있어서는 절대로 안 된다. 사병 복무 기간은 호봉에 반드시 산입되어야 한다. 그것은 민간 기업에 있어서도 마찬가지다. 이를 위한 제도적 장치가 의무화되어야 할 것이다.

이제 나도 아들을 군에 보냈다. 30년의 세월이 나를 그렇게 변모시킨 것이다. 나는 아들이 이런 군인이 되기를 원한다.

우선 나는 아들이 용감해지기를 바란다. 당당하게 군 생활을 수용해 주기 바란다. 나는 아들이 사회를 살아가는 힘을, 특히 역경을 이기는 용기를 군 생활을 통해 체득해 주기를 바란다.

나는 아들이 신의(信義)있는 남자가 되기를 원한다.

세계 제2차 대전 때의 일이다. 프랑스군과 독일군이 치열하게 싸우고 있을 때의 일이다. 프랑스의 한 마을에서 함께 자란 두 청년이 징집됐다. 그들은 한 부대에 배속되었다.

밀고 밀리는 국경 전투에서 그의 부대가 독일군에게 포위됐다. 지휘관은 부하들을 이끌고 천신만고 끝에 포위망을 뚫었다. 그 과정에서 숱한 병사들이 목숨을 잃었다. 부대가 안전 지대까지 탈출하고, 한숨을

군복무중인 아들과 함께. 왼쪽은 장모님

돌리는 지휘관에게 한 병사가 나타났다. 그는 방금 탈출한 그곳에 다녀 오겠다는 것이다. 이유는 자신의 친구가 그곳에 남아있다는 것이다.

지휘관은 당연히 그 병사의 말을 받아들이지 않았다. 그러나 그 병 사는 지휘관을 설득해서 혼자 적진으로 향했다.

몇 시간이 지나고 난 뒤, 초조하게 기다리고 있던 지휘관 앞에 병사 가 나타났다. 그는 역시 혼자였다. 그리고 적의 총탄을 뚫고 살아나 온 흔적이 역력했다. 지휘관이 물었다. "그래, 헛고생 했군. 괜히 갔다 왔 지?"

병사는 대답했다. "그렇지 않습니다. 저는 제 친구를 발견했습니다. 제가 그를 품에 안자 그 친구는 웃으며 제게 이렇게 말하는 것이었습 니다. '그래, 나는 네가 꼭 날 찾아올 줄 알았어.' 그리고는 행복한 표 정으로 숨졌습니다."

나는 아들이 친구를 찾기 위해 적진 속으로 향한 그 프랑스 병사와 같은 군인이 되기를 원한다.

　나는 또 나의 목숨보다 소중한 아들을 맡길 병영이 강한 남성을 키우는 제련소가 되기를 원한다. 그러나 그 제련소는 정금(正金)을 만드는 제련소이어야 한다. 실력 있는 지휘관과 인격을 갖춘 장교들, 그리고 충실한 사병들로 이루어져 있는 국군이기를 바란다.

　우리의 국군은 도덕성 면에서도 부끄러움이 없어야 한다. 나라를 지키기 위해 입대한 젊은이들의 인격을 짓밟거나 인간적인 모멸감을 주어서는 안 된다.

　오늘날의 군대는 타율적인 방법으로만 운영하려 해서는 안 된다. 군의 기강은 확립돼야 겠지만 그것은 합리적인 방법에 의한 것이어야 한다.

　사기가 높은 군대는 강군이다. 사기는 경제력이나 폭력에 의해서 높아지는 것이 아니다. 스스로의 성취 동기가 강해지고 자발적인 노력이 뒤따를 때 사기가 높아지게 되는 것이다.

　나는 사랑하는 신세대 국군 장병들이 사기가 충전한 사나이들이 되기를 원한다. 그리고 우리 군은 이런 자랑스런 청년들을 정금(正金)으로 만드는 세계 최고의 제련소가 되기를 바란다.

새 천 년, 첫해를 보내며
육군 장병들에게

2000년 9월 15일, 아들은 논산훈련소에 입
소했다. 입소 전날까지 아들은 바빴다. 대학 입학 이후 몰두해왔던 풍
물 공연이 입소 전날 밤에 있었기 때문이다.

공부에 방해가 될까봐 풍물에 지나치게 몰입하는 것을 그토록 경계
했건만 아들은 부모의 말을 듣지 않았다. 입대 전날 밤의 풍물 공연은
'바리공주'로서 우리 애가 감독을 맡은 것이었다. 그 애로서는 2년
반 대학 생활의 결산 같은 것이 되었으리라.

내일이면 군에 가는데 일찍 집에 가자는 부모의 말에 아들은 그 동
안 함께 고생한 동료들과 뒤풀이를 해야만 한다고 했다. '너무 늦지
말라'는 당부밖에는 어찌할 도리가 없었다

그날 밤 자정이 다 되어 아들은 귀가했다. 노란 물을 들여 치렁치렁
하던 머리칼을 밀어버리고 아들은 들어왔다. 준비할 게 없느냐고 물어
도 아무 것도 준비할 게 없다고 했다.

입소 날 아침, 승용차로 논산까지 데려다 주겠다고 해도 친구들이 전송을 나오니 그들과 함께 기차로 가겠다고 했다. 정 섭섭하면 서울역까지만 태워달라고 했다.

친구들에 둘러싸여 기차를 타러 가는 아들을 뒤로하고 나는 승용차 편으로 논산으로 향했다. 자식은 부모의 속박에서 벗어나려 하지만, 부모는 그 자식의 모습을 끝까지 지켜보고 싶은 것이다.

내가 서울에 있는 줄 알고 논산에 잘 도착했다고 나의 핸드폰으로 전화를 해 온 아들은 내가 논산훈련소 정문 앞에 있다고 하자 깜짝 놀라는 것이었다. 나는 아들과 그 애의 친구들과 점심을 했다.

훈련소 앞 식당은 불결하고 음식도 조악하기 짝이 없었다. 일회성으로 스쳐가는 입소 장정들과 그 가족들을 대상으로 하기 때문에 그런 것이 아닐까? 행정 당국이 관심을 갖고 지도 단속해야 할 일이다.

사내 아이들 외에 여학생 세 명 가운데는 아들이 이성으로 좋아하는 애도 있는 듯했다. 그러나 아들은 내색하지 않았다.

식사 후, 우리 일행이 입소 부대 입구에 이르자 아들은 내게 말했다. '아빠, 여기서부터는 친구들과 함께 갈래요.' 주변에서 여자 친구들과 뜨거운 이별을 하는 장정들을 보며 그러라고 했다.

아들과 친구들이 시야에서 사라지고 난 뒤 나는 입영 장정들과 가족들의 행렬에 묻혀 병영 안으로 들어갔다.

내가 놀란 것은 입소하는 장정들을 따라온 환송객들이 군 부대 안으로 들어갈 수 있었다는 것과 부모들을 비롯한 환송객들이 지켜보는 가운데 입영식을 하는 것이었다. 그리고 입영 장정들이 부모님을 향해 이별의 경례를 할 때는 가슴이 저려왔다.

내가 입대하던 때와는 실로 엄청난 변화가 있었다. 하기야 30여 년이 흘렀으니 그렇게 바뀔 만도 하지 않은가? 더욱이 지금은 남·북 화해의 평화 공존 분위기이니……

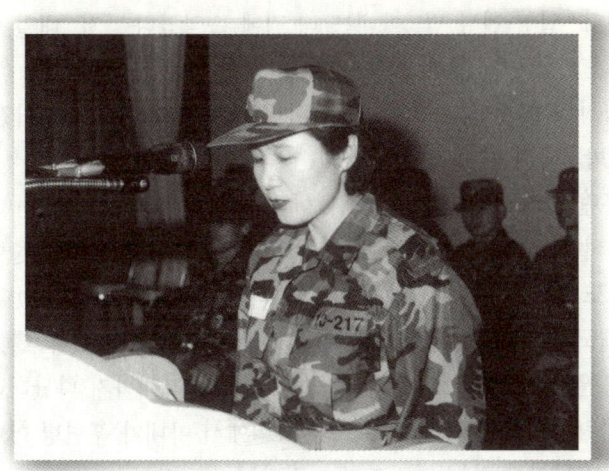
어머니 병영체험에 참여한 아내

  아들을 군에 보내고 열흘쯤 지나자 아들이 입고 갔던 옷가지가 부쳐져 오고 아들에게서 첫 편지가 왔다. 자유분방하게 지내던 녀석이 얼마나 힘이 들까? 그러나 아들의 편지에서는 부모에게 걱정을 끼치지 않으려는 배려가 살갑게 느껴져 왔다. 평소 부모에게 얘기도 잘 하지 않던 녀석이 편지 쓰기에 재미를 붙이는 듯했다.

  그리고 연대장으로부터 편지가 왔다. 어머니 병영 체험을 한다는 것이다. 2박 3일 동안 아들과 함께 훈련을 받는다는 것이다.

  이 통지를 받자마자 아내는 가겠노라고 했다. 그러나 나는 걱정이 앞섰다. 우선 아내는 교원이다. 시간 내기가 쉽지 않을 것이다. 다음으로 아내는 몸이 약하다. 평소에도 아픈 곳이 많다. 그런데 어떻게 군사 훈련을 이겨내겠다는 것인지……

나의 만류에도 불구하고 아내는 참가 신청서를 보냈다. 그리고는 입소일까지 마치 소풍갈 날을 기다리는 어린이처럼 들떠서 보내는 것이었다. 입영 전날 밤, 아내는 내 귀에 속삭였다. "저, 내일 아들 보러 가요."

화창하게 개인 가을날 아침, 아내는 논산 훈련소에 들어갔다. 그리고 2박 3일이 지나고 나서 아내는 별탈없이 귀가했다.

훈련소에서 아들을 직접 본 아내는 저윽이 안심하는 눈치였다. 아들과의 많은 추억을 안고 돌아온 듯했다. 그리고 훈련병 중에는 재일동포도 있더라는 것. 6대 독자도 있더라는 얘기도 들려주었다. 훈련소가 깨끗하고 지휘관들이 모두 친절하더라는 얘기도 했다. 출소하는 날에는 훈련소장이 직접 나와 환송을 했고 군악대까지 나왔더라는 얘기를 자랑스럽게 들려주었다. 또 환송식에서 아내가 훈련병 어머니를 대표해서 답사를 하는 영광까지 누렸다는 것이다.

상전벽해. 아들을 군에 보낸 50대 아버지가 절실하게 느끼는 소회이다.

20대 초의 청춘기에 맞는 군대 생활은 축복이다. 그것은 우선 건강하다는 증거이기 때문이다. 건강하지 못하면 입대를 허가 받지 못한다. 심신이 건강한 대한민국 남성이라는 보증을 정부가 해준 것이다.

또한 이것은 대한민국 남성들의 성인식이다. 고대로부터 소년에서 청년이 되기 위해서는 통과 의례를 거쳐왔다. 이 통과 의례는 때로 극심한 신체적 고통을 수반하는 것이다. 아메리카 인디언의 성인식에는 등가죽을 뚫어 끈을 꿰고 그 끈에 통나무를 매어 끌게 하는 것도 있다.

그러면 왜 남성의 성인식에 이런 신체적 고통을 견디게 하는 것인가? 남성으로서의 삶은 작게는 자신의 가족을, 크게는 자신의 종족을 지켜야 하는 것이기 때문이다.

심신이 약한 자는 가족을, 종족을 지키지 못한다. 거기에는 엄청난 인내와 용기가 필요하다. 자신의 몸을 바치는 희생이 요구되기도 한다.

한국의 건강한 남성들은 사랑하는 가족을, 나를 키워준 나라를 지키기 위해 군대라는 통과 의례의 용광로 속으로 들어간다. 거기에서 자신을 단련해 강한 성인으로 태어나는 것이다. 가족과 종족을 지키기 위해 총을 든 백인들에 맞섰던 용감한 아메리카 인디언의 남성들처럼, 한국의 용감한 남성들은 가족과 나라를 지키는 것이다.

그들은 가장 아름다운 나이를 군에 바침으로써 그 대가로 고독을 이기는 정신의 힘을, 신체의 극단을 체험하는 인내를, 사나이들끼리의 뜨거운 우정을 체험한다. 그리고 사는 지혜를 배운다. 부모 슬하의 응석받이 소년에서 아름답고 당당한 청년으로 서는 것이다.

군 생활이 청년기를 낭비하는 시간이 돼서는 안 된다. 세상은 급속도로 변하고 있다. 입영 장정들은 인터넷 시대의 첨단을 걷던 신세대들이다. 이들이 군 생활을 하고 있는 동안에도 세상은 시시각각 변하고 있다.

건강하고 재능 있는 청년들을 받아들인 군은 이 청년들의 자기 발전을 위한 연마의 도량이 되어야 한다. 병역의 의무가 한국의 청년들을 병역의 의무가 없는 나라의 청년들보다 경쟁에서 뒤지게 하는 족쇄가 되어서는 안 된다. 군 복무 기간 동안 자신이 부여받은 임무를 수행하고 난 뒤에는 자기 개발을 위해 시간을 쓸 수 있어야 한다.

개인의 의지와 노력 여하에 따라서는 군 복무 기간 동안에 자기 발전을 가져올 수 있을 것이다. 군 생활은 자기 발전의 과정이요, 제대후에도 회상하고 싶은 추억이 되어야지, 젊음의 정체, 되돌아보기 싫은 부끄러운 상처가 돼서는 안 될 것이다.

새 천 년의 첫해, 군에 입대한 우리의 신세대들은 질서와 절도를 배우고 있다. 이것은 다른 조직에서는 배우기 힘든 것이다. 다소 무질서하고 분방했던 청년들이 군인으로 닦아지면서 건강한 조직원으로서

적응해나가는 삶의 지혜를 배운다. 그 같은 삶의 지혜는 제대 후의 생활에도 보탬이 된다.

얼마 전에 필자가 일하는 회사에서도 신입 사원들을 공개 채용했다. 극기 훈련이나 면접 때 보면 군 복무를 마친 청년들은 어디가 달라도 다르다.

한두 명을 뽑는 직종의 최종 면접 때, 네 명의 응시자가 들어왔다. 그 가운데 한 명은 군필자였고 두 명은 병역 면제자 그리고 한 명은 여성이었다. 그 가운데 가장 몸이 약해 보이는 응시자에게 질문했다. "자네는 몸이 좀 약해 보이는데……." 그러자 그는 당당하게 대답했다. "저는 병장으로 제대했습니다" 그는 치열한 경쟁을 뚫고 합격했다.

사람을 뽑아야 하는 입장에서는 군대를 다녀왔다는 경력이 신뢰를 준다. 그 청년은 나라가 보증하고 있기 때문이다.

새로운 천 년의 첫해를 병영에서 보내고 있는 청년들은 복되다. 그들은 강인한 남성이 되기 위한 성인식을 치르고 있기 때문이다. 그들이 병영에서 익힌 인내와 용기, 함께 사는 슬기는 그들이 앞으로 세상을 살아가는 데 큰 힘이 될 것이다. 그 새로운 체험과 소중한 단련을 하고 있는 것이다.

광속화 되어 가는 시대. 시간과 공간이 더 이상 의미가 없는 시대. 이 시대에 군에 있는 청년들은 스스로의 의지와 나라의 도움으로 우수한 한국인들로 배출될 것이다. 그들이 병역의 의무를 마치고 군문을 나설 때까지 무운이 함께 하기를 빈다. 내 아들을 비롯한 우리의 모든 젊은 군인들에게…….

나만의 여행지를 찾아

세 계적인 패션 회사인 크리스찬 디오르의
재무 이사인 알랭 뒤크레는 회사에서 가까운 아파트를 세내어 살고 있
다. 그의 재력으로는 파리 근교로 나가면 집을 살 수도 있지만 출퇴근
때 시간을 뺏기지 않기 위해서 직장과 가까운 곳에 살고 있다. 그는 길
바닥에서 시간을 보내는 것은 인생을 낭비하는 것이라고 생각한다. 그
는 출퇴근 시간을 절약해서 공부하는 데 쓰고 있다. 대학의 최고 경영
자 과정에 등록한 것이다.

8월은 뒤크레 가족에게 1년 중 가장 행복한 달이다. 온 가족이 프랑
스 중부의 시골로 간다. 프랑스 중부는 대평원이다. 농업 국가인 프랑
스의 면모를 역력하게 느낄 수 있다.

알랭은 중부 프랑스 출신이다. 그는 여름 휴가를 온 가족과 함께 자
신의 출생지에서 보낸다. 고향에는 작은 고성(古城)이 있는데, 8월 한
달은 그의 가족을 위해 고성이 비워진다. 그 고성에서 알랭과 아내 베
아트리스 그리고 아들 띠보와 딸 아들린느는 중세 프랑스인과도 같은

생활을 한다. 온 가족이 저녁 식사를 함께 하고 쳐다보는 하늘에는 별들이 총총하다. 저 별들은 중세의 하늘에서도 똑같이 빛나고 있었을 것이다.

파리에서 태어나서 파리에서 자라고 있는 띠보와 아들린느에게는 시골의 8월이 무척 즐겁다. 아버지의 친척들에게서 혈연의 정을 느낀다. 또한 아버지의 어릴 적 친구들은 이들을 친 자식처럼 대해준다.

알랭은 처자와 함께 인근 지방을 둘러보기도 하지만 대부분 가족들을 버려둔다. 나름대로 할 일이 많기 때문이다. 아이들이 주로 즐기는 것은 학교에 다니느라고 평소에 하기 힘들었던 스포츠와 낚시 그리고 도보 여행 등이다. 알랭 자신은 미루어 두었던 책을 읽거나 글을 쓰고, 산책 또는 명상을 하며 휴가를 보낸다. 아내와 마음 속 깊은 얘기를 나누는 것도 이때이다. 대부분의 프랑스 여성과는 달리 베아트리스는 전업 주부이다. 그녀는 자녀들을 잘 키우는 것이 그 무엇보다도 중요한 일이라는 생각에서 결혼하고 아기를 갖자 직장을 그만두었다. 매년 6월부터 그녀는 여름 휴가를 위한 준비를 한다.

그러나 그들의 휴가 경비가 지나치게 많이 드는 것은 아니다. 휴가의 근거지가 알랭의 고향이기 때문이다. 부모는 돌아가셨지만 가까운 친척들이 살고 있는 고향에서 보내는 휴가는 그들에게 더없이 안락하다. 가족간의 사랑을 다시금 확인하고, 평소에 하고 싶었던 것을 하며 충분히 쉬는 것이 뒤크레 집안의 여름나기이다.

파리 시절 우리 가족의 주치의였던 세마마 의사는 가을 휴가를 즐겼다. 개업의인 그는 여름에는 파리에 남아 있는 환자들을 위해 봉사하고 가을에 여행을 떠나곤 했다.

그는 여행사가 주선해 주는 단체 여행을 좋아했다. 언젠가 그의 휴가 일정을 물어봤더니 그는 클럽 메디떼라네(Club Méditerrané)의 안내문을 보여주는 것이었다. 그리고는 모로코로 간다고 했다.

그의 휴가는 스포츠형이다. 여행사에서 주선해 준 휴양 시설에 머물며 스포츠를 마음껏 즐긴다. 수영, 테니스, 조깅 등이 그가 좋아하는 스포츠다. 그는 파리에서 환자를 보느라 마음놓고 즐길 수 없었던 스포츠를 휴양지에서 실컷 즐긴다. 그리고 가을은 바캉스 시즌이 아니기 때문에 여행 경비가 저렴하다. 휴양지에서도 이때 찾아온 손님은 무척 환대한다. 그는 비수기 손님의 특권인 서비스를 만끽하는 휴가를 보내고 있다.

대부분의 한국인처럼 나도 정신없는 30대를 보내고 프랑스에 갔다. 프랑스에서도 한국식으로 사느라고 경황없이 보내다가 귀국 발령을 받고서야 가족들과 함께 이태리 여행을 떠났다. 이러다가는 제대로 된 유럽 관광 한번 못하고 귀국하겠다는 일종의 강박 관념을 느꼈기 때문이다.

카프리에 도착해서 망망한 지중해를 지켜보던 나는 눈물이 왈칵 솟았다. 그곳에서 생애 처음으로 휴식의 의미를 알았던 것이다. 카프리는 쉬기 위한 사람들을 위한 곳이었다. 도시의 모든 시설이 휴양을 위해 있었다.

카프리에 온 사람들은 일상을 완전히 떠나 있었다. 철저한 휴식 그것만이 있었고, 쉰다는 것은 미덕이었다. 일 중독에 걸려 있던 한국의 중년이 비로소 휴식의 의미를 깨쳤던 것이다. 열심히 일하는 것 못지않게 쉬는 것도 중요하다는 것을 발견한 일종의 개안(開眼)이었다. 그 경이로움에 눈물을 쏟고 말았던 것이다.

1년에 4, 5주가 휴가인 서양과 달리 고작 1주일 정도가 휴가인 한국인들은 우선 마음이 바쁘다. 빨리 나서야 하고, 빨리 돌아다녀야 한다. 무작정 차를 끌고 길에 나서다보니 주차장 같은 국도며 고속도로에 대책없이 멍하니 서 있기 일쑤다.

이같은 트래픽 현상은 공항도 마찬가지다. 억눌려 있던 욕구가 분

출하듯 한국인들은 밖으로 밖으로 나가고자 한다. 좀처럼 일터를 떠나지 못하는 한국인들을 위해 휴가 당일에도 종일 일하고 밤에 떠나는 기상천외한 항공 스케줄이 한국에는 생긴다. 항공기 참사를 빚은 꼼만하더라도 2박3일, 또는 3박4일의 짧은 휴가를 해외에서 보내려던 사람들이 휴가 당일 낮까지 일하고 밤 비행기를 탔다가 불귀의 객이 되고 만 비극의 현장이었다.

이제 우리도 이런 휴가 관습을 졸업해야 한다. 열심히 일하는 것만큼 사정없이 쉬는 것도 중요하다. 휴가는 근로자의 권리이다. 그 어느 사용자도 근로자의 휴식권을 빼앗아서는 안 된다.

또 근로자도 잘 쉴 줄을 알아야 한다. 잘 쉬는 것. 그것은 쉬는 권리를 찾을 줄 알아야 하고, 자신만의 휴식 방법을 창안해내야 하는 것이다. 붐비는 도로에서, 휴양지에서, 불친절과 바가지의 난무 속에서, 아비규환 같은 북새통으로 들어가는 것은 어리석은 짓이다.

휴가가 여름철에 몰리는 것도 재고돼야 한다. 비수기의 혜택을 만끽하는 삶의 지혜도 발휘할 줄 알아야 한다.

쉬는 것은 아름답다. 우리는 잘 쉬기 위해서 열심히 일하는 것이다.

워싱턴, 오타와, 밴프, 밴쿠버

1. 워싱턴

미국인들이 가장 존경하는 애이브러햄 링컨 대통령의 기념관을 나와 조금만 걸으면 그 오른편에 한국전 참전 기념 조형물이 있다. 철모에 판초 우의를 입고 M1 또는 카빈 소총을 든 18명의 병사가 산개(散開)한 채 전진하고 있다.

이 조형물의 옆에는 유리알처럼 면을 갈은 벽이 서 있다. 18명의 미군 병사는 이 벽면에 투사돼 마치 똑같은 조형물이 하나 더 있는 것 같다. 실(實) 조형물과 투사된 조형물을 합치면 36명, 1개 소대가 된다.

국경을 걸어 잠가도 국민들이 사는 데 아무런 지장이 없는 나라, 자유와 풍요의 나라에서 자란 젊은이들이 가족과 연인의 사랑을 뒤로 한 채 낯선 이국 땅으로 와서 사선을 넘고 있다. 때는 아마도 장마철이었으리라. 미국의 젊은이들에게 한국의 장마철은 고통스러웠을 것이다. 또한 북한군과 중공군은 그들에게 너무나 이질적인 군대였을 것이다. 팔이 잘리고, 때로는 포로가 되고, 또는 처참하게 죽어가면서 그들은 미지의 전선에서 공포와 비탄 그리고 절망으로 점철돼 갔을 것이다.

그들은 왜 한국에 왔는가? 그들은 왜 한국에서 죽어갔는가?

그것은 미 합중국의 부름이 있었기 때문이다. 그들의 조국을 지키기 위함이 아니었다. 조국을 이끄는 지도자의 부름이 있었기 때문이었다.

당시 미국의 지도자들은 미개하다고 보았던 한반도의 전선으로 왜 그들의 젊은이들을 내몰았던가? 그것은 세계의 지도국으로서의 지위 때문이었다. 소련과의 패권 싸움에 밀릴 수 없는 강대국의 실리와 명분 때문이었다. 그들의 조국이 세계사의 흐름과는 무관한 약소국이었다면 그들은 먼 이역의 전선에까지 나가지 않아도 되었을 것이다. 그러나 그들의 조국이 자랑스러운 강대국이었기 때문에 그들은 강대국의 국민이 된 의무를 다해야 했다.

강대국에게는 그들을 직접 위협하는 전쟁만이 그들의 관심사가 아니다. 세계 도처에서 일어나는 작은 분쟁들이 강대국에게는 모두 관심사가 된다. 그들은 필요하면 자신의 군대를 그곳에 보내고 자신의 젊은이들을 사지로 몰아 넣는다. 그것이 바로 강대국들의 국민들이 부담해야 하는 의무가 된다. 1950년의 미군은 그렇게 한국에 왔고, 그렇게 싸우다가 죽어갔다. 그 결과 미국은 중국과 러시아 그리고 일본의 이해가 교차하는 극동에서 한국이라는 힘의 핵심을 그들의 영향권 아래 둘 수 있었다.

오늘, 세계의 수도라고 할 수 있는 워싱턴의 한복판, 한국전 참전 기념 조형물 앞에서 한국인들은 말을 잃는다. 판초 우의를 입고, M1과 카빈 소총을 든 채 묵묵히 행진하고 있는 미국의 젊은이들 앞에 감사의 정 외에 달리 표현할 언어가 없다.

미군 병사들은 오늘도 한국 전선을 가고 있다. 한국인들은 워싱턴에 한국인들의 성지를 갖게 되었다.

워싱턴의 한국전 참전 기념 조형물에서

2. 오타와

캐나다는 어떤 나라인가? 한반도의 45배에 이르는 면적에 2천 8백만의 인구가 사는 나라, 세계 경제 선진 7개국(G7)의 일원, 아직도 개발되지 않은 자원의 보고(寶庫). 전 국토가 미국 미디어의 영향권 아래 있어서 거대한 미국의 한 개 주와도 같은 착각이 드는 나라. 그만큼 미국과 흡사한 나라.

그러나 이런 생각들은 퀘백주를 방문하면서 졸다가 잠이 깨듯 정신이 번쩍 드는 충격을 경험한다. 수도 오타와에서 강 하나를 건너 퀘백으로 들어섰던 거리의 간판에서 영어는 자취를 감추고 불어로 대체된다. 도로 표지판도 모두 불어로 탈바꿈한다. 영어권 세계에서 불어권 세계로의 이동은 순식간이다. 경이로운 체험이다.

북아메리카에 대한 식민지 개척 시절, 프랑스는 북미의 4/5를 갖고 있었다. 그러나 당시 프랑스는 까마득히 떨어져 있는 신세계의 가치를 제대로 인식하지 못하고 있었다. 또한 본국의 잦은 정변(政變)이 먼 곳에 있는 식민지의 관리를 어렵게 했다. 당시 프랑스는 북미보다는 접근이 보다 용이하게 여겨졌던 아프리카에 관심을 갖고 있었다. 또한 희망봉을 돌아 만나는 인도양의 세계, 인도차이나 반도에 대한 새로운 호기심이 커져가고 있었다.

이러던 차에 캐나다 지역의 패권을 둘러싼 대 회전이 있게 된다. 영국 본토에서 파견된 대 선단이 안심하고 있던 프랑스 수뇌부를 기습했던 것이다. 이 싸움에서 양군 모두 사령관이 숨지는 엄청난 타격을 입었지만, 최후의 승리는 영국측으로 돌아갔다. 이후 캐나다에 대한 패권은 영국이 장악하게 됐던 것이다.

그러나 프랑스계 이민들은 결코 영국계에 굴복하지 않았다. 그들은 영국계에는 등을 돌린 채 그들의 언어와 생활 관습을 유지하면서 살아 왔다. 마침내 미국이 캐나다를 침공해 왔을 때 그들은 공동의 이해 아래 뭉칠 수 있었다. 영국계와 프랑스계는 힘을 합쳐 미국을 격퇴했다. 그리고는 영연방 아래서의 독립을 쟁취했다. 그러나 프랑스계는 독립 캐나다 안에서도 그들의 독특한 세계를 이루며 살았다.

프랑스계가 장악하고 있는 퀘백주는 독립의 열망이 강하다. 이따금 프랑스의 지도자들이 퀘백을 방문해서 내뱉는 말들도 독립운동을 선동한다. 최근 있은 주민투표에서 51%대 49%라는 근소한 차이로 퀘백의 독립은 무산됐다. 그러나 캐나다인들은 프랑스계인 장 크래티엥을 총리로 옹립했다. 총리가 된 크래티엥은 퀘백의 독립 움직임을 잠재우기 위해 동분서주한다.

퀘백이 독립을 하면 어떤 현상이 빚어질까? 캐나다는 동서로 양분될 것이다. 또한 퀘백주는 캐나다에서 가장 부유한 주다. 따라서 퀘백을 제외한 캐나다는 노른자위가 빠진 계란과도 같은 꼴이다. 이러니 캐나다 연방으로서는 퀘백을 포기할 수 없는 것이다.

이방인의 눈으로 볼 때 캐나다인을 단결시키는 비결은 영연방으로부터의 탈퇴라고 생각했다. 방대한 국토와 엄청난 자원을 갖고 있는 미래 국가 캐나다가 수도의 한복판에 런던에서 보낸 총독이 도사리고 있는 한 결코 프랑스계와의 화합은 이뤄질 수 없을 것이다. 전체 인구의 26%를 점하는 프랑스계가 어떻게 35%인 영국계의 일방적인 지배를 감수할 수 있을 것인가? 영국계를 제외한 다른 유럽계를 합치면 영국계를 압도하게 되고 중국계 등 소수 민족을 합치면 65%가 비 영국계가 된다. 이런 상황에서 영국의 총독이 건재하고 있는 것은 시대의 아이러니가 아닐 것인가?

영국과 프랑스의 식민 개척 경쟁 시절, 영국의 무력에 의해 식민지 캐나다의 운명은 결정되었다. 그러나 오늘날 캐나다는 영국계와 프랑스계의 화합이라는 역사가 물려준 숙제를 해결하지 못해 고심하고 있다. 이같은 과거의 족쇄는 캐나다의 발전을 막는 현대의 족쇄로 보인다.

3. 밴프

미국의 록키보다 훨씬 남성적인 캐나디안 록키의 3대 국립공원 가운데서도 가장 아름다운 곳은 밴프 국립공원이다. 그곳의 주민 밀집지역을 주행하다가 차를 멈췄다. 엘크 사슴 한 마리가 어슬렁 어슬렁 도로를 건너고 있는 것이다. 이 엘크는 길을 건너더니 나무에 대고는 찍하고 오줌을 갈겼다. 그리고는 길 건너편으로 천천히 사라졌다.

그렇다. 록키산맥은 원래 이들이 주인이었다. 엘크가, 곰이, 너구리가, 들소가 터잡고 살던 곳이었다. 그들의 땅에 인간이 비집고 들어온 것이다. 그리고는 그들의 땅을 무단으로 점거해서 살고 있는 것이다. 자신의 땅이니만큼 원주인인 엘크가 지나갈 때는 세입자인 인간은 마땅히 길을 비켜야 했다. 자신의 땅이니 엘크는 아무데서나 용변을 보

캐나다 밴프 국립공원에서

아도 무방하다. 그러나 세입자인 인간이 그리해서는 안 된다.

캐나다의 자연보호는 이 세입자 정신에 투철한 것으로 여겨졌다. 캐나다의 국립공원에서는 허가없이 동물 사냥을 해서는 안 된다. 동물에게 먹이를 줘서도 안 된다. 아무데서나 오물을 버려서도 안 된다. 이런 규칙을 어기면 큰 액수의 벌금형이 가해지고 경우에 따라서는 체형도 받아야 한다. 세입자인 인간이 원주민들을 훼손해서는 안 되는 것이다.

국립공원 내의 쓰레기통도 콘크리트로 단단하게 땅에 부착돼 있고 사람이 손을 넣어야 열 수 있게끔 제작돼 있다. 야생 동물들이 인간이 남긴 쓰레기에 입맛이 순치(馴致)되거나 오염돼서는 안 되기 때문이다. 또한 야생 동물들이 밤에 주행하는 차량에 치이지 않도록 도로 근처에 야생 동물들이 찾아올 만한 호수나 샘이 있는 곳에는 도로를 넘어

갈 수 있는 야생 동물 통로를 설치해 두었다. 밀림에서 도로로 통하는 곳에는 망을 설치해 두고, 사람들의 출입구가 필요한 곳에 쇠막대기를 땅에 눕혀 놓아서 엘크 등의 발이 걸려 도로로 나올 수 없도록 했다. 원상을 훼손하지 않으려는 이런 철저한 세입자 정신이 캐나다 국립공원의 자연을 원상 그대로 유지하게 하고 있다. 사람들이 법을 어기지 않는 이유는 간단하다. 만일 규칙을 어기다 적발되면 가혹할 정도의 벌금을 부과받기 때문이다. 그 돈이 아까워서 규칙을 어기지 않는 것이다. 자본주의 사회에 적절한 규제수단이라고 하지 않을 수 없다.

국립공원의 장려함으로 볼 때는 미국의 옐로스톤이 더 아름다울 수 있다. 그러나 자연 그대로의 모습이 보존되고 있기로는 캐나다의 경우가 더 뛰어나다. 일체의 훼손을 엄금하고 있기 때문이다. 캐나디안 록키를 다니면서 곰이며 버팔로, 엘크 등을 볼 수 있는 것은 이런 철저한 자연보호의 덕분이다. 캐나다 자연보호의 세입자 정신 덕에 세계인들은 훼손되지 않은 자연을 만나는 복을 누릴 수 있다. 이것이 캐나디안 록키를 세계 굴지의 관광지로 성공시키는 비결이었다.

4. 밴쿠버

태평양에 연해 있는 밴쿠버는 높은 위도에도 불구하고 멕시코 난류의 덕분으로 날씨가 온화하다. 따라서 한겨울에도 밴쿠버 시내에는 비가 내린다. 그러나 바라다 보이는 산에는 흰 눈이 덮여 있다. 스키와 골프, 수영이 동시에 가능한 곳이 밴쿠버이다. 따라서 벤쿠버는 해마다 세계에서 가장 살기 좋은 곳을 꼽을 때 순위에 드는 곳이다.

아름다운 밴쿠버가 홍콩의 중국 귀환에 즈음해 홍콩인들의 대거 이주 장소가 됐다. 밴쿠버를 찾은 홍콩인들은 시내 좋은 목에 집 값을 물어보곤 흥정도 않고 사버린다. 그리고는 고급 승용차를 장만한다. 이런 식으로 몰려드는 홍콩인들 덕분에 밴쿠버는 홍쿠버라는 별명을 갖게 됐다.

밴쿠버에 얼마나 홍콩인들이 많이 몰렸는가 하면 중국계 이민의 숫자가 이제 전체 밴쿠버 인구의 절반에 육박한다. 이에 따라 세계에서 샌프란시스코에 이어 두 번째로 큰 차이나타운을 형성했다. 밴쿠버에서만은 황인종이 전혀 이질감을 느끼지 않아도 된다. 이런 홍콩인들 탓으로 밴쿠버의 부동산 값이 무척 올랐다. 홍콩의 중국 귀속이 마무리 되고 난 뒤에야 부동산 값이 진정 됐다고 한다.

한화로 3억원 정도의 돈만 가지면 투자이민을 허용했던 이민 당국도 홍콩인들의 캐나다 이민이 봇물 터지듯 밀리자 감시의 불을 켜고 나섰다. 즉, 캐나다 밖에 재산을 남겨두고 이민을 온 양다리 이민을 경계하기 시작한 것이다. 그들은 언제라도 캐나다 내의 재산을 빼돌려 해외로 도피할 수 있다고 본 것이다. 이같은 캐나다 당국의 감시로 한국 교민들도 피해를 입고 있다. 한국 교민들의 상당수가 국내에 기반을 남겨두고 이민을 갔다가 여차하면 돌아올 채비를 하고 있기 때문이다.

그러나 그런 자세로는 진정한 이민이 되지 못 한다. 이민에서 성공하려면 신세계에 전 인생을 걸어야 한다. 캐나다로 이민을 갔다면 완전한 캐나다인이 되겠다는 마음가짐이 있어야 하는 것이다. 그러지 못하는 한 캐나다에서도, 한국에서도 이방인이 될 우려가 크다. 이민 자체가 인생을 낭비하는 결과를 낳을 위험성이 큰 것이다. 캐나다 당국도 완전한 캐나다 국민이 돼 줄 것을 기대하고 있다. 따라서 이민의 자국 외 재산 억제도 규제의 측면보다는 자국민으로 빨리 동화시키기 위한 적극성의 측면이 큰 것이다.

인종차별 국가 캐나다는 이제 사라지고 없었다. 무한한 자원을 갖고 있는 캐나다는 세계 경제의 지도국 반열(班列)에 확고하게 자리하기 위해 국가적인 노력을 쏟고 있었다. 과거에 미국이 기회의 땅이었다면 이제는 캐나다가 기회의 땅으로 보였다. 캐나다에서는 노력과 성

150

캐나다 국회 의사당 앞에서

실만으로 얻을 수 있는 것이 많을 것 같았다. 이민을 가면 구멍가게 위주로 발상하기 때문에 캐나다에서 생업을 삼을 만한 일이 드물다고 생각하기 쉽다. 그러나 미국 이민 초기를 생각하면 캐나다에서도 개척할 여지가 많으리라고 본다. 문제는 아이디어인 것이다.

　아직은 소수인 한인 사회를 바탕으로 하고 있기 때문에 연방 의원 선거에 나섰다가 낙선한 교민이 있긴 하지만, 한국계 이민의 캐나다 사회 진출은 가속화 될 것으로 보였다. 홍콩인들이 밴쿠버를 홍쿠버로 만들었다면, 개미 같은 한국인, 머리 좋고 억척스런 한국인들은 동양인에게 보다 유리해진 홍쿠버의 이점을 업고 큰 성공을 일구어낼 가능성이 큰 것으로 여겨졌다.

사람과의 약속, 신과의 약속

프 랑스에서 살기 시작했을 때 맨 먼저 느낀 것은 사람 만나기가 쉽지 않다는 것이었다. 파리에서 떨어져서 당장 해야 할 일이 당연히 집 구하는 일이었는데, 복덕방 사람 만나는 것도 사전에 시간 약속을 해야 가능했다. 그 이후 나의 파리 생활은 각종 약속과 함께 이뤄져 갔다. 머리 깎으러 이발소에 갈 때도 사전에 약속해야 하고, 아이를 학교에 넣기 위해 학교를 방문하려 해도 당연히 사전에 전화로 시간 약속을 해야 했다. 약속없이 사람을 만난다는 것은 생각할 수 없는 일이었다. 그것도 정확한 시간 약속이 요구되는 것이었다.

시간 약속을 정확히 지키지 못해 봉변을 겪은 적이 있다. 아내가 허리가 아파 평소에 다니던 집 근처의 일반 의사에게 갔더니 허리병을 전문으로 보는 의사를 소개해 주는 것이었다. 당연히 그 의사에게 전화를 해서 진료 날짜와 시간을 약속했다. 그런데 진료 받으러 가는 날 문제가 발생했다. 파리 시내의 그 유명한 교통혼잡과 주차난에 그날따라 유별나게 더 시달리다가 30분 지나 병원에 도착했던 것이다.

의사는 이미 다른 환자를 진료하고 있었다. 30분 정도를 기다렸더니 그 환자를 배웅하러 나온 의사는 우리를 보며 말하는 것이었다.

"당신들은 약속을 어겼다. 당신의 시간은 이미 지나갔다. 이 시간은 다른 사람을 위한 시간이다. 돌아갔다가 다시 예약하라."

그리고는 기다리고 있던 환자와 함께 진료실로 들어가 버리는 것이었다. 아내는 울상이 되었지만 도리 없는 일이었다. 다시 약속을 하고 1주일 뒤 약속된 시간에 맞춰 갔을 때 의사는 아무런 내색없이 친절하게 진료해 주는 것이었다.

프랑스인들의 인간 관계는 약속이 지배하는 인간 관계다. 가족 이외의 모든 인간 관계는 철저히 약속에 의해 이뤄진다. 거기에는 자신의 생활과 시간 관리가 타인에 의해 방해받기를 원하지 않는 것처럼 자신도 남의 시간을 침해하지 않고자 하는 합리적 사고 방식이 그 바탕에 깔려 있다. 이같은 인간관계는 길들여지지 않았을 때는 무척 비능률적인 것처럼 여겨졌는데 실제로는 매우 능률적인 것이었다. 프랑스 생활을 갓 시작했을 때는 그들의 생활 관습이 잘 이해되지 않고 답답했었지만, 그들의 관습에 적응하고 나자 그 생활 습관이 무척 편해지는 것이었다.

우리는 평생 동안 많은 사람들과 관계를 맺고 산다. 우리들이 갖는 인간 관계 가운데 정의(情誼)적인 인간 관계는 혈연과 친구 등 극소수에 불과하고 대부분의 인간 관계는 사무적인 인간 관계다. 정의적인 인간관계는 그야말로 박애적이고 헌신적인 것이지만, 사무적인 인간 관계는 그 자체가 무척 기계적이고 건조한 것이다. 그리고 우리가 사는 사회의 질서를 이루고 있는 거의 모든 체계가 이같은 사무적인 인간 관계에 의해 지탱되고 있는 것이다. 정의적인 인간 관계와 사무적인 인간 관계가 경계를 잃고 허물어져서는 안 된다. 그때부터 대혼란이 일어나기 때문이다.

프랑스에서 이같은 사무적인 인간 관계에 적당히 길들여졌을 때 귀국한 나는 곧바로 가치관의 혼란에 휩싸였다. 시도 때도없이 불쑥불쑥 나타나는 사람들, 그들은 당연히 환대 받기를 기대하고 있고 또 사적인 부탁을 예사로 한다. 그들에게 사전 약속을 요구해 봤자 공염불이다. 내게도 생활이 있고, 내 나름의 질서가 있는데 그들은 태연하게 비집고 들어와 나의 시간을 점령해 버린다. 그리고는 조금만 섭섭한 생각이 들어도 "그 놈 참 못 됐다. 사람이 달라졌다."며 비난한다. 귀국 이후 한참 동안은 이같은 인간 관계가 무척 싫었다. 프랑스에 건너갔을 때의 역현상을 경험한 것이다. 그런데 이같은 가치관의 전도 현상도 시간이 흐르자 점차 우리 식으로 적응되는 것이었다.

사전 약속이나 시간 개념이 가장 모호한 곳이 나의 경험으로는 중동지역이었다. 내가 파리 특파원으로 있던 때는 중동에서 이란과 이라크의 전쟁이 진행되고 있었고, 호메이니의 사망이라든가, 대한 항공기 폭파 사건 등 큰 사건들이 많았었다. 중동에 자주 출장을 가야했었고, 그때마다 아랍인들과 함께 움직여야 했는데, 가장 애먹은 것이 그들의 느슨한 시간 관념과 약속에 대한 무신경이었다. 화급한 취재 일정과 인공위성 송출 시간에 쫓기는데 운전기사가 약속 시간보다 30분 정도 늦게 나타나는 것은 예사였다. 한참 달리던 차가 시장 한복판에서 문득 멈추고는 앞뚜껑을 열고 들여다보고 있을 때는 그야말로 기가 막혔다. '차가 고장났나? 수리가 될까? 혹시 돈을 요구하는 것은 아닐까?' 별별 생각이 다 오가는 것이다.

아랍인들의 사고 방식을 대표하는 말이 있다. '인샬라' 즉 신의 뜻이라는 말이다. 그들은 사람의 의지로 되지 않는 일은 신의 뜻으로 돌린다. 즉 신과의 약속 아래 사는 사람들이다. 신과의 약속 아래 사는 사람들에게 인간과의 약속이 무슨 의미가 있겠는가?

이렇게 볼 때 우리의 수준은 약속에 의한 사무적인 인간 관계의 서구인과 신과의 약속에 사는 아랍인들의 중간 단계가 아닐까 한다. 그래서 한국인의 인간 관계는 인간미가 다분히 풍기고 그에 따라 갈등도 많은 것이 아닌가 한다.

154

앵커리지의 추억

유럽으로 가는 대한항공 여객기가 지금처럼 중국과 소련을 경유하지 못했을 때, 스무 시간이 넘는 긴 항로를 비행하면서 중간에 꼭 앵커리지에 기착했었다. 파리 특파원 기간 동안, 또한 그 전의 유럽 출장 때 나는 앵커리지를 무수히 거쳤었다.

비행기에 기름을 넣고 기내를 청소하는 동안 여객들은 한 시간 남짓을 앵커리지 공항의 면세 구역 내에서 서성인다. 그곳에는 여행자들이 좋아할 갖가지 물품들이 진열돼 있다.

여객들은 일본 우동을 먹고, 양주를 사고, 담배를 사고, 가족이나 외국에서 만날 사람들에게 줄 선물을 산다.

나의 경우, 앵커리지에 기착하는 동안 꼭 아는 사람들을 만나곤 했었다. 같은 비행기를 타고 오면서도 동행인 줄 몰랐다가 만나는 경우도 있고, 또는 미국이나 유럽의 다른 지역으로 여행하는 비행기에 탑승했다가 역시 앵커리지에 중간 기착해서 만나는 경우도 있다.

여행중에 아는 사람을 만나면 무척 반갑다. 만나는 장소가 이국일 경우는 더욱 반갑지만, 앵커리지에서는 만날 수 있는 시간이 불과 한 시간밖에 안 된다는 점에서 그 반가움의 도는 더하다.

그들이 왜 비행기를 탔는가는 그들의 표정을 보면 대체로 짐작할 수 있다. 수심에 젖어 멍하게 앉아 있는 경우는 대부분 부모님이 위독하다거나 별세하셨다는 전갈을 받고 급히 귀국하는 경우이다.

노부모 상은 묘한 공통점이 있다. 즉 한쪽 부모가 세상을 떠나서 귀국해 상을 치르고 나면 얼마 되지 않아서 남은 부모가 별세하는 경우가 흔하다. 배우자의 죽음은 노인의 경우 엄청난 충격을 주기 때문일 것이다. 그러나 상주의 입장에서는 외국에서 불과 몇 달 동안에 허겁지겁 재입국해야 하는 불상사를 겪게 된다.

또한 귀국 발령을 받아 놓고 상을 치르는 경우도 왕왕 있다. 이사 준비를 하다가 갑자기 귀국하게 되는 경우인데 사정은 어쩔 수 없지만 회사에는 본의 아니게 미안한 입장이 된다. 상을 당해 귀국하는 사람들을 만나면 외국에 살기 때문에 불효하게 되는 동병상련의 아픔을 나누고 위로한다.

표정이 상기돼 있거나 들떠 있는 사람들은 대부분 출국 길에 나선 사람들이다. 그들은 반가워하는 목소리도 크고 제스처도 크다. 그들은 궁금한 것이 많다. 여행에 대한 정보를 묻기도 하고 은근히 스스로를 과시하기도 한다.

어느 경우이건 으레 명함을 나누고 전화 번호를 확인하고, 돌아가면 연락하자고 약속을 하고 이별을 아쉬워하며 작별한다. 긴 이야기를 나눌 시간도 없다. 공항 내이긴 하지만 구경도 해야 하고 물건도 사야 하기 때문이다. 그리고는 비행기 탑승 시간이 되고 장내 방송이 들리면 그들은 뿔뿔이 자기가 타야 할 탑승구를 찾아 한 보따리씩의 꾸러미를 들고 떠난다. 그때는 비행기를 타기 바쁘고 모두는 결국 혼자가된다.

앵커리지에서 만난 사람들을 기억했다가 귀국 후에 연락하게 되는 경우는 드물다. 그것은 여행 도중의 조우라는 분위기 때문이리라. 예정된 만남이 아니었기 때문에 앞으로의 만남도 예정돼 있지 않은 것이다. 헛된 약속만 앵커리지에 버려 두고 떠난다.

어느 겨울, 유럽 출장에서 귀국하며 앵커리지에 기착했을 때 그곳에는 눈이 오고 있었다. 북극에 가까운 동토여서 착륙하는 기내에서 보면 눈 덮인 산하가 시야에 들어오게 마련이지만, 한 시간 동안 눈 내리는 알래스카를 보기는 처음이었다. 나는 비행기에서 내리자마자 공항 전망대로 서둘러 갔다. 거기에는 나뿐이 아니고 벌써 많은 사람들이 나와서 눈을 맞으며 서 있었다.

눈은 사람의 마음을 가라앉히는 힘이 있다. 그리고 순수하게 만드는 분위기가 있다. 여객들은 내리는 눈발을 물끄러미 지켜보며 각자의 상념에 젖어 있었다. 그 표정은 백인도 흑인도 황인종도 모두 같았다.

10여 년 동안 앵커리지 공항의 가장 큰 변모는 한국세의 신장이었다. 한국 손님은 일본과 함께 고객 수의 1, 2위를 다툰다. 거기에서는 한국어만으로 아무런 불편이 없다. 한국인들이 직접 장사를 하기 때문이다. 공항 은행에서 한국돈이 외국돈으로 바로 교환된다. 유럽행 비행기가 앵커리지를 거치지 않게 된 요즈음, 간혹 커피도 한 잔 서비스로 주고 말린 쇠고기며 스위스 초콜릿을 사가라고 권하던 한국 아주머니들은 손님이 줄어 어떻게 하나 하는 걱정도 해본다.

앵커리지에서 10여 년을 변하지 않은 것이 있다. 그것은 공항 벽에 붙어 있는 알래스카 순록의 목 박제이다. 그 순록은 언제 가도 그곳에 똑같은 모습으로 멀리 공항 밖 잿빛 하늘을 응시하고 있다. 앵커리지에서 내가 만나는 변하지 않는 유일한 것이 이 순록의 목이어서 늘 반갑다.

앵커리지 공항은 삶의 축소판이다. 긴 여행에서 잠시 쉬는 곳. 예정

되지 않은 사람들을 불시에 만나는 곳. 해후의 기쁨. 함께 나누는 희로애락. 다시 만날 것을 약속하면서 아쉬워하는 작별. 그리고는 어김없는 쇼핑. 돈을 쓰고 물건을 사고, 분주한 한 시간을 보내고는 자기가 타야 할 비행기를 찾아 뿔뿔이 흩어져서는 결국은 홀로 떠나는 긴 이별. 그리고는 긴 잊음.

앵커리지와 처음 만났을 때부터 느꼈던 감상의 실체가 무엇이었던가를 나는 10여 년만에 발견한 듯한 느낌이 든다.

경전 읽기의 즐거움

인류가 남긴 책 가운데 가장 위대한 책은 무
엇일까? 그것은 인류 역사상 최고의 천재가 쓴 책일 것이다.

그러나 이 최고의 천재는 글을 쓰지 않았다. 그가 돌아가시고 난
뒤, 제자들이 스승의 언행을 글로 써서 남겼다.

그러면 인류 사상 최고의 천재는 누구였을까? 그들은 4대 성인이
라고 일컬어지는 분들이다. 이 성인들은 또한 종교의 창시자들이기도
하다.

인간이 이를 수 있는 최고의 정신적 세계에 이른 분들이 이 분들이
고, 이 분들의 가르침은 2000년에서 2500년이 지난 오늘까지도 인류
최고의 영적 성취로써 사람들을 가르치고 있다.

인류가 지구상에 나타난 후 물질 문명은 끊임없이 발달해와서 오늘
에 이르렀지만 정신적 세계는 2000년에서 2500년 전, 그 위대한 스승
들이 보여준 세계를 뛰어넘지 못하고 있다. 그 스승들이 다다랐던 세
계는 너무나 높고 심오해 때로는 평범한 사람들을 절망케 한다.

그래서 그 영적 세계는 후세에 의해 믿음의 대상이 되고 그 가르침을 따르는 것만으로도 훌륭한 정신적 성취에 도달할 수 있는 것이다.

인류의 대 스승들이 남긴 가르침의 세계가 예술과 정치에 미친 영향을 생각하면 그 폭과 깊이가 얼마나 큰 것인지 오로지 감탄할 수밖에 없다.

내가 어느 정도 삶에 대한 체험과 인식의 바탕을 갖고 난 뒤, 나는 이 대 천재들이 말한 세계를 이해하고자 노력했다. 나는 의무감을 갖고 성경을 통독하기 시작했다. 구약 창세기부터 신약의 요한 계시록에 이르기까지 잠들기 전 한두 시간을 성경 읽기에 몰두했다. 그 시간은 행복했으며 나에게 편안한 밤을 부여해 주었다.

성경 읽기에 몰두해 있을 때, 나는 내 삶의 고비에서 성서에 의지했으며 때로는 계시를 받는 듯한 신비로운 체험을 하기도 했다.

그 뒤 나는 불경 읽기도 시작했다. 아함경과 법구경 그리고 화엄경을 섭렵하면서 2500년 전 인도에서의 가르침이 오늘날 한국의 현실에서도 어쩌면 그렇게 통할 수 있는지 감탄을 금치 못했다. 또한 기독교인들이 왜 불교를 종교라 하지 않고 철학이라고 하는지도 이해되었다.

그러나 아직 종교로서 기독교나 불교에 귀의하지 못하고 있는 나는 그 가르침의 세계와 시적 은유가 아름다울 뿐 종교와 철학의 경계에 큰 흥미를 갖지 못한다.

나는 논어와 맹자 읽기도 계속했다. 공자와 맹자가 살았던 시대는 중국 사상 가장 혼란했던 춘추 전국 시대였다. 그 어려운 난세를 살면서 설파한 유교의 세계는 인간이 겪을 수 있고, 생각할 수 있는 모든 영역을 포함하고 있었다. 논어와 맹자를 읽으면서, 왜 중국에는 외래 종교가 그렇게 힘을 발휘하지 못했는지 이해되었다.

큰 역사와 위대한 정신적 전통을 갖고 있는 중국인들은 그들의 영적 가르침을 외부로부터 수입할 필요가 없었다. 공자와 맹자 그리고 노자와 장자가 설파하고 행동으로 가르쳤던 그 세계가 중국인들의 인생관과 세계관의 지표가 되고도 남음이 있었기 때문이다.

경전 읽기에 대한 의무감에서 어느 정도 해방된 나는 요즘 독서의 자유를 느끼고 있다. 선인들의 세계는 대강 이 큰 스승들의 가르침에서 가지치고 있기 때문이다. 따라서 나는 스스로의 정신적 연마와 성취가 더 중요하다고 느끼고 있다.

어쩌면 나는 영원히 하나의 종교를 신봉하지 못할 지도 모르겠다. 구약의 시편과 신약의 예수의 말씀, 각종 불경에서 만나는 석가의 말씀과 조사들의 언행, 공맹을 비롯한 중국의 대 철인들의 행적이 인류가 성취한 가장 높고 큰 정신의 세계에서 울려오는 합창처럼 느껴지기 때문이다.

그 큰 스승들이 남긴 말씀을 읽으면서 시적 아름다움에 감탄하고 황홀해 한다. 그 자체로서 행복하니 어쩌겠는가?

내 영혼의 반려 프랑스 시집

19 72년의 가을, 나는 군대에서 대학으로 돌아왔다. 황폐하고 황량해진 정신으로 캠퍼스로 귀환했다.

2학년 2학기로의 복귀. 그러나 전공인 불어는 당초에 잘 모르는 채로 입학했었고 그나마 익혔던 기초도 군 생활 3년 동안에 휘발돼 버렸다. 다섯 살이나 차이가 나는 어린 동급생들과의 수업은 염치와 체면이 앞섰다. 참으로 괴로운 시간들이었다. 그때 내가 만났던 책이 '반수신의 오후' 란 이름의 프랑스 시집이었다.

푸른 색 두꺼운 표지의 이 시집은 불·한 대역으로 되어 있다. 14세기에서 20세기에 이르기까지 프랑스의 대표적인 시인들이 망라돼 있다. 또한 민희식 씨와 이재호 씨의 탁월한 번역은 프랑스 시를 쉽사리 이해하게 해준다.

그 동안 단편적으로 프랑스 시들을 접해오던 나는 이 시집을 통해 프랑스 시의 고전들을 읽을 수 있었다. 더욱이 원어로서 읽는 기쁨을 이 시집은 안겨 주었다.

이 시집을 통해 나는 폴 발레리의 '해변의 묘지'를 정독할 수 있었다. '해변의 묘지'는 지금까지 수백 번은 읽었을 것이다. 읽고, 다시 읽어도 남국의 끝없이 푸른 바다와도 같은 발레리의 세계는 언제나 새로운 감흥으로 다가왔다. 발레리가 이 긴 시의 서두에 인용한 핀다로스의 '델피의 축승가'는 방황하던 내 청춘의 무게 중심을 잡게 한 추가 되었다.

'사랑하는 나의 영혼이여, 영원 불멸의 생명을 찾으려 말고, 가능의 세계를 다 소진시켜라'

이 구절은 내가 정신적 허영에 사로잡히려 할 때 나를 낚아채 준 스승이었다. '영원 불멸의 생명'. 인간이 갖기 쉬운 미망을 예리하게 적시한 핀다로스는 그 해답까지도 친절하게 제시한 것이다. '가능의 세계를 다 소진'시키는 노력. 그것이 올바른 삶의 길이 되어야 할 것이다.

나는 발레리가 살았던 지중해 연안의 작은 항구 세뜨를 방문한 적이 있다. 발레리가 생전에 '해변의 묘지'를 쓴 배경이 됐고, 이제는 그가 묻혀 잠들어 있는 공동묘지는 꽤 높은 언덕의 거의 꼭대기에 자리하고 있었다. 그곳에서 바라본 바다는 발레리가 묘사한 정경과 똑같았다. 왜 그가 바다를 '비둘기들이 걷고 있는 고요한 지붕'으로 묘사했는가? 하는 의문이 그대로 풀렸다. 잔잔한 지중해에 점점이 떠 있는 흰 배들의 모습을 묘사하는 데 그보다 더 적확한 표현은 없었던 것이다. 그리고 '소나무 사이, 무덤 사이에서, 공정한 정오가 불로서 구성하는 바다'도 맑고 눈부신 세뜨항의 앞 바다 바로 그 정경이었다. '언제나 다시 시작하는 바다'를 끊임없이 응시하던 발레리는 '신들의 고요를 오래 관조하는 한 사색이 받는 보상'을 받았던 것이다.

어려운 시가 그 시의 산실에서는 그대로 술술 풀려가는 것을 체험하며 나는 문학 기행의 기쁨을 맛볼 수가 있었다. 발레리의 묘석은 풍상에 깨어져 있었고, '해변의 묘지'에는 그의 기념관이 마련돼 조용한 소항의 산정에서 졸고 있었다.

발레리의 장시 마지막 연은 이렇게 장식된다. '바람이 인다!······ 살려고 애써야 한다!' 그리고 다시 '돛단배들이 비둘기처럼 먹이를 쪼고 있는' 바다의 묘사로 이 시는 끝난다. 나는 외롭고 황량했던 대학 하반기의 서울을 이 시 한 구절을 가슴에 묻고 다녔다. '바람이 인다!··· 살려고 애써야 한다!'

이 시집에서 나는 또 프랑시스 잠 시의 아름다움도 발견할 수 있었다. 발레리나 말라르메 같은 상징주의 시인들에게서는 볼 수 없는 순수한 자연의 모습, 삶의 본래적인 힘을 발견할 수 있었다.

집은 장미와 꿀벌로 가득하리라.
오후엔 만도의 종소리 들리고
투명한 보석 빛깔 포도알이
느린 그늘 아래 햇살을 받으며 잠든 듯하리라.

프랑시스 잠의 시는 포근했다. 그의 시에서는 자연이 얼마나 소중한 것이며, 우리의 삶은 결국 자연으로 돌아가야 안정과 행복을 누릴 수 있다는 것을 시적 체험으로 느끼게 하고 있었다. 대자연 속에 녹아든 삶. 그리고 교회의 종소리와 신의 뜻에 자신의 삶을 맡기는 경건함. 그것은 사람이 누릴 수 있는 가치 있는 시간들의 정화인 것이다. 이 빛나고도 거룩한 세계를 프랑시스 잠의 시는 보여주고 있다.

이 밖에도 이 시집에는 보석처럼 빛나는 시인들의 시들이 많다. 14세기, 백년 전쟁 시대의 시인으로 1000편 이상의 발라드를 남긴 위스따슈 데샹에서부터 비롯되어 15세기의 프랑수아 비용, 16세기의 삐에르 드 롱자르와 17세기의 장 드 라퐁뗀느, 18세기의 앙드레 셰니에,

'해변의 묘지'의 발레리 기념관에서

19세기의 알퐁스 드 라마르띤느, 알프레드 비니, 빅또르 위고, 제라르 드 네르발, 알프레드 드 뮈쎄, 떼오필 고띠에, 샤를르 보들레르, 스테판 말라르메, 뽈 베를렌르, 아르뛰르 랭보, 레미 드 구르몽, 뽈 끌로델, 그리고 20세기의 기욤 아뽈리네르, 장 꼭또, 뽈 엘뤼아르, 앙드레 부르통, 루이 아라공, 자끄 프레베르, 앙리 미쇼, 이브 본느프와 까지 기라성 같은 프랑스의 대 시인들이 망라돼 있다. 이 시집은 갖가지 기화요초로 장식된 놀라움고도 우아한 꽃다발인 것이다.

내 나이 스물다섯 살 때 나의 손에 들어와 여러 차례의 이사에도 불구하고 나의 곁에 머물러 있는 이 책은 이제 30년 세월의 더께가 앉았다. 책의 표지는 덜렁거려 떨어져 나가려 하고 페이지는 누렇게 퇴색되었다. 또한 수시로 찾아서 들쳐본 나의 손때가 곳곳에 묻어 있다. 이 책은 나의 분신처럼 되었다.

프랑스어를 아는 사람은 원어로 읽을 수 있어서 좋다. 프랑스 시의 매력은 원어로 읽을 때 절감하게 된다. 운율의 아름다움도 느낄 수 있다. 나는 가끔 이 시들을 소리내어 읽어본다. 그대로 한 곡의 노래와 같다.

프랑스어를 몰라도 섭섭할 것은 없다. 30년을 두고 비교해 보았지만 이 시집만큼 잘된 번역을 아직 보지 못했다. 번역된 시를 통해서도 그 시의 내용과 분위기는 충분히 전달 받을 수 있다. 이 시집 번역에 3년을 바쳤다는 역자들의 노고에 경의를 보낼 뿐이다.

좋은 책은 시대를 뛰어 넘는 것이다. 프랑스 역사상 가장 좋은 시들을 모았으니 이 책은 좋은 책이 아닐 수 없다.

오래된 책은 가족에게서 느끼는 편안함이 있다. 나와 함께 30년을 살아온 이 책은 나의 가족과 같다. 그것이 오래된 책이 갖는 미덕이기도 하다.

장 그르니에(Jean Grenier)의 섬(Les Iles)

한국 전쟁이 끝나고 1년 뒤인 1954년, 나는 국민학교에 입학했다. 부산역전 대화재로 살던 집은 불타버리고 외갓집에 와 있던 나는 마을 공터에서 열린 입학식을 기억한다. 그리고는 산비탈의 천막 교실에서 글을 배웠다.

그때 받았던 교과서가 최초의 내 소유의 책이었다. 표지는 마분지처럼 두터웠고 낱장은 누런 종이였던 그 책의 마지막 페이지에는 이렇게 박혀 있었다. "이 책은 유네스코와 운크라에서 여러분의 공부를 위해 펴낸 것입니다." 우리 정부는 초등학교의 교과서마저 펴낼 돈이 없었던 당시였다.

피폐했던 시절, 교과서 외에 내가 읽을 수 있었던 책은 만화였다. 박기당 씨, 김종래 씨 등의 만화를 빌려서 읽는 것이 큰 재미였다.

중학교에 들어가면서 독서의 폭이 조금 넓어졌다. 교과서의 내용도 문장가들의 글이 들어 있기 시작했고, 학교 도서관에는 국내외 명작들이 있었다. 그러나 본격적인 독서는 고등학교 시절부터 시작되었다.

국정 교과서에서는 명문들을 읽을 수 있었다. 안톤 슈낙의 '우리를 슬프게 하는 것들', '페이터의 산문', '산정 무한', '청춘예찬', '어린이 예찬', '신록예찬', '낙엽을 태우면서' 등 주옥같은 글들이 마음을 흔들고 정신에 큰 흔적을 남겼다. 교과서에서 배운 명문들은 명작을 보는 눈을 갖게 했고 그 뒤로 이어지는 독서 생활의 길잡이가 되었다.

인류가 문자를 가진 이래 얼마나 많은 책들이 쓰여졌는가?

가슴을 설레고, 잠 못 이루고, 오랜 세월 가슴에 담고 다니는 감동을 안겨준 책은 또 얼마나 많았던가?

알베르 까뮈가 "처음 몇 줄을 읽다 말고는 다시 접어 가슴에 꼭 껴안고 마침내 아무도 없는 곳에 가서 정신없이 읽기 위하여 나의 방에까지 한 걸음에 달려갔던" 책은 장 그르니에의 '섬'이었다.

이 책을 쓴 장 그르니에는 카뮈의 고등학교 은사였다. 열일곱 살의 학생 까뮈를 만났던 철학 교수 그르니에는 이미 프랑스 문단에 지명도를 갖고 있는 작가였다. 까뮈가 그르니에에게 얼마나 큰 영향을 받았던가? 그것은 까뮈가 평생 그르니에와 편지를 주고 받았으며, 그의 저서 두 권을 그르니에 선생에게 헌정하고, 뒷날 '섬'의 서문을 쓴 데서 잘 알 수 있다.

이 책은 150페이지의 얇은 수필집이다. 단숨에 읽을 수 있는 분량이다. 그러나 그렇게 녹록치 않다. 문장은 그지없이 아름다우며 필자의 깊은 철학이 녹아 있다. 그 표현은 또한 얼마나 절묘한 독창성으로 반짝이는지…….

이 책은 열두 개의 길고 짧은 산문으로 구성돼 있다. 책의 뚜껑을 열고 처음 만나는 '공(空)의 매혹(L' Attrait du Vide)'의 세계는 불교적이다. 1898년에서 1971년의 생애를 살았던 그르니에가 불교에 심취했음을 이 글에서 읽을 수 있다.

두 번째 산문 '고양이 물루(Le Chat Moulou)'는 "짐승들의 세계는 침묵과 도약으로 이루어져 있다"라는 유명한 구절로 시작한다. 어린 새끼로 저자의 수중에 들어온 고양이가 죽음을 맞기까지 관찰한 비범한 감각이 놀랍기만 하다.

'케르겔렌 군도(Les Iles Kerguelen)'는 그르니에의 명상의 방향을 잘 보여주는 글이다. 그가 인용하고 있는 구절을 보자.

"케르겔렌 군도는 선박이 다니는 일체의 항로밖에 위치하고 있어서……. 약 삼백 개의 섬으로 이루어져 있고 그 해안에는 흔히 안개가 끼어 있으며 그 주위에는 위험한 암초들이 둘러싸고 있으므로 그 곳에 접근하는 선박들은 극도로 경계한다……. 그 고장의 내부는 완전히 황폐하고 살아 있는 것이라고는 전혀 찾아볼 수 없다."

'행운의 섬들(Les Iles Fortunées)'은 내가 가장 좋아하는 그르니에의 시적 산문으로 끝난다.

"바다 위에 떠가는 꽃들아, 가장 예기치 않은 순간에 보이는 꽃들아, 해초들아, 시체들아, 잠든 갈매기들아, 배의 이물에 갈라지는 그대들아, 아, 내 행운의 섬들아! 아침의 예기치 않은 놀라움들아, 저녁의 희망들아 — 나는 그대들을 이따금씩 다시 보게 되려는가? 오직 그대들만이 나를 나 자신으로부터 해방시켜 준다. 그대들 속에서만 나는 나 자신의 모습을 알아 볼 수 있다. 티없는 거울아, 빛없는 하늘아, 대상 없는 사랑아……."

"부활의 섬(L' Ile de Paques)'은 한 백정의 죽음을 꼼꼼하게 관찰한 기록이다.

'상상의 인도(L' Inde Imaginaire)'는 '장소도 시간도 아닌'과 '인도와 희랍', '계시', '실현'의 네 산문으로 구성돼 있다. 서양 철학자의 눈에 비친 인도의 모습이 흥미 있게 그려져 있다.

그리고 부기(附記)에서 그르니에는 두 개의 짧은 산문을 추가했다. '사라져 버린 날들(Jours Disparus)'과 '보로메의 섬들(Les Iles Borromées)'이 그것인데, '사라져버린 날들'은 Vacance(텅빔)의 세계를 선(禪)과 같은 세계로 묘사한다.

또한 '보로메의 섬들'은 여행의 의미를 축약해서 보여준다. 돌아다니는 것만이 여행이 아님을, 가까운 곳에서도 새로운 발견을 할 수 있으면 여행임을 일깨워준다.

'섬'에서 그르니에가 채택한 소재들은 생활 주변의 것들이다. 사소한 것들, 이웃과 고양이와 꽃에서 새로운 발견을 한다. 그리고 그 발견을 독자들에게 보여줌으로써 정신적인 충격을 경험하게 해준다.

그르니에가 스토아상을 받았을 때 까뮈는 라디오 방송에서 이렇게 말했다. "앙드레 지드의 '지상의 양식'이 명성을 얻게 되기까지 30년이 걸렸다. '섬'은 이제 출판된지 고작 10년을 조금 넘기고 있는데 이제 얼마 안 있어 우리들은 진실로 가득한 이 탁월한 작은 책이 더 일찍 세상에 알려지고 칭송 받지 못한 사실에 놀랄 것이다 ……. 그의 글에서 볼 수 있는 것과 같은 음악적인 언어를 찾기 위해서는 바레스나 샤토브리앙으로 거슬러 올라가야 한다."

그르니에의 문장은 우리가 언어를 어떻게 다루어야 하는가를 보여준다. 예술성과 주술성마저 갖고 있는 언어는 철저한 엄격성으로 다뤄야 한다. 장 그르니에의 '섬'의 발견은 우리 인생의 의미를 발견하는 것이다.

영혼을 위한 삶

석가와 예수는 왜 지구상에서의 삶보다 사후의 삶을 더 중시했을까? 그들은 왜 지상에서의 삶은 유한한 것이나 지상에서의 삶 뒤에 영생이 있다고 주장했을까?

나는 그들이 인간 사후의 세계를 알았으리라고 생각한다. 그들은 인간의 영성이 다다를 수 있는 최고의 경지에 도달해 있었기 때문에 우주의 대질서를 볼 수 있었을 것이다.

나의 이러한 생각은 미국의 카운셀링 심리학자 마이클 뉴턴 박사의 저서 '영혼들의 여행(Journey of souls)'을 읽으면서 확고해졌다. 뉴턴 박사는 불치의 고통을 호소하는 환자들의 병 치료를 위해 최면술에 의한 전생 요법을 시술하다가 엄청난 비밀을 알게 되었다. 여러 환자들의 증언을 소개하고 있는 그의 저서에서는 인간들이 이 지구에 태어나기 이전에 여러 차례 환생했었으며 또 환생과 환생 사이에는 우주에서 존재하고 있었음을 밝히고 있다. 영혼의 실재를 증명한 것이다.

또한 영혼들의 세계는 시간과 공간이 없으며 영혼들은 여러 단계의 성장을 거친다는 것도 밝히고 있다. 우주는 이 영혼들에 의해 생성된 것이며 무한히 진화하고 있고, 높은 경지에 도달한 영혼은 지구에 다시 환생하는 일이 없다는 증언도 전하고 있다. 영혼들이 환생하는 것은 지구뿐이 아니며 고등 지능을 갖춘 생물이 존재하는 다른 천체도 포함된다고 한다. 또한 영혼의 세계는 영혼의 고향이며 무척 자유로운 곳이다. 그러나 지구에서의 삶은 고통임을 그의 환자들은 말하고 있다.

뉴턴 박사가 그의 환자들과 가진 면담들을 읽으며 나는 그 내용이 종교의 세계와 상당 부분 일치함에 놀라지 않을 수 없었다. 우선 불교의 윤회 사상과 해탈관과의 일치다.

불교에서는 지상에서의 삶은 고통이며 이 세상은 고해(苦海)라고 밝히고 있다. 따라서 이 고통스러운 세상에 다시 환생하지 않는 것이 수행의 궁극적인 목표가 된다. 불교에서는 인연에 의해 모든 일이 이루어지며 우주가 마치 무한한 그물망처럼 엮어져 연기(緣起)함을 설하고 있다. 또한 불교에서 제시하는 시간과 공간 개념은 사실상 무한대의 개념이다. 이것이 뉴턴 박사가 정리한 이론과 그대로 일치하는 것이다.

다음으로는 기독교적 세계관과의 놀라운 일치다. 예수는 하느님의 아들이라고 자처했다. 그는 지상의 삶보다 영생의 삶을 강조했으며 언젠가는 환생한다는 것을 설파했다. 실제 그 자신이 부활했으며 승천하는 모습을 제자들에게 보여주기도 했다. 성서에서의 이런 기록들이 뉴턴 박사의 경험들로 설명될 수 있는 것이다.

영혼의 세계를 증언한 뉴턴 박사의 상담자들에 따르면 석가나 예수와 같은 무척 높은 영혼들은 지구에 환생하지 않는다고 한다. 그럼에도 불구하고 석가와 예수가 지구상에 태어났던 것은 우주의 대질서와 관련이 있다고 할 수 있다. 즉 그들은 인류의 영혼을 구제하기 위한 우주의 큰 흐름의 힘으로 지구에 환생했을 것이다. 따라서 그들이 말했

172

던 것은 우주의 질서였으며 인간의 영혼을 몇 단계 성숙시키기 위한 것이었다. 불경이나 성경에 기록된 우주관은 맞는 것이며, 예수가 자신이 하느님의 아들이며 하느님 자신이기도 하다는 말도 맞는 것이다.

석가나 예수 같은 엄청나게 높은 영혼이 다시 지구에 환생할까? 그것은 우주의 질서와 관련된 일이기 때문에 알 수 없다. 뉴턴 박사는 석가나 예수의 경지까지는 아니라 하더라도 높은 영혼들이 지구에 환생한 바가 있는데 그 예로 테레사 수녀의 경우를 들고 있다. 그러나 그것은 뉴턴 박사가 서양인이기 때문에 그렇게 본 것이고 동양인의 관점에서 보면 고승들을 비롯해서 높은 정신 세계를 보여준 위인들도 있는 것이다.

뉴턴 박사의 증언을 받아들이면 지구상의 여러 불가사의한 현상들이 풀리는 계기가 된다. 불교나 기독교 같은 고급 종교가 아니라 하더라도 무속의 세계 등에서 나타나는 신비 현상들에 대한 해답이 제시되는 것이다. 실제로 우리 주변에서는 영매에 의해 산 자와 죽은 자가 대화를 나누는 경우가 있다.

또한 《월간 조선》(2000년 3월호)은 호스피스 일을 13년 동안 한 최화숙 씨의 수기와 대담을 싣고 있는데 최씨는 영혼의 존재를 믿는다고 밝히고 있다. 그가 목도한 임종의 순간 마지막 숨을 길게 내 쉬어서 호흡이 아닌 무엇이 함께 나가는 듯하고 그 순간 환자 주위로 아주 희미한 빛이 감싸져 있다가 사라지는 데 그게 뭐겠느냐고 반문한다. 최화숙 씨의 체험과 뉴턴 박사의 기록도 일치하는 것이다. 가사 상태에 빠졌다가 소생한 환자들도 영혼의 실재를 경험하는 경우가 있다.

영혼들은 끊임없이 진화하고 발전한다. 영혼들이 이 지구상에 환생하고 있는 것도 스스로의 성장을 위한 것이다. 과거에 이루지 못한 성장의 기회를 다시 갖고 보다 높은 영혼으로 성숙하기 위한 것이다. 그것도 영혼의 의지에 의한 것이 아니라 우주의 순환이라는 대질서의 아주 작은 한 부분으로서이다.

뉴턴 박사는 매우 실증적으로 자신의 경험을 체계화시키고 있다. 그 경험들은 자신의 환자들이 최면 요법에 의해 출생 이전 영혼의 세계를 소개하고 다시 전생의 세계, 더 나아가 전생 이전의 영혼의 세계를 설명하는 형식으로 되어 있기 때문에 논리적이며 분석적이다.

인간이 사후 세계의 비밀을 안다는 것은 놀라운 일이다. 그리고 영혼의 존재를 안다는 것은 더욱 경이로운 일이다. 그것은 지구상에서의 자신의 삶에 대한 당위성을 발견하게 되기 때문이다.

사람이라는 존재는 결코 우연에 의해 태어나는 것이 아니다. 그것은 우주의 대순환 가운데 하나다. 또한 영혼의 성장을 위한 것이다. 이 우주는 무한한 영혼들에 의해 생성되며 유지되고 있는 것이다. 이렇게 엄청난 의미와 가치를 지닌 영혼이 깃드는 집이 우리의 육신이며 지상에서의 여행이 우리의 삶일진대 얼마나 신비롭고 귀한 것인가?

석가나 예수와 같은 인류 최고의 스승들은 그것을 알고 있었고 따라서 지상에서의 삶의 의미를 깨우쳐 주려고 노력했었다. 뉴턴 박사는 그 엄청난 세계로 가는 열쇠를 발견했고 그 세계의 아주 작은 일부를 보는 데 성공했던 것이다.

밤하늘의 무수한 별들을 보며 저 무한 천공의 우주가 지상의 생명들과 함께 영원한 대순환을 거듭한다는 것을 발견하는 놀라움에 젖는다. 모름지기 영혼을 위한 삶을 살아야 할 일이다.

방송은 사회의 거울

A M 792킬로헤르츠와 FM 103.5메가헤르츠로 방송되는 SBS라디오에는 매일 아침 9시 5분부터 11시까지 방송되는 '손숙, 배기완의 아름다운 세상'이란 프로그램이 있다. 여배우 손숙 씨와 아나운서 배기완 씨가 이끌어가는 이 프로그램은 청취자들의 편지가 큰 축이다. 청취자들이 보내주는 편지 사연을 소개하고 전화로 연결하는 것이 이 프로그램의 주된 구성 방법이다. 주로 주부들이 보내주는 편지에는 생활 주변의 얘기들이 담겨 있어 잔잔한 감동을 준다. 그래서 꽤 많은 고정 청취자들을 확보하고 있는 프로그램이기도 하다.

그런데 지난 해 말부터 이 프로그램에 보내오는 편지 사연들에 변화가 생겼다. 내용들이 무척 우울해진 것이다. 즉 살아가기 어려움과 답답한 심경을 호소하고 있다.

어느 주부는 남편의 실직과 그에 따른 생활고를 호소했다. 또 어떤 편지는 쓰지 않고 투신사에 예치했던 돈이 대우 부도와 주식값 폭락으

시사기획 스탭들과 함께

로 반 이상 떨어져 찾을 수도 안 찾을 수도 없는 허탈한 심경을 호소하고 있다. 한 50대 주부는 대학을 나오고 군에도 다녀온 아들이 취직 시험에 열 번이나 떨어진 뒤 마음을 잡지 못하고 방황하고 있음을 호소하기도 했다. 청취자들의 편지 내용이 전반적으로 이렇게 어두워졌다. 과거에 자주 볼 수 있었던 화목한 가정 이야기나 유머 섞인 사연들은 거의 찾아볼 수가 없다. 왜 이런 변화가 생긴 것일까?

　그것은 방송은 사회를 비추는 거울이기 때문이다. 지금 우리 사회의 전반적인 분위기가 이렇게 우울하기 때문이다. 그래도 애청하는 프로그램이 있고 그 프로그램의 진행자에게 편지를 보낼 수 있는 사람들은 나은 편이라고 할 수 있다. 그러지도 못하는 무수한 사람들의 의지할 곳 없는 불안한 마음들은 어찌할까? 그 마음들이 민심일진데 한국 사회 전체를 술렁거리는 불안한 민심을 어떻게 해야 한단 말인가?

176

불경기와 우울함은 청취자의 편지에서만 반영되고 있는 것이 아니다. 라디오 광고는 경기 변화의 가장 표면에 있다. 즉 불경기가 예고되면 기업들은 광고비부터 서둘러 줄이는데 이때 가장 먼저 손대는 것이 라디오 광고다. 그러니 라디오 광고가 떨어지기 시작하면 앞으로 경기가 침체될 것으로 보면 틀림이 없다. 즉 라디오 광고 신탁 수준은 경기의 선행 지표라고 할 수 있는 것이다.

새해 1월의 라디오 광고 신탁 수준은 지난 해 호황기 때의 거의 절반이었다.

지난 IMF 때는 라디오 방송사들이 적자를 기록했다. SBS 라디오도 제작비와 인건비의 절반 수준밖에 광고를 유치하지 못했다. 그에 따라 구조 조정과 제작비 감축이 이어졌던 것이다. 그때의 악몽이 생생한 라디오 방송사들은 전전긍긍하고 있다.

텔레비전 시대에 라디오의 역할은 무엇일까? 고급화가 그 질문에 대한 대답이다. 디지털 음향 방송으로 고품질 음향을 내보내고, 라디오 방송의 다채널화로 방송 내용은 전문화될 것이다.

그러나 거기에 요구되는 것은 결국 돈이다. 경기가 회복되지 않는 한 투자의 가능성도 요원하다. 여기에 민영 라디오 경영 책임자들의 고민이 있는 것이다.

희생으로 성취를 준 나의 아내

오늘도 나는 여느 때처럼 분주했었소. 계속되는 회의에 방송 프로그램 개편 준비, 광고 판매전략 수립에 옆을 돌아볼 여유마저 없을 정도였지요. 그런데 내게 걸려온 전화가 나를 화들짝 놀라게 했소.

"국장님이시죠? 내일이 무슨 날인지 아세요?"

나는 문득 정신이 멍해지는 느낌이었소. 내일이 무슨 날이라니……. 내게는 개미 쳇바퀴 돌 듯하는 365일 가운데 평범한 하루에 불과하거늘…….

"내일이 결혼 20주년 기념일인 줄 아셨어요?"

그 전화는 내가 가입해 있는 카드 회사에서 선물 판매를 목적으로 걸어온 것이었소. 그 여직원은 내게 이것 저것을 권하더군요. 진주 목걸이는 얼마, 반지는 얼마 하는 식으로…….

나는 우선 그 여직원에게 감사했소. 그리고는 연락처를 받아놓고는

시집 출판기념회에서 아내와 나

상념에 잠겼소.

결혼 20주년.

그 여직원은 장사의 목적으로 한 전화였지만 잊을 뻔했던 내 생애의 소중한 순간을 일깨워 준 것은 너무나 고마운 일이었소. 당신에게 무엇을 선물할까?

그러나 내가 아무리 예쁜 목걸이나 반지를 마련해 준다 하더라도 당신은 고마워하지 않으리라는 데 생각이 미쳤소. 당장 그 값을 따져보고는 도로 물리려 할 지도 모르지요. 우리는 그렇게 살아왔으니까……

어쩌면 지금까지 결혼 기념일이며 당신의 생일을 단 한 번도 제대로 기억해주지 못했었기에 나의 이 돌출된 행동이 너무나 부자연스럽게 느껴질 지도 모르지요. 그러면 당신은 무엇을 가장 고마워할까?

그래서 나는 당신에게 편지를 쓰기로 작정했소. 결혼 이후, 해외출

현대시조 문학상 시상식에서 아내와 나

장 때 현지에서 산 그림 엽서 몇 장 보내준 것 외에는 써본 적이 없는 편지를 말이오.

종이를 펴고 앉으니 지난 20년의 세월이 그야말로 주마등 같소.

어려운 결혼이었지요. 당신을 많이도 울렸던 결혼이었지요. 시골 출신의, 아무 것도 없는 청년에게 큰딸을 맡기는 것에 장인이 불안해 한 것은 당연한 일이었소. 시집을 보내면 당장 홀로 계시는 시아버지와 미성년의 네 동생들을 부양해야 하니까…… '집이라도 있었으면……' 하고 탄식했다는, 이제는 고인이 되신 장인의 한숨이 나이 쉰을 훨씬 넘긴 오늘에는 전혀 섭섭하지가 않소.

지난 20년은 아이를 낳아 키우고, 네 동생을 공부시켜 시집, 장가를 보내고, 집을 마련하고 하느라 그야말로 눈코 뜰새없는 나날이었지요. 그것도 집 비우기를 다반사로 하는 방송 기자 남편 혼자의 힘으로는 도저히 이룰 수 없는 일들이었지요. 중학교 교사에서 고등학교 교사로 학생들을 가르치며 1인 다역을 해 온 당신이 없었더라면 그 가운데 하나라도 제대로 해낼 수 있었을까요?

20년의 세월은 우리를 너무나 변모시켰소. 우선 우리에게는 당신과 나 그리고 이제는 대학생이 된 아들 놈, 이렇게 셋만 남았소.

밤의 남산에서 무수히 명멸하는 집들의 불빛을 보며, '저 많은 집들 가운데 내 몸뚱아리 하나 부지할 곳 없단 말인가?' 하고 탄식하던 내게 이제는 집에 대한 불편은 조금도 없소.

빚더미로 출발한 우리에게 이제는 노후를 생각할 만한 여유도 있소. 이 모든 것이 당신이 없었다면 가능한 일이었을까요?

지난 20년간 내가 이룬 성취는 당신의 희생을 거름으로 한 것이었소. 그 희생은 이제 쉰 살이 된 당신에게 만성 간염과 류마티스 관절염 그리고 안면신경 마비라는 병들로 나타나고 있소. 세상의 모든 성취는 이렇게 희생을 바쳐야 이룰 수 있는 것인지? 병으로 고생하는 당신을 보며 때로 나는 속으로 뜨거운 눈물을 삼키기도 한다오.

정(情)이란 얼마나 무서운 것이기에 한 남녀를 못 견디게 만나게 하고, 고초의 가시밭길을 걸어가게 하는 것일까요?

여보, 고맙소. 내 설령 말로써 당신에게 감사하지 못했다 하더라도 나의 사랑을 믿고 따라준 당신에게 감사하는 마음을 잊은 적은 없었소.

앞으로 우리에게 얼마만큼의 시간이 남아있는 지는 모르겠지만, 남은 생애는 당신에게 보답하는 시간으로 채우려 하오.

나의 모든 것을 다 바쳐 당신을 사랑하오.

선생님 전상서

선생님.

고등학교를 졸업한지 30년만에 뵙는 선생님의 모습은 제가 마음 속으로 늘 그려오던 성자의 모습, 바로 그것이었습니다. 백발을 이시고, 긴 연륜의 주름살로 아로새겨진 선생님의 모습은 너무나 아름다웠습니다.

선생님. 고맙습니다.

선생님이 안 계셨더라면 저희가 어디서 어린애 취급을 받을 수 있을까요?

저희도 가정에서는 자녀들 혼사를 걱정하는 나이거든요. 직장에서는 경영층이거나 지휘부거든요. 부모님들께서 대부분 떠나가신 저희로서는 어딜가나 위로는 별로 없고 저희를 바라보는 숱한 아랫사람들을 둔 입장이 돼 버렸거든요. 그러니 어른 대접에 안에서나 밖에서나 긴장해야 하고, 결정해야 하고, 부담스럽고, 조심스러운 것이 저희들이 살고 있는 세상입니다.

182

그런데 저희들이 허리 숙여 인사드리고, 반백의 제자에게 스스럼없이 말을 놓아주시는 선생님이 계시다는 게 저희들에게는 얼마나 큰 축복인지 모르겠습니다. 선생님들 앞에서 저희는 아직도 소년이라는 게 얼마나 기쁜지요.

　　선생님들께서 정정한 모습으로 계시다는 게 선생님의 복이라기보다는 그런 선생님들을 모실 수 있는 저희에게 더욱 큰 복입니다. 만일 저희들의 고등학교 졸업 30주년 기념행사에 선생님들이 계시지 않았다면 그것은 동창들의 술자리에 불과했을 것이며, 30년의 연륜이 가져다 준 가벼운 성공이나 실패를 견주는 꼬마들의 키재기거나, 통속적인 모임에 불과했을 것입니다. 그런데 그 자리에 소년기의 저희들을 가르치셨던 선생님들이 백발을 이고 상석에 앉아 계셨기 때문에 졸업 30주년은 무게를 갖고, 의미를 갖고, 나아가서는 저희들에게 감동을 안겨주는 행사로 장식될 수 있었습니다.

　　저희의 소년 시절에 30대 후반이거나 40대의 장년으로 빛나시던 선생님들은 오늘 70대의 중후하신 모습으로 여전히 저희들을 가르치고 계십니다. '자중 자애하고 진중을 다해 오늘을 잘 지키고 다가올 내일에 대비하라'고 말씀하십니다. 생존 경쟁이 각박한 이 세상에서 그런 말씀은 늘 제자가 잘 되기를 바라시는 선생님의 사심 없는 마음이 아니고서는 그 어디에서 들을 수가 있겠습니까.

　　선생님께서는 또 '지난 날 제자들과의 가지가지 추억과 오늘의 이 즐거운 추억을 먼 사막의 여로에 오르는 낙타가 제 몸 속에 물을 저장하듯이 가슴 깊이 고이 간직하였다가 남은 여생에 아름답게 윤색을 하려 한다'고 고마워하십니다. 그리고 제자들 앞에서 별주부전을 창하시고 덩실덩실 춤을 추십니다.

　　선생님.

　　정녕 고마운 것은 그런 선생님의 모습을 뵙는 바로 저희들입니다 선생님들이 계셔야만 저희들은 더욱 빛이 나기 때문입니다. 제자들의 성취를 기뻐하시고 자랑하시는 우리 선생님, 비록 많은 선생님들께서 이미 이 세상을 떠나셨지만 선생님께서는 부디 건강하셔서 저희들과 오래토록 함께 하시기를 축원합니다. 그래서 저희들을 늘 소년이게 하여 주소서.

전 인생을 거는 치열함

이 세상에 태어난 후 나의 기억은 할아버지의 죽음에서 비롯된다. 그때 나는 온 집안의 귀여움을 독차지하던 아기였을 것이다. 문득 잠을 깨니 큰방의 저 윗쪽에 할아버지가 누워 계시고 어른들이 엎드려 통곡을 하고 있었다. 그날 밤 우리 집을 가득 채웠던 그 울음은 전라도 구례의 양반 집안에서 태어나셔서 경상도 삼천포로, 다시 부산으로 옮기시면서 어려웠던 일제 시대를, 6·25 전쟁의 후유증을 겪으시던 할아버지가 예순도 채 못 된 나이에 타관 땅에서 이 세상을 하직하였음을 알리는 것이었다.

내 생애의 첫 기억이 할아버지의 죽음과 어른들의 통곡이라는 것은 그 이후 소년기로 이어지는 집안의 경제적 불안정과 더불어 나를 사변적이고 내향적인 아이로 자라게 하는 요인이 아니었던가 한다.

초등학교 상급반 때, 도 단위의 글짓기 대회에 나가 상도 타고 중학교 때는 교내 백일장에서 장원도 하면서 나는 점차 글 잘 쓰는 아이로 주변에 알려지고 있었다.

고교 1학년 때 진해 군항제와 마산 문화제에서 연이어 장원을 했다. 이러다 보니 나의 고교 시절은 학교 공부보다는 글을 쓰는데 몰두하는 문학 소년의 길로 접어들고 말았다.

내가 시집다운 시집을 처음으로 만난 것은 고등학교 때 글 잘 쓰는 어느 선배의 추천으로 사서 봤던 '전후 한국 문제시집'이었다. 그 시집 가운데서도 그 선배가 좋다고 하던 구자운, 박성룡, 이형기의 시를 열심히 읽었다. 그때는 그들이 젊은 시인 그룹에 속했었다. 시 공부는 모방에서 시작된다는 선배의 말을 액면 그대로 듣고 그들의 시 구절을 그대로 베껴쓰기도 했었는데 지금 생각하면 도작이었다.

그런 짓을 아무런 죄의식 없이 하고 심지어는 교지에 그런 시를 싣기도 했으니 너무나 순진했었다고나 할까? 나의 그런 모작 행각은 또 다른 선배의 호된 꾸지람과 함께 끝났다.

지금 생각해보면 그것은 시를 기능적으로 꾸미는 연습에 불과한 잘못된 가르침이었다. 거기에 어린 시절의 일종의 허영이 가세했던 것이다. 그것은 시적 성장에 가장 중요한 청소년기에 결코 도움이 못 되는 짓이었다.

정지용이란 시인의 이름을 들은 것도 그때였다. 교과서는 물론이고 어느 시선집에서도 보지 못했던 이름이었다. 같이 습작을 하던 친구를 따라 그 친구의 누나 집에 가서 그 집의 서가에 꽂혀 있던 지용 시집 '백록담'을 들고 나왔던 것이다.

월북 시인이기 때문에 금서였던 그의 시를 읽는 것은 마치 내가 비밀스런 범죄 행위를 하는 듯한 느낌을 주었다. 뿐만 아니라, 물론 그 친구의 양해 아래이긴 했지만, 내가 '백록담'을 집어와서 돌려주지 않은 것은 분명히 나쁜 짓이었다. 당시 김기림의 시론집과 두 권을 가져왔던 것으로 기억이 나는데 그 책을 소장하고 있던 그 친구의 매형은 얼마나 그 책을 찾았겠는가? 좋은 책을 아낄 줄도 모르고, 그럴 능력도 없던 시절의 철없는 만용이었던 것이다.

내가 다니던 고등학교에는 시인이 두 분 계셨다. 그 가운데 한 분이 수업 시간에 문득 정지용의 '춘설' 첫 연을 낭송하는 것이었다. 그리고 그 이미지가 한국 현대시 최고의 수준이라고 극찬하는 것이었다. 나는 선생님의 말씀을 홀린 듯이 들으며 최소한 내게 있어 정지용은 해금된 시인으로 다가왔다. 한국 최고의 시를 읽는 것이 어째서 잘못된 일이란 말인가? 나는 집에 돌아오자마자 '백록담'을 펼쳤다. 그리고는 '춘설' 전문을 외워버렸다.

문 열자 선뜻!
먼 산이 이마에 차라

우수절 들어
바로 초하로 아츰.

새삼스레 눈이 덮힌 뫼뿌리와
서늘옵고 빛난
이마받이 하다.

어름 금가고 바람
새로 따르거니
흰 옷고름 절로
향긔롭어라.

웅숭거리고 살어난 양이
아아 꿈같기에 설어라.

미나리 파릇한 새순 돋고
옴짓 아니그던
고기입이 오믈거리는.

꽃 피기전 철아닌 눈에
핫 옷 벗고 도로 칩고 싶어라.

지용의 시는 내게 경이였고 새로운 발견이었다. 그러나 나는 지용 시를 읽고 있다는 것을 주변에 말하지는 않았다. 그후 지용이 해금되기까지 지용은 나 혼자만의 비밀이었고 나의 시가 지향하는 한 지평이었다.

고등학교 3학년이 되고 친구들이 모두 대학 입학 시험 준비에 여념이 없을 때, 나는 정신적인 바람둥이이자 지적 오만에 차 있는 철없는 소년이었다.

당시 중고생들에게 인기가 있던 《학원》 잡지에 시며 산문을 열심히 투고했고, 전국 여기저기 열리는 백일장에 싸돌아 다녔다.

뒷날 내가 진학하게 되는 서울대학교 사범대학과의 첫 인연은 고2 때 서울 사대에서 주최한 전국 고교생 문예 콩쿨에서 소설부에 입상함으로써 비롯됐었다. 그러나 열에 들떴던 문학 소년에게 돌아온 것은 첫해 대학 입시에서의 낙방이었다. 그것은 내가 체험했던 생애 첫 실패의 경험이기도 했다.

중앙 문단의 문을 두드린 것은 대학 1학년 때였다. 그해 가을, 신아일보에서 전국 시조 백일장을 했는데 입상했던 것이다. 그리고 이듬해 역시 신아일보의 신춘문예에서 시부 가작을 하고, 불교신문의 신춘문예에서는 시조부 당선을 했다. 이때 나는 불교적 세계관에 심취해 있었고, 미당 서정주의 '귀촉도'며 '문둥이', '동천' 같은 시들을 줄줄 외우고 다녔다.

내 마음 속 우리 님의 고운 눈썹을
즈믄 밤의 꿈으로 맑게 씻어서
하늘에다 옮기어 심어 놨더니
동지 섣달 나는 매서운 새가
그걸 알고 시늉하며 비끼어 가네

— 서정주「동천」

　내가 다니던 서울 사대에서는 문학회 활동이 활발했었다. 매주 모여 작품 합평회를 했었다. 그때는 남의 작품을 혹평하는 것이 잘 하는 것인 줄 알고 합평회에서 나온 작품을 난도질하기 일쑤였다. 대학 2학년 때였을 것이다. 국어과에 월하 이태극 선생이 시조론을 강의하는 것을 보고 나는 수강 신청없이 도강을 했다.
　그런데 마침 그 주일의 합평회 작품으로 내가 연작 시조 한 편을 문학 회장에게 주었다. 그런데 강의 시간에 그 친구가 내 작품을 월하 선생께 보여드리는 게 아닌가? 월하 선생은 내 작품을 즉석에서 강평하시더니 "추천해 줄까?"하시며 가져가시는 것이었다. 그리고 그 작품이 시조문학에 초회 추천됐다. 한 번 추천을 받았으니 끝내야 했다. 그런데 나의 시조문학 추천은 순조롭지 못했다. 남들은 세 번이면 끝나는 추천 과정을 나는 무려 네 차례나 거쳐야 했던 것이다. 시조문학의 추천을 거칠 때, 작품이 영글지 않아 몸무림치던 것을 기억한다. 그 당시가 나의 습작기 중 가장 시련이 많았을 때였다. 신춘문예의 최종 결선에서 낙방하기가 여러 차례였다. 그래서 나는 작품은 없고 신년호 신문의 신춘문예 심사기에 이름만 나는 것이 여러 해 계속됐다. 방학 때 집에 내려가 새해를 맞았었기 때문에 언제나 우울하게 한해를 시작했던 나의 청년기였다.
　제대를 앞둔 병영에서 나는 시조문학의 추천을 완료했다. 그때 내

나이 스물여섯 살, 시인으로서는 이미 많은 나이라고 생각했다. 별다른 감흥도 없었다. 단지 이제부터는 그 지겨운 등단을 의식하지 않아도 된다는 약간의 후련함은 있었다.

그리고 나의 습작기를 이렇게 마감해야 하는가에 대한 아쉬움과 슬픔 같은 느낌이 있었다.

모란병 와룡 촛대
대추 유과 월병 대두

화문석 수방석
두벌 교배 북향 재배

눈부신 화관의 구슬
떨려오는 수줍음.

소리 없이 떨어지는
하얀 깁 치맛자락

화촉이 잠든 사창
달빛 차서 흐르면

무심히 넘나든 바람
말 설레어 가고 없고.

종가
연지는 새도록 수런대어

사리의 바다로
별의 무리 쓸리고

홀연히 옷깃 여미며
일어서는 신부여.

— 문단 데뷔작 「혼례」

 습작기란 소중한 것이다. 그 습작기를 어떻게 보냈느냐가 데뷔 이후의 활동을 좌우한다. 습작은 정공법으로 하여야 한다. 문학에 있어서 타협이란 있을 수가 없다. 요령은 더더욱 있을 수가 없다.

 문단 데뷔는 한 과정일 뿐 결코 그것이 목표가 될 수는 없는 것이다. 자신의 전 인생을 거는 치열함이 습작기에서부터 있어야 한다.

 시조문학 추천 완료에서부터 쳐도 나의 문단 생활은 29년이 된다. 이 긴 세월 동안 나는 무엇을 했던가? 나로서는 문학은 정공법으로 해야 한다는 것을 아는 데 걸린 시간이었다. 이 뼈 아픈 경험을 문인이 되고자 하는 후배들에게 들려주고 싶은 것이다.

구례 유씨가의 물 이야기

조선 영조 때 용천부사와 삼수부사를 지냈던 유이주(柳爾胄)가 지금의 전라남도 승주군인 낙안군수로 재직하던 1771년, 지리산 기슭의 구례군 오미동에 집을 지을 터를 닦았다. 그가 이곳을 주목했던 이유는 다음과 같다. 즉, 그곳은 통일신라시대 도선대사가 우리나라의 풍수 비결을 완성한 곳이기 때문이다. 도선은 그곳을 우리 나라의 3대 길지 가운데 하나로 꼽았다. 오미동 일대에는 세 개의 명당이 있다고 한다. 상대가 금구몰니(金龜沒泥)이며 중대가 금환락지(金環落地) 그리고 하대가 오보교취(五寶交聚) 란 것이다. 유이주는 '금구몰니' 의 혈(穴)을 찾았던 것이다.

그의 행장을 보면 "세상 사람들이 이곳을 길지라고 했으나 바위가 험하여 누구도 감히 집터로 활용하지 못한 것을 공이 '하늘이 이 땅을 아껴두었던 것은 비밀스럽게 나를 기다리신 것' 이라고 말하며 수백 명의 장정을 동원하여 터를 닦았다"고 나와 있다. 그런데 그곳에서 실제 어린 아이 머리 크기만한 돌거북이 출토됐다. 명당 금구몰니의 혈임이 입증됐던 것이다.

그는 이곳에 7년 동안 걸쳐 99간의 대저택을 지었다. 대궐 이외에는 백 간을 넘을 수 없는 것이 당시의 관습이었기 때문이다. 집터가 명당이어서 그랬는지 그의 손자 유억(柳億)은 충청도 수군절제사와 병마절제사, 평안도 병마 절제사 겸 토포사 등을 지냈고 증손자 유택선(柳宅善)은 황해도와 평안도 병마 우후 겸 토포사, 중추부사 등을 지내는 등 자손들이 무과를 거쳐 벼슬길에 나아갔다.

그러나 왕조는 몰락의 길을 걷게 되고 구례의 유씨가는 중앙과의 문을 닫아버렸다. 집안의 운명이 스스로 나라의 운명을 따라갔던 것이다. 그런데 최근 유씨가의 고문서들이 학계의 주목을 받고 있다. 즉, 입향조 유이주의 고손자 유제양(柳濟陽)으로부터 유제양의 손자 유형업(柳瑩業)에 이르기까지 3대에 걸쳐 꼼꼼하게 기록된 농가일기 등이 한국 농촌경제연구원에 의해 발췌돼서 번역 출간된 것이다.

일기가 씌어진 시기는 1890년대부터 1940년대까지 반세기에 이른다. 엄청난 분량의 이 기록들은 자작지와 소작지의 시기별 상황, 당시 소작료의 수준, 형태, 유형, 지주와 소작인의 관계, 농업 기술과 생산력, 생산물의 이용, 노동력 조달 형태, 피고용자의 사회적 신분과 노임, 당시 시골 양반가의 습속과 세시풍속, 신분의 와해 등 실로 광범위한 내용을 담고 있다.

그런데 유씨가의 농가일기를 보면 당시 하늘에만 의존했던 형태가 얼마나 처절했던 것인가를 알게 한다. 유씨가의 경작지는 종자뜰이라고 불린다. 7년 가뭄에도 물 걱정이 없이 농사를 지을 수 있다는 뜻이다. 그런데 농가일기를 보면 전혀 그렇지 못 했다는 것을 알게 된다.

이 일기에는 한해(旱害)나 수해(水害)에 관한 언급이 없는 해가 거의 없다. 1911년 윤 6월 14일에는 '여러 달 내리던 장마가 그쳤는데 기해년 여름과 비슷했다'고 씌여 있고, 그 이듬해인 1913년 6월 26일에는 '오늘까지 가뭄이 극심하여 태반이 이앙을 끝내지 못하고 있으니 안타깝다.' 그 이듬해인 1914년에는 '밀과 보리가 흉년에 가까운 데 보리가 더 심한 흉작'이라고 씌여 있으니 물난리를 치른 이듬해부터 연 삼 년 동안을 혹심한 가뭄에 시달렸음을 알 수 있다. 그러나 그 2년 뒤인 1916년 5월 28일의 기록을 보면 '보리가 들에 있으나 들마다 물에 잠겨 곡식 머리만 나와 있어 거의 버린 것과 다름없다'고 씌어 있어 가뭄 뒤에는 홍수가 찾아 왔음을 알게 한다.

주민들이 물싸움을 하는 기록도 나온다. 1922년 5월 28일에는 '가뭄이 너무 극심하여 말을 할 수 없을 지경이다. 이앙한 곳이 고갈되어 갈라지고 봇물도 사도리 사람들이 나누어 가니 물을 댈 가망이 없다. 상보의 물은 하죽에 이르러 고갈되어 식수조차 부족하고 남녀들이 하죽으로 물을 구하러 가느라 난리이다'라고 되어 있다. 이러다가 물싸움이 나는 것이다. 봇물 문제로 마산면과 토지면 사람 천여 명이 싸움이 붙어 군청과 경찰 그리고 두 면의 대표가 모여 오전 6시부터 오후 4시까지는 마산 면민들이 물을 쓰고, 오후 5시부터 다음 날 오전 5시까지는 토지 면민이 쓰도록 타협을 한다.

1929년에도 물싸움이 재연된다. 6월 26일, 마산면 하사리의 농민들이 못물을 막자 토지면과 마산면의 농민 수백 명이 싸움을 벌였다. 면장과 서기 그리고 양면의 대표들이 보는 앞에서 오전 7시부터 오후 6시까지 11시간을 마산면 사람들이 물을 쓰고, 오후 6시부터 다음날 오전 7시까지 13시간을 토지면 사람들이 쓰게 되었다.

50년에 이르는 기록에서 재해가 없었던 해는 9년에 불과하다. 1919년 윤 7월 3일의 일기에는 '재앙 중에서 첫째가 한해요, 둘째가 수재'라고 씌여 있다. 그러나 이렇듯 혹심한 자연 재해에 시달리면서도 당시 일제가 추진하던 수리조합에는 반발하고 있다. 그것은 농민들이 부담하는 수세(水稅) 때문이었다. 그당시 과중한 수세 부담이 영세

소농들의 몰락을 초래한 단서를 제공했었기 때문에 토지면민들이 수리조합 결성을 반대한 것은 당연한 일이었다고 농촌경제연구원은 분석하고 있다. 수리문제에 한해서지만 농민들이 연합해서 일제 관리에게 강력하게 대항하는 것은 특기할 만한 일이기도 했다.

인력으로 아무리 해도 안 되는 농민들은 마지막으로 하늘에 빌었다. 곡식이 타서 다 죽게 되었으니 비를 내려 주십사 하고 비는 것이다. 1928년 7월 11일의 일기에는 '늦가뭄이 불과 같이 심해 곡물이 말라죽으니 손해가 두렵다. 기우제를 지내자는 의논이 가뭄이 심한 들에서부터 있다고 한다'고 씌여 있다.

그런데 참 신기한 것이 이 기우제의 효험이다. 1928년에도 가뭄이 심해서 물싸움이 벌어지고 마침내 기우제를 지낸다. 7월 9일의 일기에 '면사무소에서 기우제를 문수동 용추와 용소에다 지낸다고 한다. 검은 구름이 몰려오고 우레는 쳤지만 비는 오지 않으니 어찌할꼬'라고 씌어 있다. 그리고 '군수 김동준(金東準)이 별산에서 기우제를 지냈음'을 확인하고 있다. 그런데 기우제를 지낸 며칠 뒤에 비가 오는 것이다. 7월 12일의 일기에 '새벽에 비가 오더니 하루 종일 마치 구슬 같은 비가 내렸다. 너무 기뻐 비를 소재로 한 시를 지었다'고 쓰고 있다.

하늘에만 의지하던 시절 농민들의 안타까움과 소박함을 이 일기에서 알 수 있다. 그러나 요즘도 여름이면 가뭄이나 수해 소식이 신문과 방송을 장식하는 데 그때와 과연 얼마나 달라졌을까?

이 가을의 들녘에서

   가을의 영혼은 행복이 스쳐간 고장의 빈 들녘에서 서성이고 있다. 그의 얼굴은 노을빛을 띠고 있다. 조금은 쓸쓸하게, 그리고 다정하게, 노을빛 영혼은 가을의 들을 거닌다. 그 저녁의 소리, 먼 사랑처럼 많은 것을 생각하게 하는 저녁의 소리.

   들녘 가득히 일렁이는 황금빛 손짓은 머지않아 쓰러질 목숨을 울고 있는 것이 아니다. 그것은 다시 태어날 풍요로움을, 몇 배 더 많은 열매를 맺을 신비로운 약속을 축복하고 있는 것이다.

   장차 옷을 벗는 나무의 여윈 가지들은 우리에게 눈물을 요구하지 않는다. 그들의 찬란한 생명은 우리의 눈길에서 떠나고 있지만, 눈길이 닿지 않는 저 깊은 곳으로 그들의 생명을 운반해 가고 있다. 줄기에서, 뿌리에서, 그들은 겸허하게 목숨을 가꾼다. 우리들에게 슬퍼하지 말 것을, 절망하지 말 것을 끊임없이 일깨우며 소리치고 있다.

   가을에 떠나는 철새들은 영원한 결별을 선언하지 않는다. 여위고 허기진 몸으로 이 들을 찾아왔던 그들은 이제 저다지도 튼튼하다. 그

196

들은 무성한 여름 속으로 짝을 찾고 새끼들을 키웠다. 그들의 날개는 대양을 건널 수 있을 정도로 실팍하다. 무리를 지어 힘차게 날아오르는 그들은 행복하다. 그들에게 재회를 약속하지 않아도 좋다. 여위고 허기지면 그들은 이 들녘으로 돌아올 것이다. 기름진 이 들녘의 자애로움 속으로, 포근한 품 속으로 다시 돌아올 것이다.

가을의 풀벌레들은 그들의 죽음을 조상하고 있는 것이 아니다. 얼마나 많은 목숨들을 그들은 이 들판에 심었던가? 풀잎 속에서, 흙 속에서, 나무 속에서, 그들은 얼마나 많은 환생을 약속 받았던가! 그 무궁한 자연의 보상을 그들은 얼마나 기뻐해야 하는 것인가?

헤어짐을 슬퍼하고, 잃음을 아쉬워하고 가지지 못함을 분노하는 것은 어둠을 무서워하는 아기의 심성과 같다. 눈에 보이는 것, 손에 잡히는 것, 물체로서 나타나는 것에의 사랑은 얼마나 속기 쉬운 것인지 모르겠다. 그렇다면 느껴지는 것, 깨우쳐지는 것, 의식 저 밑바닥에 흐르는 인식의 강은 정말로 믿을 수가 있는 것인가? 스스로의 마음 속에 갖가지 빛깔로서 어룽지며 싸우는 그 모습들은 무엇을 뜻하고 있는 것인가?

20년의 침묵을 깨고 발레리가 이렇게 노래했을 때;

"바람이 인다. 살려고 애써야 한다. 거대한 대기가 내 책을 폈다가 다시 접는다."

그는 오랜 인식과의 싸움에서 마침내 거두어 낸 견고한 승리의 훈장을 가장 거칠고 다치기 쉬운 목숨, 바로 거기에 걸어주려 한 것이 아니었던가?

피어나고, 지고, 그리고 다시 새로운 세계로 열려가는 목숨의 깊은 비밀을 가을의 들녘은 그 큰 품 안에 감싸 안고 묵묵히 보여주고 있는 것 같다.

이 가을의 들녘에서 헤어짐을 익히고 싶다. 헤어짐을 서러워하는 것보다 몸부림치며 나타날 기적 같은 만남의 기대를 간직하고 싶다.

이 가을의 들녘에서 소박함을 배우고 싶다. 짙은 행복의 파도 속에서 전율하는 것보다 행복의 그림자를 비껴 선 여울목에서 그 모습을 조용하게 바라보며 살고 싶다.

섬에서 배우는 인생

*신*기한 일이다. 여의도에도 가을이 오다
니……

시멘트와 아스팔트로 뒤덮인 기이한 섬. 끊임없이 줄을 잇는 차량
의 행렬. 빌딩의 숲에서 종일 토해내는 사람들, 노인이 드문 동네. 하
얀 와이셔츠와 넥타이 차림의 회사원들이 일상적인 낮을 사는 곳. 몰
개성, 몰자아, 경쟁과 싸움과 삭막함이 군림하는 이 몰자연적인 고장
에 가을은 무엇하러 오는 것일까?

몇 년 전까지 9월이면 광장 중앙에서 행진 연습을 하던 군인들을 기
억한다. 아침이면 김이 무럭무럭 오르는 큰 통에서 밥이며 국을 퍼 날
라 간이식당에서 식사를 하고, 오전 내내 줄 맞춰 걷는 연습을 하고,
기합을 받고, 다시 먹고, 다시 걷고, 다시 먹고, 밤이 되면 잠까지도 줄
을 맞춰 자던 젊은이들. 10월 1일에는 거대한 단 위에 높은 사람들이
가득 서고, 섬은 완전히 외부와 차단된 채 탱크와 대포와 장갑차가 구
르고, 군인들이 퍼레이드를 벌이고, 하늘에는 전투기들이 공중 곡예를

폈다.

이따금 광장을 가득 메운 군중들이 벌이던 종교 행사. 단상에서 포효하던 전도사들, 기도하고, 울부짖고, 손뼉치고, 땅을 구르던 그 많은 사람들. 초파일이면 광장을 메우던 연등의 행렬, 여의도에는 왜 사람들만 모이면 줄지어 걷는 것일까?

몇 년에 한 번씩 펼쳐지던 정치 행사들, 주먹을 쥐고 부르짖던 연사 앞에 무심한 군중들. 해만 지면 섬 주변에 모이는 또 다른 사람의 무리. 산책하고, 노래하고, 춤추기도 하지만, 매일 밤 벌어지는 설익은 사랑의 유희, 폭력, 범죄, 무서운 밤의 이야기들.

경쟁이 싫은 사람들은 여의도에 오지 않는 것이 낫다. 증권 거래소에는 치열한 재화의 경쟁이 있고, 국회 의사당에는 지혜와 음모와 술수의 경쟁이 있고, 광장을 가로질러 자리 잡고 있는 세 방송사에는 과학과 예술과 노역을 바탕으로 국민의 눈과 귀를 사로잡고자 하는 불꽃 튀는 경쟁이 있다. 경쟁에서는 승리가 미덕일 뿐, 양보는 용납되지 않는다. 이 살벌한 고장에 인간미가 발붙일 여지가 어디 있을까?

나의 여의도 생활도 20년을 헤아린다. 남산에 있던 KBS가 여의도로 사옥을 옮기면서 여의도로의 출퇴근이 시작됐던 것이다. 남산에서의 직장 생활은 복된 것이었다. 낡은 중국집, 못 생긴 여자들이 뚱한 모습으로 차를 주던 지하 다방. 점심 먹고 들르던 약수터, 벤치에 앉아 있던 노인들. 진고개. 막걸리와 돼지 족발을 팔던 목로 주점. 그리고 서울의 멋을 느끼게 하던 명동이 있었다.

여의도로 오면서 그 모든 것은 사라졌다. 황량함과 삭막함. 겨울이면 서지도 않고 쌩하니 달아나는 버스를 떨면서 기다려야 했고, 택시를 잡지 못해 용달차를 타고, 출근길 횡단 보도에서 신호에 쫓겨 늘 뛰어야 하는 넓은 도로가 있었다. 출근하면서 뛰기 시작하면 그 뜀박질은 하루 종일 계속됐다. 내가 없어지면 마치 이 세상이 무너지기라도 할 것처럼 이리 뛰고 저리 뛰고, 고함치고 싸우며 하루를 보내고 늦은 밤 황량한 광장에 서서 어둠 속에 불 밝히고 있는 공룡 같은 건물을 보며 이 세상은 내가 없어도 끄덕 없는데 왜 그리 각박했던가를 반추하곤 했었다.

그런데 나는 이제 이 삭막한 섬에도 가을이 오는 까닭을 알았다. 그것은 강 때문이었다. 한강이 어디 보통 강인가? 세계를 다녀 봐도 한강만큼 큰 강은 보기가 쉽지 않다. 또한 크기에 걸맞는 그 흐름의 유장함이란…….

한강에 비춰 보면 여의도는 그 큰 품안에 안겨 있는 한갓 돌덩이에 불과할 뿐이다. 큰 자연의 일부일 뿐인 것이다. 물에 싸여 있다는 것. 이는 생명의 가장 원초적인 요소가 풍요하다는 것이요, 바람을 다스려 환경이 온화하다는 것을 뜻한다. 이렇게 볼 때 여의도는 자연의 혜택을 많이 받는 입지적 여건을 갖추었다고 할 수 있다. 따라서 이 섬 안에서 벌어지는 희노애락과 삶의 갖가지 곡절들은 유장한 강의 흐름에 한갓 거품처럼 스러지는 찰나의 반짝임일 뿐인 것이다.

빌딩의 옥상에 오르면 한강을 가로지르는 다리가 보이고 남산이 원경에 잡힌다. 그 위에 우뚝 선 철탑까지를 함께 그려보면 도시가 주는 조형미와 자연이 주는 여유로움이 한데 어울리는 스카이라인을 형성한다. 거기에다가 강과 섬의 배열이라는 절묘한 구도가 이뤄진다.

내가 여의도의 아름다움을 발견하기까지는 무려 20년이 걸렸다. 생활의 아름다움. 도시가 갖는 아름다움. 문명이 갖는 아름다움을 느끼기에는 촌놈인 내게는 그 정도의 시간이 필요했던 것이다.

이제 나는 시간과의 싸움을 별로 두려워하지 않는다. 포기할 줄 아는 지혜도 배웠다. 도시인의 세련됨을 사랑할 줄 알게 되었다. 이제는 아예 이 섬으로 집까지 옮겨 섬 속에 파묻혀버렸다.

와병기

겨우내 감기가 돌면서 직장 동료들이 고생하는 것을 보며 나는 용케 넘어가나보다 했었다. 한번 걸리면 3주일을 앓아야 하고, 열과 근육통이 여간 고통스러운 것이 아니라는 말들을 들으며 '감기도 갈수록 독해지나보다' 하는 생각과 함께, '보온을 잘 해야지. 얼마나 자신 있다고 한겨울에 내복도 안 입고……' 하며 내복을 입고 다니는 스스로의 지혜에 속으로 우쭐거리는 마음까지 일었었다.

그런데 웬걸, 겨울 다 지나고 3월 들어 뒤늦게 감기에 걸리고 말았다. 당해 보니 역시 위력이 대단했다. 우선 끊임없는 콧물과 재채기에 휴지를 연신 사 대어야 했다. 거기에 열 때문인지 눈이 충혈돼 흡사 울고 나온 사람처럼 볼썽 사나운 모습이 되고 말았다. 그리고 밤에는 깊은 잠을 이룰 수가 없었다. 선잠이 설핏 들다 깼다 하니 낮에도 정신이 멍하고 피로했다.

잠을 이루려 애써도 잘 되지 않아 잠을 포기하고 거실로 나와 앉았다. 그리고는 담요를 뒤집어쓰고 곰곰이 생각했다. 내가 왜 앓고 있는 가를…….

생각 끝에 내가 앓고 있는 것은 나의 마음 때문이라는 다소 엉뚱한 결론에 도달하게 됐다.

사람은 깨끗한 몸과 마음으로 태어난다. 몸은 마음을 담는 그릇인데, 이 몸과 마음이 자라면서 주도권을 잡게 되는 것은 마음이다. 이 마음이 병들어 몸이 도저히 담고 다닐 수 없을 지경이 되면 몸이 쓰러지게 되는 게 아닌가 하는 생각이 들었다.

나는 나의 마음을 꿰뚫어 보고자 노력했다. 그랬더니 아주 더러운 모습이 떠오르는 것이었다. 우선 부모에게 불효했고, 남을 미워했고, 시기심이 많았고, 이기적이었고, 욕심이 많았다. 거기에다가 우쭐대기를 잘 했고 이해심마저 없었다. 그런 마음이 주인이 돼서 몸을 마구 부렸다. 그것은 바로 죄였다. 참 많은 죄를 짓고 살았다. 그것도 언제나 스스로를 합리화시키면서……. 최근의 나의 행적을 더듬어 봤더니 '아, 몸이 더 이상 지탱할 수 없을 지경까지 됐구나!' 하는 결론에 이를 수가 있었다. 이제 더 이상 병든 마음을 담고 다닐 수 있는 한계를 넘어, 몸이 쓰러지게 된 것이다. 그러니 내가 앓게 된 것은 당연한 결론이 아니겠는가?

그런데 참으로 신비로운 것은 마음은 강한 복원력을 가졌다는 점이다. 온갖 때와 오물로 뒤덮여 있어도 닦아내면 순수한 원래의 모습이 나타난다. 그러나 그 더러움의 자각과 닦아냄의 수고가 쉽지는 않다. 그래서 예로부터 고승들이 스스로의 마음을 다스리기 위해 그토록 고생했던 것일까?

봄이 오고 있다. 검은 대지에서 식물들이 싹트고 생명의 푸른 빛을 창조해 내는 봄은 참으로 위대한 계절이다. 봄이 있기에 대지는 늘 희망이 있다. 이 봄에 나는 무엇을 할 것인가? 나의 과제는 정해졌다. 그것은 마음을 닦아내는 일이다. 나는 마음의 복원력을 믿는다. 바위 덩이처럼 딱딱하게 굳어 있을 줄 알았던 마음의 때가 힘을 가하니 의외로 무른 것이다. 이 정도면 닦아낼 수 있겠다. 이 마음의 때를 닦아내면 내 몸도 건강을 되찾을 수 있으리라고 믿는다.

그리고 또 하나 있다. 깨끗함을 되찾게 되면, 다시 때가 끼지 않도록 경계하는 것이다. 투명할 정도로 부드러운 신생아의 몸, 신생아의 마음도 분명 그러할 것이다. 그 몸과 마음의 영상을 간직하고 사는 것이다.

설날 아침

설입니다.

설은 고향을 생각하는 날입니다. 해마다 설이 되면 온갖 어려움을 무릅쓰고 고향을 찾아 나섭니다. 찾아갈 고향이 있다는 것은 그것만으로도 무엇에 비길 수 없는 행복을 느끼는 것이 한국인의 심성입니다.

시인 정지용은 그의 시 '향수'에서 이렇게 노래합니다.

넓은 벌 동쪽 끝으로
옛이야기 지줄대는 실개천이 휘돌아 나가고,
얼룩백이 황소가
해설피 금빛 게으른 울음을 우는 곳,
그곳이 차마 꿈엔들 잊힐리야.

설은 부모님을 생각하는 날입니다.
부모님이 생존해 계시다는 것만으로도 얼마나 행복한 것인지……

해마다 주름이 늘어가는 아버지의 그 넓은 가슴에 안기고 싶은 것이 오늘입니다.

그러나 부모님이 이미 세상을 떠난 이들에게는 후회와 회한으로 부모님을 생각하는 날이 또한 오늘입니다. 그래서 그들은 생전보다 더걸게 상을 차리고 돌아가신 부모님과 대면합니다.

이제는 내 안에 계신 부모님.

그래서 더욱 슬프고 애틋한 나의 아버지.

지용의 향수는 이렇게 이어집니다

질화로에 재가 식어지면
비인 밭에 밤바람 소리 말을 달리고,
엷은 조름에 겨운 늙으신 아버지가
짚베개를 돋아 고이시는 것,

그곳이 차마 꿈엔들 잊힐리야.

설은 동심으로 돌아가는 날입니다.

오래 잊고 살던 어릴 적 동무. 그래서 언제 만나도 어릴 적 그때로돌아갈 수 있는 내 동무를 생각하는 날입니다.

동심은 시간과 공간을 초월하는 신비로운 힘을 지녔습니다. 동심이그렇게 기적적인 힘을 발휘하는 것은 동심이 갖는 순수함 때문입니다. 많은 위인들이 동심의 순수함을 찬미했습니다. 동심의 순수함과 착함이 결국은 인류를 구원할 수 있는 힘을 가진 것이 아닐까요? 세상에서가장 힘 센 것은 사람의 착한 마음임을 믿습니다.

흙에서 자란 내 마음

206

파아란 하늘빛이 그리워
함부로 쏜 화살을 찾으러
풀섶 이슬에 함추름 휘적시던 곳

그곳이 차마 꿈엔들 잊힐리야

설에는 너무나 가까이 있어, 그래서 잊고 살던 아내를 생각합니다. 아내도 꿈 많은 소녀였음을, 스스로의 꿈을 한 남자에게 바쳤음을 잊고 살았습니다. 한 남자의 아내라기보다는 어느새 아들, 딸들의 엄마가 돼버린 아내. 생활 속에서 무심히, 잊고 지내던 아내의 얼굴을 새로이 발견하는 아침입니다.

아내가 나의 애인이었음을, 갖고 싶었던 나의 꿈이었음을 얼마나 오랜 만에 발견하는 것입니까? 아내의 거친 손에서, 이제는 새치가 돋는 머리에서 삶의 아름다움을 발견합니다.

지용의 아내는 이런 모습입니다.

전설 바다에 춤추는 밤 물결 같은
검은 귀밑머리 날리는 어린 누이와
아무렇지도 않고 예쁠 것도 없는
사철 발벗은 안해가
따가운 햇살을 등에 지고 이삭 줏던 곳,

그곳이 차마 꿈엔들 잊힐리야.

설날 아침에 고향을 생각합니다.
이제는 세상에 계시지 않기에 더욱 소중한 나의 아버지를 생각합니다.

이 세상을 쓰러지지 않게 지켜주는 티없는 동심의 꿈을 생각합니다.
그리고 누이와 아내의 아름다움을 새롭게 발견합니다.
설날은 일 년 중 가장 아름다운 아침을 가졌습니다.

하늘에는 성근 별
알 수도 없는 모래성으로 발을 옮기고
서리 까마귀 우지짖고 지나가는 초라한 지붕.
흐릿한 불빛에 돌아앉아 도란도란 거리는 곳,

그곳이 차마 꿈엔들 잊힐리야.

세배 풍속도

설날에 웃어른을 찾아 뵙고 세배를 드리는 것은 우리 민족만이 갖고 있는 아름다운 풍습이다. 세배는 설날 당일만 드리는 것이 아니다. 정월 대보름까지는 새해 인사가 가능하다. 따라서 설날 당일에는 차례를 모시고 집안 어른께 인사를 올리고는 모처럼 한자리에 모인 가까운 친척들과 함께 덕담과 세찬을 나누고 윷놀이 같은 실내 오락을 즐겼다.

그래서 동네 어른이나 좀 멀리 떨어져 사시는 어른들께는 대보름 안에 자기와 상대방의 형편이 되는 시간에 찾아 뵙고 세배를 올렸던 것이다.

또 묵은 세배라는 것도 있었다. 세배를 차일피일 미루다 보면 적당한 날을 놓치는 경우도 있다. 그러나 대보름도 지나서 새삼스럽게 세배를 드리겠다고 뵙기도 쑥스러운 일이다. 그러다보면 새해 인사를 빠뜨렸다는 부담감이 일 년 내내 마음 한구석에 남아 있게 마련이다.

그럴 때는 섣달 그믐날 술 한 병 들고 찾아 뵙고 세배를 드렸다. '묵은 세배 올립니다' 하면 지난 날의 불민했던 점이 용서되는 것이다.

또 섣달 그믐날이면 어느 집에나 세찬들을 마련하고 있어서 술 안주상 정도는 부담없이 차려 낼 수 있었다.

참으로 슬기롭고 인정이 넘치는 세배 풍속이라 하지 않을 수 없다. 우리 나라는 농경국가였기 때문에 농사일에는 일가 친척이나 이웃의 도움이 절대로 필요했다. 농사를 짓다 보면 친척이나 이웃과 마음이 틀어지기 쉽다. 특히 농사를 하늘에만 의존했던 옛날에는 가뭄 물싸움 같은 것이 심각했다. 그러나 감정을 오래 갖고 있으면 이듬해 농사를 제대로 지을 수가 없다. 그래서 미안함이 좀 많은 편에서 먼저 세배를 가는 것이다. 그것도 설날 하루 동안 벼락치듯 돌아다니는 것이 아니라 정월 보름까지 여유 있게 다녔는데 이것은 겨울철이 농가에서는 가장 한가한 농한기라 가능했다.

감정이 좀더 남아 있어서 새해에 보기 싫었던 사람도 일 년쯤 지나면 마음이 풀어지게 마련이다. 그럴 때 묵은 세배를 올리면서 용서를 구하는 것이다. 이렇게 보면 우리의 세배 풍습은 상하간, 이웃간의 화해와 사랑을 꽃피우는 아름다운 생활의 지혜에서 비롯됐다는 것을 알 수 있다.

설날 어린이들에게 주는 세뱃돈의 의미도 그렇다. 옛날에는 어른들이 한지에 동전을 싸서 세배를 올리는 아이들에게 주거나 또는 붓이나 먹 같은 것을 한지에 싸서 주기도 했다. 그리고 자녀들에게는 그 아이가 평소에 가장 갖고 싶어하는 것을 구해뒀다가 세배 선물로 주기도 했다. 평소 감사를 표하고 싶었던 이웃에게는 세뱃돈을 핑계해서 선물을 전하기도 했다. 오늘날에는 거의가 돈으로 간편화됐지만 옛날에는 이것도 상하간 또는 이웃간에 사랑을 표시하는 간접 커뮤니케이션이었던 셈이다.

우리 민족이 반만 년을 이어온 저변에는 이런 화해와 사랑의 덕목이 생활 속에 배어 있었다는 점을 가볍게 볼 수 없다. 이렇게 마음이 따뜻한 민족이기에 일시적 어려움은 있었을지라도 결코 멸망이라는 최악의 파탄에 이르지는 않았던 것이다.

3

이혼, 그 허망한 변주

기적에 대하여

　　　　새로운 천 년이 밝았다. 사람의 한 평생에서
세기가 바뀌는 경험을 하는 것도 경이로운 일인데, 천 년이 바뀌는 경
험을 하는 것은 기적과도 같은 일이다. 2000년을 함께 맞은 우리들은
이런 기적과도 같은 경험을 공유하고 있다.

　　세기말이었던 지난 해, 종말론이 세계를 엄습했었다. 이 종말론도
일종의 기적을 기대하는 현상이었다. 그러나 결국 별다른 세기말 기적
이 없이 우리는 새 천 년을 맞았다. 기적은 그런 식으로 일어나는게 아
니라는 것을 일깨워준 사례가 됐다.

　　세기와 밀레니엄의 개념은 예수의 탄생을 기원으로 한다는 점에서
다분히 서양 문화적이다. 그런데 예수의 정확한 탄생 연도가 AD 1년
인가에 대해서도 이설이 있다. 따라서 연도 자체에 지나친 의미를 부
여하는 것은 무리가 따른다. 정작 중요한 것은 연도의 변화가 아니라
인류 문명의 변화이며 인간 인식의 변화인 것이다.

　　종교의 세계에서 일어난 많은 기적 현상을 우리는 알고 있다. 기독

교가 오늘날 세계를 지배하는 종교가 된 것은 예수의 부활이라는 기적에서 힘입은 바 크지만, 예수가 육체적으로 부활했었느냐, 아니냐가 문제가 아니라 그 제자에게 이어진 가르침이 인류의 인식을 바꾸고 마침내 지난 2천 년 동안 서양의 정신 세계를 이끌어 왔다는 역사적 사실 그 자체가 엄청난 기적인 것이다.

우리는 주변에서 불치병에 걸린 환자들이 마지막 수단으로 기도원 같은 곳을 찾아 종교의 힘으로 병을 치유하려 노력하는 모습을 본다. 그들 가운데 상당수는 병이 치료되는 경험을 하고 있고, 그런 기적이 나타난 프랑스의 루르드 등은 로마 교황청에 의해 성지로 인정되었다.

그러나 비종교의 세계에서도 기적이 나타나고 있다. 단지 우리의 눈이 어두워 기적이 기적인 줄을 모르고 지나칠 뿐이다.

중동 평화를 성사시켜 노벨 평화상을 받았던 시몬 페레스가 이스라엘 총리로 있었던 때의 일이다. 페레스 총리는 어느날 국회에서 이런 연설을 했다.

'자신이 진정으로 바라는 것은 위대한 정치인이 되거나 역사에 남는 업적을 남기는 것이 아니다. 질병에 시달리는 어린이, 가난에 고통받는 어린이를 한 명이라도 더 구해내는 일이다. 그들에게 일어설 수 있다는 희망을 주는 일이다' 라고.

진심에서 우러나온 페레스 총리의 연설을 듣던 의원들은 감동의 눈물을 흘렸다.

그 뒤 페레스 총리는 한 여성으로부터 편지를 받았다. 그가 연설을 하던 그날, 국회 방청석에는 반신불수로 휠체어를 탄 한 소년이 있었다는 것이다. 그 소년은 장애도 장애지만, 태어나서 한번도 일어서 본 적이 없었기 때문에 휠체어에서 일어서는 것 자체에 대한 공포에 사로잡혀 있었다. 그런데 총리의 연설을 듣고 난 소년에게 기적이 나타났다. 소년이 난생 처음으로 휠체어에서 일어났다는 내용이었다.

그 소년에게 기적이 일어난 것은 무슨 힘 때문이었을까? 그것은 시몬 페레스라는 탁월한 한 인간이 보여준 진실의 힘이었다. 그 진실의 힘이 소년에게 감응됐고, 소년으로 하여금 휠체어에서 일어나는 용기와 의지로 나타났던 것이다. 그런 것을 우리들은 기적이라고 부른다.

새로운 천 년은 어떤 시대가 될까?

새로운 천 년은 정보화 사회이자 지식 사회로 이미 시작되고 있다. 컴퓨터와 사이버 문명이 촘촘하게 세상을 뒤덮고 공간적 거리는 더 이상 의미가 없는 시대가 될 것이다. 과거 아날로그 시대에는 한 분야에만 정통하면 됐지만 디지털 시대에는 사회 각 분야와 유기적인 관계를 맺을 수 있는 '총체적 인간'이 요구될 것이다.

그리고 이보다 더 중요한 것이 있다. 그것은 인간성이 더욱 중시되는 시대가 될 것이라는 사실이다. 인류의 지난 역사도 그러했지만 다가올 세상도 인간이 만들어 간다는 점에서 세상이 복잡 다양해 갈수록 인간성은 더욱 절실한 문제가 될 것이다. 이런 현상은 생명 복제에 대한 반성 등에서 이미 나타나고 있다.

지난 2천여 년 동안 '사랑'의 정신이 인류를 가르쳐 왔다. 다가올 세상도 인간성의 가장 중요한 요소는 바로 이 '사랑의 정신'이 될 것이다.

이 사랑의 정신이 인류를 구원할 것이다. 사랑의 정신만이 미래에도 많은 기적을 불러 일으킬 수 있을 것이다. 과거 오랜 세월 동안 인류가 그러했던 것처럼…….

한국 2001년

참으로 엄청난 일이었다. 남한의 대통령이 평양에 가다니…… 도저히 일어나지 않을 것 같은 일이 일어난 것이다.

남·북 정상 회담이 이렇게 믿기지 않음은 남·북한이 50년 전에 큰 전쟁을 치렀다는 것. 전쟁으로 인한 증오감이 아직도 가라앉지 않았다는 점. 그동안 남·북한은 너무나 다른 체제에서 살았다는 점. 한 반도의 통일은 남·북한의 뜻만으로는 될 수 없으리라고 짐작돼 왔다는 점 등에서 비롯된다. 법의 차원을 뛰어넘는 대통령의 방북과 한국을 비롯해 세계에 처음으로 등장한 북한 최고 권력자의 모습은 충격적이기만 하다. 김대중 대통령의 북한 방문은 이른바 새 세기가 개막됐는데도 맹숭맹숭하고 무미건조하기만하던 지구촌에 매우 싱싱한 뉴스꺼리와 푸짐한 화제를 던져준 빅 이벤트였다.

한반도의 통일을 절대로 수용하지 않을 것 같던 주변 4강국, 미국, 일본, 중국, 러시아는 신기하리만치 조용하다. 그들의 입장에서 이해 관계를 따져보고 있는 듯하다. 북한과 중국, 러시아. 한국과 미·일간의 교감과 영향은 있었겠지만 한반도 통일 문제가 결국은 남·북한 당사자의 문제로 자리매김되는 큰 전환이 이룩되고 있는 것이 아닌가 한다.

정작 헷갈리고 있는 것은 남한 사람들이다. 우선 국가 보안법은 어차피 도마 위에 오르게 됐다. 보안법은 남·북한 대치 상황 아래서 남한의 체제를 지키는 기본 질서였다. 이 보안법 개정 문제가 대통령에서부터 제기되자 인식의 혼란이 초래되고 있다.

북한 공작원들과 싸워오던 국정원의 자세도 어정쩡해졌다. 보안법 개정을 찬성하려하니 국정원의 존립 자체를 부정하는 꼴이 될 우려가 있고, 그러나 반대는 아예 입밖에 꺼집어낼 수도 없는 묘한 입장에 놓이게 된 것이다.

남·북 대치 상황에서 북한을 버리고 남한을 택한 사람들은 또 어떻겠는가? 그 가운데서도 북한의 대표적인 지식인이었던 황장엽 씨의 심경은 어떠하겠는가? 북한에 김정일 체제가 있는 한 통일은 요원하다는 점에서 김정일 독재 체제의 타도만이 북한 주민을 살리는 길이라고 믿고 있는 많은 탈북 지식인들은 그들의 입장을 어떻게 정리해야 하는 것인가? 가족을 버리고 신념 때문에 남한을 선택한 다수 북한인들을 남한의 지도층들은 어떻게 설득해야 하는 것인가?

통일을 위해서는 이 정도의 혼란은 감수해야 하는지도 모른다. 또 역사의 격변기에는 어느 정도의 희생자도 나오는 것인지도 모른다. 그러나 보다 중요한 것은 행위의 정당성이며 국민의 동의이다. 정권은 자신이 선택한 행위에 대해서 책임을 지고 국민들에게 설명해야 한다. 남·북 정상이 처음으로 만나 이룬 성과는 이 정권의 성과로서 끝나는 것이 아니라 앞으로 계속 승계되어야 할 사항이기 때문이다. 한반도에 평화만 보장된다면 그 어떤 부작용과 비판에도 불구하고 역사에 찬연히 빛날 성과이기 때문이다.

민족사적인 일대 쾌거에도 불구하고 2000년의 한국 사회는 어지럽기만 했다. 우선 의사들의 파업이라는 미증유의 사태가 있었다. 의사들이 가운을 벗어던지고 환자 치료를 포기하자 엄청난 비난이 의사들에게 쏟아졌다.

문제의 발단은 의약 분업이다. 그러나 의약 분업의 세세한 부분들을 따져 보기 전에 국민들의 분노는 파업을 강행한 의사들을 향해 터졌다.

그 이유는 첫째, 환자 진료 포기라는 도덕성 문제에서 비롯된다. 그러나 그동안 의사들이 얼마나 인심을 잃었었던가도 간과해서는 안 된다.

가족 가운데 중병에 걸린 환자가 있었을 때 병원에서 불쾌감과 모멸감을 느껴보지 않은 사람은 드물 것이다. 중환자일수록 의사와 환자, 보호자의 커뮤니케이션이 원활해야 하는 것인데 중환자일수록 의사를 만나기가 더 힘들다. 환자나 보호자의 처지나 심경은 안중에도 없는 듯한 의사들의 모습을 다반사로 대하고, 가족을 잃고도 그 정확한 원인이나 해명도 듣지 못한 채 영안실로 싣고 나온 경험이 있는 많은 사람들의 분노가 터져 나왔던 것이다. 반성이나 참회없이 직업 이기주의만 내세우는 의사들의 파업을 지지해주는 사람은 드물었다.

파업이 수습된 후 의사들의 자세도 옳지 않았다. 의과대학 신설을 억제하고 신입생 수를 늘리지 않기로 한 것도 이기주의의 발로라고 할 만하다. 환자들도 고급 의료 서비스를 받을 권리가 있다. 의사 수가 부족해서 충분한 의료 서비스를 제공하지 못한다면서 의사 수를 늘리는 것을 반대하는 것은 몰염치하다. 이 문제에 대해서는 앞으로 의료 수가도 인상되느니만치 의료를 개방해야 한다고 본다. 외국의 고급 의료 기관들이 들어와서 고급 서비스를 원하는 환자들은 서비스를 받을 수 있도록 하는 게 옳다고 본다. 다른 분야는 개방하면서 의료 부문만 개방하지 않는 것은 온당치 않다. 선진국의 의사들이 환자를 어떻게 대하는지 우리나라 의사들은 보고 배워야 할 것이다.

의료 대란이 수습되는가 하자 이번에는 은행들이 또 난리를 쳤다.

우리나라 금융 기관들의 구조가 취약하다는 점에서 구조 조정이 추진되자 금융 노조가 파업을 감행한 것이다. 노조는 1차 금융 구조 조정 때의 악몽을 떠올린다. 숱한 종사자들이 직장을 떠나야 했던 전철을 밟아서는 안 된다는 주장이다.

노조의 딱한 사정을 모르는 바는 아니나 여기에는 두 가지 문제가 있다. 우선 첫째는 개혁의 한국적 현상이다. 통상, 개혁은 진보 세력이나 노조가 주도한다. 정부는 보수적인 입장에 서는 것이 상례이다. 그런데 정부는 개혁하려 하고 노조는 개혁에 반대한다. 이것은 금융 기관뿐 아니라 모든 단체나 직장에서도 그대로 나타난다. 경영진은 개혁을, 노동자는 보수를 주장하는 진풍경이 연출되고 있는 것이 오늘날 한국의 자화상이다.

그 다음의 문제는 금융 기관의 파업도 의사들의 파업과 마찬가지로 국민을 볼모로 하고 있다는 점이다. 국민들이 의사나 은행원들에게 잘못한 것이 없다. 그들이 싸워야 할 대상은 정부 당국이거나 약사들이거나 경영층이다. 그런데도 그들은 파업이라는 수단을 선택함으로써 국민들에게 분풀이를 한다. 안 그래도 유난히 더웠던 지난 여름에, 안 그래도 짜증나는 일 많은데, 왜들 이렇게 차례 차례 국민들의 뺨을 휘갈겼는지…….

은행원들도 의사들처럼 국민들의 호된 비판에 직면했다. 그 이유는 결과적으로 국민의 재산권을 침해하는 행위를 획책했기 때문이었다. 자신의 권익을 위해 국민들의 권익을 빼앗았기 때문이다. 그것은 의사들과 마찬가지로 직업 이기주의의 소산이기 때문이었다.

2001년의 한국은 가치관의 통합이 시급하다. 그것은 남·북 문제에서부터 의약 분업, 금융 개혁에 이르기까지 일관해서 요구된다. 정부의 의도가 아무리 좋다하더라도 당사자들의 동의가 없으면 갈등의 소지가 된다. 아무래도 정부는 국민을, 이해 당사자들을 설득하는 데 실패하고 있는 것 같다. 혹시 정부 조직에 피로도가 끼어가는 것은 아닌가?

교육, 언제까지 방치하나

우리는 흔히 선진국을 본받아야 한다는 말을 한다. 그것은 우리가 아직 선진국이 아니라는 것을 전제로 한 말이다.

그러나 단순한 수치상의 국민 소득이라는 아날로그 시대의 기준이 아닌, 이천 년대의 새 가치관인 디지털적인 척도로 놓고 보면 한국은 이미 선진국권에 진입해 있다.

선진국 여부를 재는 척도에는 여러 가지가 있겠으나 보편적인 척도 하나를 소개하면 다음 세 가지 요소를 충족하면 된다고 제프리 존스 주한 미 상공회의소 회장은 말하고 있다.

그 첫째는 집집마다 냉장고와 컬러 TV가 있는가이다. 이 요건은 대부분 한국인의 가정에서 충족된다.

다음에는 주말에 야외로 나가고 싶어도 길이 막혀 나가는 것을 포기하는 경우가 있는가이다. 휴일 한국의 고속도로를 보면 이 말은 실감이 난다.

마지막으로 주부들의 최대 관심사가 가족에게 무엇을 먹일 것인가가 아니라 어떻게 하면 살을 좀 뺄 수 있을 것인가이다. 요즘 한국의 신문 잡지를 보면 다이어트 광고가 홍수를 이루고 있다. 다이어트는 이미 이 시대 한국 주부들의 최대 관심사 가운데 하나가 돼 버렸다.

따라서 한국은 이미 선진국이라는 것이다. 여기에다가 새 시대 경쟁력의 관건이 되는 정보화에도 한국이 선진국과 어깨를 나란히 하고 있으니 이천 년대의 세계에 한국은 이미 선진국의 위치에 있다.

이 선진국의 위치를 유지하고 신장시켜 나갈 에너지는 어디에서 충전되는가? 그것은 교육이다.

오늘의 한국을 선진국으로 만든 힘은 우리 부모 세대들의 교육열에서 비롯됐다. 가난했던 시대, 허리를 졸라 매고 자녀들을 교육시켰던 눈물겨운 교육열이 이천 년 한국의 위치를 선진국으로 밀어 올린 것이다.

미래의 한국 모습을 보려거든 지금 학교를 다니고 있는 우리 자녀들의 모습을 보면 된다. 그런데 지금 학교의 현주소는 어떠한가?

한 마디로 끔찍할 정도이다. 1970년대 고교 평준화부터 시작된 엘리트 교육의 파괴 작업은 20여 년간 철저하고도 집요하게 추진돼 오늘날 엘리트는 고사하고 평범한 학생들의 교육마저 방해받는 처지에 이르렀다.

그나마 우수한 학생들이 모여 들었던 외국어고와 과학고 같은 특수목적고에는 대학입시에서 온갖 불이익을 다 안겨 주어 특수목적고들은 설립 10년 정도에 그 존립 의미가 흔들리고 있다. 입학한 후, 대학입시에서의 공정한 기회 박탈을 알게 된 학생들이 자퇴하고 검정고시를 치르는 파행도 빚어지고 있다.

교사에 대한 처우도 심각하다. 박봉에도 불구하고 교단을 지켰던 것은 신분 보장과 65세 정년이었는데 그것을 빼앗아버린 것이다. 일부 학부형들이 제공한 소액의 봉투 사건들을 엄청난 사건인양 전체 교사들을 인격적으로 매도하고 제자들에게는 손끝 하나 건드리지 못하게 옭아매었다. 이런 사정을 잘 아는 영악한 아이들은 교사의 작은 체벌도 경찰에 고발하는, 사제 붕괴의 현상까지 초래된 것이다. 변별력이 약해진 입시가 되자 학생들의 수업 태도는 불량해지고 학교는 정글화돼가고 있다.

지난 20여 년에 걸친 이런 일련의 상황 전개를 보면 어떤 불순한 의도가 한국의 장래를 무너뜨리기 위해 집요하게 추진해 오고 있는게 아닌가 하는 의구심이 들 정도다. 그러지 않고서야 어떻게 이다지도 한국의 교육이 흔들릴 수 있단 말인가?

이천 년대 한국을 선진국 대열에서 이탈하지 않게 하려면 이제부터는 교육 복원에 나서야 한다. 그 첫단계는 교권 회복이다.

교총은 교원의 정년 회복을 내세웠는데 타당한 주장이라고 본다.

교원의 정년 단축은 '국민의 정부' 들어 단행된 교육 개혁의 일환이었다. 그런데 교단은 개혁의 대상이라기보다는 보호돼야 할 대상이었다. 가뜩이나 취약한 교단을 개혁한다고 칼날을 들이댔으니 그대로 무너져 내릴 것은 예견된 일이었다.

62세 이상의 교원들이 무더기로 교단을 떠나자 교사가 부족해져 퇴직한 교사들을 다시 불러 임시교사로 써야 하는 웃지 못할 현상이 초래됐다. 오랜 시간이 걸린 일이 아니다. 불과 몇 달 동안에 일어난 일들이다. 몇 달을 못 내다보고 단행한 개혁의 결과가 이런 기현상을 불러온 것이다. 준비되지 않은, 비전문가적인 개혁이 어떤 결과를 초래하는가를 잘 보여준 사례였다.

교사 체벌에 대한 문제도 생각해 보자. 필자도 하나뿐인 아들이 고교 3학년 때 엉덩이와 허벅지에 퍼런 멍이 들 정도로 맞은 것을 보고 분노를 느꼈던 경험이 있다. 새벽에 억지로 깨워 밥도 제대로 먹이지 못한 채 통학 버스에 태워 보낸 학교인데, 입시의 강박 관념에 시달리는 아이를 이렇게 매질할 수 있는가에 대한 섭섭함이었다.

그러나 그 문제는 전혀 내색하지 않았다. 우리 부부의 섭섭함보다 선생님의 권위가 더 소중하다는 생각 때문이었다.

교사의 체벌 문제가 사회적인 쟁점이 됐을 때, 필자는 체벌을 반대하는 입장이었다. 그러나 이렇게 극단적인 교권 붕괴가 일어나서는 더더욱 안 된다. 그것은 체벌보다도 더 심각한 문제가 된다.

마지막으로 영재 교육에 대해 생각해보고자 한다. 세계 어느 나라 치고 영재 교육을 하지 않는 나라는 없다. 나라의 지도층은 결국 소수의 엘리트들로 형성되는 것이다. 이 엘리트들을 키우기 위해 많은 투자가 이뤄지고 엘리트들은 국가에 대한 의무를 지게 된다. 이같은 엘리트 양성은 정보화 시대인 이천 년대에는 더 중요한 과제가 된다. 그 기초가 되는 중·고등학교에서의 교육 파괴 현상을 더 이상 방치할 수는 없는 일이다.

우수한 아이들을 더 우수한 재목으로 길러내는 것, 이것이 영재 교육의 요체다. 무한한 가능성을 가진 영재의 싹이 잘못된 교육 제도 탓으로 버려지는 것을 보는 안타까움이 크다. 우리의 가장 큰 자랑이 우수한 인재 군단이었는데 2세들의 자원과 역량을 제대로 관리하지 못한다면 그 책임은 오롯이 지금 기성세대의 것일 수밖에 없다.

미군의 양민 학살, 그 추악한 상처

19 50년의 한반도에는 참으로 추악한 일이 저질러졌다. 그것은 동족을 상대로 한 전쟁이었다.

일제가 물러가고 38선 이북에 진주한 소련군의 등에 업혀 권력을 장악한 김일성은 이남 적화라는 백일몽을 행동에 옮긴 것이다. 그의 이 백일몽으로 얼마나 많은 비극이 한반도 도처에 빚어졌으며 아직도 우리는 그 상처로 괴로워하고 있는 것인가?

한국 전쟁은 김일성이 소련과 중공의 지원 아래 도발한 것이라는 점에서 당초부터 국제전적인 성격을 띠고 있었다. 거기에다가 개전 직후 유엔군이 참전함으로서 북한, 소련, 중공 대 남한, 미국, 서방 세계의 국제전으로 수행되었다. 그러다보니 이 시기의 한국인들은 세계 여러 나라의 군대들을 만나고 경험하게 되었다. 전혀 예기치 못했던 이런 상황 속에서 전선이 한반도의 남과 북으로 밀리고 밀어 가면서 각국의 군대들을 겪게 됐던 것이다. 참전 16개국이라고 하지만 한국인들이 겪은 대표적인 군대는 남한군과 북한군 그리고 미군과 중공군이었다. 따라서 그 시기에 적 치하를 경험했던 사람들은 4개국 군대를 비교해 볼 수가 있다. 즉 그들의 군기가 어떠했으며 민간인에 대한 자세는 어떠했는지를 그들은 알고 있다. 단지 남·북 대결이라는 극한적인 상황이 이어져 왔기 때문에 드러내 놓고 표현만 하지 않았을 뿐이다. 때로는 증오를, 때로는 경멸을, 또 때로는 감사를, 때로는 감탄을 가슴에 묻고 반세기라는 세월을 살아온 것이다. 그것은 살아 남아야 하는 자들의 고통이자 시련이었다.

그러나 그 시대를 살았고 경험했던 사람들은 진실을 알고 있다. 진실은 달빛에 가리워지면 전설이 되지만 햇빛 아래 드러나면 역사가 된다. 자신의 가슴 속에 묻어 두고 가까운 사람에게만 귓속말로 전해 주던 그 진실이 어느 날 햇빛 아래 드러나게 되었다.

그것은 우선 시간의 영향이 크다. 반세기라는 세월은 사상적 대결이라는 얼어붙은 한반도 상황에도 변화를 가져 왔다. 이제 얼마만큼 할 소리는 하게 된 것이다. 거기에다가 진실의 폭로가 미국의 언론에 의해서 이뤄졌다는 점도 부담을 크게 덜어주는 일이었다.

이제 그들은 말하기 시작했다. 목소리를 높이기 시작했다. 달빛에 가리워져 있던 사실이 햇빛 아래 실체를 드러내기 시작한 것이다. 그 실체는 바라보기 끔찍할 정도로 처참한 것이었다. 그러나 처참한 역사도 역사다. 자칫 전설이 될 뻔했던 진실이 역사의 자리로 매김되었다.

사건의 발단은 AP 통신이 폭로한 노근리 학살이다. 1950년 7월 25일, 충북 영동군 황간면 노근리. 미군기의 무차별 기총 소사를 피해 마을 밖 굴다리 밑으로 모여든 수백 명의 양민들에게 미군이 기관총을 난사해 피난민 150~200명이 숨진 것이다. 그들 대부분은 부녀자, 어린이, 노인이었다.

이 처참했던 학살이 세계 언론에 보도되고 당시의 가해자와 피해자 그리고 유족들의 증언이 잇따르자 전국 곳곳에서 미군의 양민 학살 사례가 보고되었다. 경남 마산에서는 재실에 피난해 있던 주민들에게 미군이 기관총을 쏴 80여 명이 숨겼다. 충북 단양에서는 주민들이 피난해 있던 굴에 미군기의 폭탄 투하와 기총 소사로 300여 명이 숨겼다. 경남 의령에서는 30여 명이, 경남 함안에서는 100여 명이, 경북 구미에서도 100여 명이, 경북 예천에서는 50여 명이, 경남 창녕에서는 80여 명이, 경남 사천에서는 60여 명이, 전북 익산에서는 100여 명의 민간인이 미군의 공격으로 숨겼다고 보고 되고 있는 것이다. 이들은 흰색 천을 흔들며 민간인임을 알렸는데도 학살이 계속됐다고 보고하기도 했다.

한국 전쟁이 발발했을 때는 미국이 제2차 세계 대전과 태평양 전쟁을 승전으로 이끈지 5년 뒤였다. 미국이 소련과 함께 세계의 양대 강대국으로 등장한 직후였다.

2차 대전으로 전쟁에 대한 노하우를 충분하게 확보하고 있던 미군이 왜 이런 짓을 했는지 안타깝기 짝이 없는 일이다. 그 당시 학살에 참여했던 미국인들의 증언을 보면 상황이 짐작이 안 가는 바는 아니다. 피난민 속에 섞여 게릴라식 공격을 가해오는 북한군에 대한 공포가 일으킨 히스테릭한 반응이었다고 볼 수도 있다.

그러나 전쟁에서 비무장 민간인에 대한 공격은 부도덕적이며 비인간적인 살인 행위에 다름 아니다. 이런 학살이 전국 도처에서 저질러졌다는 점에서 당시 미군 지휘관들이 인종적인 차별 의식으로 한국인에 대한 인명 경시의 분위기는 없었던지 의심하는 것이다.

세계 최강국 미국의 군대가 고작 이 정도의 도덕성 무장과 군기밖에 안 되었는지? 참으로 통탄하지 않을 수 없다.

한·미 양국은 한국 전쟁 때 저질러진 미군의 민간인 학살에 대한 진상 규명에 나서야 한다. 당시 관계자들이 이제 고령이라는 점에서 증언을 녹취, 확보해야 한다. 진실의 증언은 역사에 대한 의무이다. 그리고 책임 소재를 가려야 한다. 피해자와 유족에 대한 사과와 보상으로 이어져야 할 것이다.

그러나 우리는 이번 사건으로 나무만 보고 숲은 보지 못하는 우를 범해서는 안 된다. 사태의 본질은 전쟁이 갖는 추악성에 있다. 적 치하에서 얼마나 많은 민간인들이 처참하게 학살당했었던가? 수복 지구에서는 또 얼마나 많은 민간인들이 부역했다는 죄목으로 숨져 갔던가?

당시 미군측 증언에 따르면 피난민 속에 숨은 북한군 잔당에 의해 미군 장교가 피격, 사망한 사례도 있고, 피아가 구분되지 않은 상황 속에서 미군이 극도의 정신적 공황에 빠져 있었다는 기록도 있다. 물론 그것이 당시 사건의 면책 사유는 되지 못하지만, 일부 지휘관의 지나친 작전이 수립된 정황은 있을 수 있다는 말이다.

또한 이번 사건이 미군과 미국에 대한 반감으로 이어져서도 안 된다. 6·25가 발발하자 미국은 신속하게 개입을 결정했다. 한반도 적화를 막은 것은 전사한 미군 4만 명의 공헌이라고 해도 과언이 아니다. 부상자들까지 합치면 11만 명의 미군이 한국 전쟁에서 희생됐던 것이다.

전쟁이란 추악한 것이다. 특히 동족간의 전쟁은 더욱 추악하고 잔인한 것이다. 그런 점에서 한국 전쟁은 금세기에 치러진 전쟁 가운데 가장 추악한 전쟁 가운데 하나였다. 우리는 적에 의해 저질러진 추악상은 잘 알고 있다. 그러나 우방군에 의한 추악상이 알려진 것은 드문 일이기 때문에 그에 따른 충격도 크다.

또 한 가지 부끄러운 점이 있다. 이번 폭로가 미국의 언론에 의한 것이라는 점이다. 물론 우리 언론들도 한국 전쟁 때 미군의 양민 학살 사례를 간헐적으로 보도했었다. 그러나 세계의 큰 방향을 불러 일으키지는 못 했었다. 국력과 언론, 언론과 국익 등의 화두를 되씹게 한 계기도 됐다.

한반도에서 다시는 전쟁이 없어야 한다. 전쟁은 추악한 것이기 때문이다. 그 추악한 전쟁을 막기 위해 힘을 길러야 한다.

공직자에게 골프는 아직도 금기인가?

세계 골프계에 한국 여자 선수들의 활약이 눈부시다. 박세리 선수의 LPGA 챔피언 등극에 이어 김미현, 박지은 선수가 잇따라 세계 정상에 올랐다. 이밖에도 펄신, 장정, 구옥희 선수 등 세계 정상을 넘보는 한국 여자 선수들이 즐비하다.

한국 여자 선수들이 세계 무대에서 경쟁하는 모습을 보면 안쓰러운 생각이 들 때도 있다. 특히 유난히 체구가 작은 김미현 선수가 신체의 열세를 극복하기 위하여 오버 스윙을 하고 혼신의 힘을 다해 공을 때리는 모습을 보면 대견함과 아울러 가슴이 저려 오기도 한다.

우리나라에서 골프는 오랫동안 부유층의 상징처럼 돼왔다. 골프를 즐기기 위해선 어느 정도의 돈이 필요한 만큼 대부분의 한국인들은 남성이, 그것도 중년이 돼서야 골프채를 잡는다. 그래서 상대적으로 남성 골퍼들에 비해 여성 골퍼들의 수가 현저히 적다. 여기에는 국토가 좁고 골프장 수도 적어 대중화 되기에는 힘든 한국의 현실도 밑바탕이 되고 있다. 주말에 골프를 예약하기란 여간 힘든 것이 아니다. 그런데 한국의 어린 여성들이 세계 프로 골프 무대를 누비는 현상을 어떻게 해석해야 하나?

여기에는 골프라는 운동이 갖는 특수성과 관련한 해석이 있다. 즉 골프는 힘의 구사라는 동적인 측면보다 정신의 집중이라는 정신적인 측면이 더 중요하다는 해석이다.

골퍼가 어드레스 자세에 들어가 정신을 집중시키고 있는 것을 보면 선(禪)을 연상시킨다. 선은 한 가지 화두를 잡고 그 화두에 정신력을 모으는 사유의 형태다. 선의 시간, 모든 잡념을 끊고 무념 무상의 세계에 몰입하기 위해 부단히 노력한다. 이같은 선의 세계가 골프의 세계와 매우 닮았다는 해석이다.

불교적 세계관은 한국인의 유전자 가운데 녹아 있다. 지금 믿고 있는 종교가 어느 종교인가는 문제가 되지 않는다. 1,500여 년이란 세월 동안 한국인들 생활의 중요한 부분이었던 선의 세계가 한국인의 무의식 가운데 젖어 있는 것이다.

한국 여성들의 경우에는 이러한 선의 세계 외에 오랜 세월 감내해 와야했던 인내와 침묵과 기다림이 유전자의 주요 형질이 돼 있을 것이다. 골프가 요구하는 인내와 반복, 기다림과 침묵, 무념 무상의 경지가 한국 여성들의 기질에 가장 잘 어울린다는 해석이다. 한국 남성보다 여성이 골프에 더 강한 이유도 이 대목에서 풀릴 수 있다.

그런데 불행하게도 한국에서 골프는 잘 사는 중년 이상 남성들의 특권처럼 인식돼 왔다. 그러다보니 공직에서는 골프를 한다는 사실 자체를 감추기까지는 않는다 하더라도 내놓고 말하기를 꺼리는 분위기가 있어왔다.

김영삼 정권 5년 동안, 공직자들에게 골프는 일종의 금기 사항이었다. 그 누구도 '공직자는 골프를 하지 말라'는 말을 하지는 않았다고 하면서도 공직자들은 골프장에 나가기를 겁냈다. 골프장을 암행 감사한다는 말도 떠돌았고, 실제로 옷을 벗은 공직자 가운데는 골프가 동티가 된 경우가 있었다는 괴담(怪談)도 나돌았다.

왜 그렇게 골프를 금기시했었는가에 대해 자세한 이유는 알 수 없으나 청렴성을 앞세운 정권의 도덕성 강요가 주요 원인이 아니었을까한다. 실제로 김영삼 대통령 자신이 골프를 즐기지 않았고, 청와대에서 청교도적 생활을 했다. 그러나 그 당시 숱한 비리 사건이 저질러진 것을 보면 대통령의 의지가 중요하긴 하지만 보다 더 중요한 것은 조직의 관리라는 사실을 절감하게 된다.

정권이 바뀌면서 골프에 대한 인식도 달라졌다. 여기에는 과거 정권의 시행 착오에 대한 반면 교사적 측면도 있고, 한국 프로 여성 골프선수들의 세계 무대에서의 활약이 미친 영향도 있었으리라고 본다. 어느새 골프는 한국인들의 생활 속에 스며 들어왔던 것이다. 골프를 하건 하지 않건 한국 프로 여성 선수들이 활약하는 골프 경기를 TV 중계를 통해 지켜보고 환호하는 수준에 이른 것이다. 즉 골프도 야구나축구, 농구처럼 보고 즐기는 스포츠의 수준으로 내려온 측면이 있다.

마침내 김대중 대통령이 '버려져 있는 한강 둔치를 퍼블릭 골프장으로 활용하는 방안을 연구해 보라'고 말했다 한다. 이 아이디어도 실상 과거부터 골퍼들 사이에서는 떠돌았던 것이다. 단지 여론이 무서워공론화하지 못했을 따름이다. 김 대통령 자신은 골프를 하지 않으니그런 여론을 듣고 괜찮은 발상이라고 생각했을 수 있다. 여기에도 어린 여자 선수들의 활약이 한 몫을 했을 것이다.

그런데 지난 현충일 이후, 관가에는 또 다시 괴담이 나돌았다. 골프장을 암행 감사하고 있다는 것이다. 그 괴담은 공직 기강 확립과 함께지상에도 보도됐다.

이 괴담에는 경찰 국가의 음울한 냄새가 난다. 민주 사회란 개인의

시사 토론회에서

자유가 보장되는 사회다. 그리고 자신의 행위에 대해서는 자신이 책임을 지는 사회다.

10대의 청소년들도 아니고 다 자란 성인들을, 그것도 한국의 엘리트라고 할 수 있는 공직자들을 선생님이 학생들을 지도하듯이 매를 들고 감시하는 것은 온당치 않다. 요즘은 어린 학생들도 교사의 처벌에 잘 승복하지 않는다. 도대체 국민을 어떻게 보고 지도하려 하는 것인가?

한국은 OECD 회원국이다. 이것은 한국이 경제력뿐만 아니라 국민의 삶의 질 자체가 선진국 수준이라는 것의 상징적 선언이다. 어느 OECD 회원국에서 감시자들이 공휴일에 골프장에 나가 자동차 번호판을 체크하고 다닌단 말인가?

현충일이란 날의 특수성은 물론 있다. 그날이 어떤 날인가? 나라를 위해 목숨을 바친 호국 영령들을 기리는 날이다. 그날 하루만은 일반인들도 음주 가무를 삼간다. 많은 유흥업소들은 스스로 문을 닫기도 한다. 만일 골프를 유흥업으로 생각한다면 골프장 스스로 당일은 휴장을 하든지, 골퍼들이 당일 라운딩을 자제해야 할 것이다. 골프가 유흥이 아니라면 개인의 판단에 맡길 문제다. 정부가 나서서 이래라, 저래라 할 문제는 아니라는 이야기다.

정부가 할 일은 참으로 많다. 변화하는 남·북 관계에 대응하고, 주변국과의 힘의 균형에 제 역할을 해야 한다. 불투명한 경제를 안정시키고 IMF의 그늘을 말끔히 걷어내야 한다. 무엇보다 국부(國富)를 키워야 한다. 이런 차제에 만일 휴일날 골프장에 나가 자동차 번호판을 체크하고 있다면 그것은 너무나 퇴영적이다. 부끄럽기 짝이 없는 일이다.

이제 정부는 정부대로, 국민은 국민대로 원숙해져야 한다. 정부는 국민의 생활까지 간섭할 생각을 말아야 한다. 행동의 판단은 개인이 하고, 그 책임도 개인이 지는 것이다. 여기에서 말하는 개인의 범주에는 공직자도 포함된다.

백범 김구 선생은 '내가 바라는 우리나라'에서 '자유가 충일한 복된 나라'를 꿈꾸었다. 이제 그런 나라가 될 때가 되지 않았는가?

정년 유감

직장인들의 꿈은 무엇일까? 그것은 정년까지 일하는 것일 것이다. 정년까지 건강하게 일해서 명예롭게 퇴직하는 것. 그것이 많은 직장인들의 소망일 것이다.

입사해서 정년 퇴직할 때까지,.그 긴 시간에는 한 사람의 전 인생이 녹아 있다. 청춘의 꿈과 소망, 사랑과 결혼, 출산과 저축, 그리고 육아.

그 인생에는 밝고 긍정적인 면만 있는 것이 아니다. 숱한 좌절과 갈등, 가난의 고통, 가까웠던 사람과의 이별, 먼 곳에 있지 않았던 죽음, 잠 못 이루게 하던 후회의 시간들, 가을 안개와도 같이 허망한 아쉬움들.

그 많은 슬픔과 기쁨, 고통과 즐거움이 한 인간의 직장 생활 속에 녹아 있는 것이다. 따라서 그 숱한 곡절들을 이기고 정년을 맞아 퇴직했을 때, 우리는 그가 정년까지 견뎌냈다는 사실만으로도 그에게 박수를 보내야 한다.

그는 박수를 받을 자격이 있다. 설령 그가 이 땅의 이름없는 숱한 민초들 가운데 하나였다 할 지라도 그의 직장 생활은 오늘의 우리 사회를 지탱한 힘 가운데 하나였다. 오늘의 우리 사회는 그처럼 많은 직장인들의 힘이 뭉쳐 이루어낸 결실인 것이다. 이것을 우리 사회는 인정해야만 한다.

그런데 직장 생활의 정년을 보는 눈이 과연 그러한가? 어느 때부터인지 정년을 앞둔 직장인은 퇴물처럼 여겨지지는 않았는가?

이것은 지난 IMF 관리 체제 아래서 구조 조정이라는 명분 아래 숱한 직장인들이 퇴직했을 때 절실하게 가슴을 쳤던 생각이다. 정년을 몇년 남기지 않은 사람들은 명예 퇴직이라는 이름으로 스스로 보따리를 싸야 했다. 평생 직장 생활만을 해왔던 그들에게 직장 문 밖의 세상은 불가측과 공포의 시공이었다.

65세 정년과 연금이라는 노후 보장에 목을 걸고 박봉과 상대적 박탈감을 견뎌내오던 교원들에게도 정년 단축은 충격이었다. 그것은 그들이 마지막으로 지켜오던 자존심마저 내놓아야 하는 제도적 폭력이었다.

숱한 교원들이 쫓기듯이 학교 문을 나섰다. 그들을 교문 밖으로 내몬 것은 정년 단축이라는 제도적인 힘과, 기회를 놓치면 연금 수혜의 폭이 줄어든다는 공포감, 그리고 얄팍한 명예 퇴직금이었다. 평생을 교단에 몸바친 그들에게 그것은 가혹한 시련이었다.

그런 나이든 교원들의 퇴출에는 이상스러우리만치 저항이 적었다. 집단 이기주의라고 불릴 만큼 직종들의 이해에 민감한 것이 요즈음의 세대인데 늙은 선생들이 일찍 보따리를 싸는 데에는 별다른 소리들이 들리지를 않았다. 그것은 젊은 세대들이 늙은이들의 퇴출을 방관한 탓이었을까? 해직을 경험했던 세대들도 노 교사들의 퇴출은 역사의 당위라고 생각했을까?

우리 사회가 정년에 인생의 무게를 부여하지 않는다는 생각은 정년을 셈하는 방법에서도 드러난다. 예를 들어 어느 회사의 정년이 만 58세라고 하자. 만 58세가 정년이라는 것에는 두 가지 해석이 가능하다. 그 하나는 만 58세까지는 일을 한다는 해석이다. 즉 만 58세의 마지막 날이나 만 59세의 첫날에 퇴직한다는 개념이 그것이다.

또 하나는 만 58세가 되면 직장을 떠나야 한다는 해석이다. 57세까지만 인정하겠다는 개념인 것이다.

말의 뜻만으로 볼 때 만 58세 정년이란 58세까지는 일을 한다는 쪽으로 해석이 된다. 그러나 정년을 적용하는 회사들은 그렇지 않다. 만 58세가 되면 칼같이 정년을 적용해서 퇴사를 시키는 것이다. 이것은 관례화되어 있어서 그 누구도 그런 식의 적용에 이의를 제기하지 않는다. 그러나 직장과 사회에 바친 직장인의 헌신과 정년에 대한 일반인의 인식에 문제가 있는 것이다.

정년 58세를 58세까지 일한다고 해석하는 것에는 인간미가 풍긴다. 거기에는 인생에 대한 사랑이 있다. 그리고 그의 직장 생활에 대한 존경의 뉘앙스가 있다. 직장 생활을 통한 그의 전 인생에 경의를 표한다는 의미를 우리는 느낄 수 있다.

그러나 만 58세가 되는 날, 직장을 떠나야 한다는 해석에는 서릿발이 느껴진다. 정년의 날을 초침을 보며 기다려온 서슬 푸른 칼날이 느껴진다. 거기에는 사랑이나 인간미를 찾아볼 수 없다. 단지 수학적인 계산만이 있을 뿐이다. 그리고 빨리 떠나달라고 등을 떼미는 독촉과 성화의 손길이 느껴진다. 어쩐지 서둘러 떠나야 할 것만 같다.

당신은 어떤 사회에 살고 싶은가? 선택할 수 있다면 어떤 세상을 선택할 것인가?

나는 당연히 사랑과 인간미가 있는 쪽을 선택할 것이다. 그 누가 자신의 퇴장을 초침을 지켜가며 기다리고 있는 조직을 사랑할 수 있을 것인가?

그 차이의 시간은 불과 1년이다. 그 1년을 기다려주지 못해 직장인들은 정년을 아쉽게 맞는 것이다. 수십 년 직장 생활의 마지막 1년을 존경과 축복, 그리고 노후에 대한 배려 속에서 맞을 수 있는 조직은 복되다. 그런 점에서 나는 정년의 셈법을 정년 연령을 다 일하고 난 시점으로 계산하기를 제안한다.

2001년부터 공무원들의 연금 혜택이 줄어들 것이라고 한다. 퇴직 공무원은 50세가 돼야 연금을 받을 수 있고, 이 연령을 60세까지 연차로 늦춰갈 것이라고 한다. 연금 비용 부담율도 월 급여액의 7.5%에서 9%로 인상되리라 한다.

연금 수혜 폭의 축소가 공무원에만 그치지 않을 것 같은 생각이 든다. 이런 정책이 나온 것은 연금 재정의 고갈 때문인데, 공무원들이 연금 재정을 고갈시킨 것이 아니다. 그들은 열심히 일하고 연금 비용을 부담해 왔다. 노후를 대비한다고 평생 봉급에서 일정액을 떼어 왔는데 그들이 혜택을 받아야 할 때가 되자 이런 불이익을 감수해야 하는 것이다.

정년은 제 2의 인생을 시작하는 의미를 가져야 한다. 그러나 개인의 의지와 관계없이 직장 문을 나서야 하고, 줄어든 정년을 감수해야 하고, 정년이 되는 나이가 되자 말자 직장을 떠나야 하고, 연금 수혜에서 불이익을 겪어야 하는 현실이 슬프기만 하다.

살 만한 사회란 그 사회 구성원 개개인의 가치를 인정해 주는 사회이다. 그런 면에서 정년 문제의 전면적인 재검토가 필요하다. 정년에는 예외가 없다. 누구나 맞아야 하는 인생의 통과 의례이기 때문이다.

한국의 지도층 모럴

선거의 계절이다. 정당들은 당선 가능성이 높은 사람들을 영입하느라 북새통을 떨었다.

정당들은 개혁의 필요성도 느꼈을 것이다. 지휘부는 물갈이도 하고 싶었을 것이다. 또 이번 총선을 계기로 입김이 거세진 시민 단체의 공천 반대 인사들 명단에 상당 부분 공감하기도 했을 것이다.

그러나 개혁도 사람이 하는 일이니만치 그 부작용 또한 만만치 않았다. 각 정당은 공히 공천 후유증을 심하게 앓았다. 개혁의 이름으로 공천에서 제외된 인사들 가운데 상당수는 당의 선택에 복종하지 않았다. 당에서 뛰쳐 나가는가 하면 당 지도부에 불만을 품은 인사들로 아예 새로운 당을 만들어 새 살림을 차렸다. 그러다보니 당초 2여 1야였던 선거 구도가 1여 2야로, 마침내는 1여 3야로 엄청나게 변한 가운데 선거를 치르게 됐다.

웬 정치 지망생들은 또 이렇게 많은지……. 각 정당마다 출마하겠다는 사람들이 줄을 이었다. 어느 정당에 공천을 받겠다고 쫓아다니다

236

가 그 정당의 공천에서 배제되면 날쌔게 몸을 날려 다른 정당으로 달려가 공천을 받기도 한다. 그것도 정치판에서 오래 몸을 굴린 사람들만이 아니다. 이제 막 정치판에 발을 디딘 정치 신인들 가운데도 기성 정치인 못지 않게 불과 몇 달, 심지어는 며칠 사이에 변신한 경우도 있다. 그것도 그 직전까지 정적이라고 볼 수 있는 정당으로 가서, 얼마 전까지만해도 공천만 시켜주면 보스에게 충성을 다바치겠다던 맹세를 헌신짝처럼 버리고 자기가 공천을 받고자 했던 정당과 그 공천자의 비난에 열을 올린다. 한 개인의 소신도 뒤집기 어려운 법이거늘, 국정에 참여해 보겠다고 정치에 입지한 신인이 이런 식으로 출발하는 것을 보면 그 이기적인 행태를 경멸하지 않을 수 없다. 정신 상태가 과연 정상인지 의심이 가는 것이다.

정치를 하겠다는 사람이 많다는 것은 나라의 지도층이 되겠다는 사람이 많다는 얘기다. 그러면 우리나라에 과연 지도층의 도덕율은 어느 정도인가?

선거때면 어김없이 나타났던 지역 감정이 이번에도 기승을 부렸다. 지역 감정에 불을 붙이고자 혈안이 돼 있는 사람들은 지난 몇 십년 동안 한국 정치의 중심에 있었던 지도자들이다.

어제까지의 동지가 갑자기 적으로 돌변한다. 이 정치 지도자들의 눈에 들어 입신하고자 하는 정치 신인들은 자신이 추종하는 지도자들의 입장으로 날쌔게 변신한다. 그 목적은 오로지 선거에서 이겨보자는 것이다. 그런 선거에서 이겨 자신의 영달을 이루는 것 외에 나라를 위해, 국민을 위해 도움이 될 것이 과연 무엇이 있겠는가?

공직자 재산 변동 사항 신고 결과 고위 공직자의 재산이 크게 불은 것으로 드러났다. 그 원인 가운데 상당수가 주식 투자였던 것으로 나타났다.

공직자의 주식 투자 자체가 법을 어긴 것은 아니다. 그러나 지도자에게는 법 못지 않게 중요한 것이 도덕성이다.

국민들이 경제 위기 상황의 후유증에서 벗어나지 못하고 있고, 통계청 발표를 보면 도시 근로자의 소득 격차가 20년 만에 가장 커 부익부 빈익빈 현상이 심화된 것으로 나타났다. 당국의 통계 이전에 중산층의 붕괴와 '소수의 부유층 다수의 빈곤층' 현상은 피부로 느낄 수 있다. 이런 마당에 고위 공직자들이 주식 투자로 사재를 불린 것은 도덕적으로 용서받을 수 없는 일이다.

그들 가운데는 경제 관료도 있다. 득표력이 높다고 여당에서 출마를 적극 권했다는 스타 공직자도 있다. 또한 몇 차례의 정권 교체에도 살아 남아 오랜 관운을 누리고 있는 사람도 있다.

공직자, 특히 경제 관료의 주식 투자는 고급 정보를 활용했으리라는 의혹을 사게 마련이다. 그래서 최소한 나라의 무거운 책임을 맡고 있는 동안에는 그런 짓을 말아야 하는 것이다. 선비는 오얏나무 밑에서 갓끈을 고쳐 매지 않는 법이다. 현 정권은 이렇게 부도덕한 사람까지 쓰지 않으면 국정을 수행할 수 없을 정도로 인재의 빈곤 현상을 겪고 있단 말인가? 그렇지 않다면 그런 고위 공직자는 버리는 것이 온당하다. 그리고 그 정도의 도덕성을 가진 인물은 아예 등용에서 배제해야 할 것이다.

우리나라의 지도층에서 지적되는 기이한 현상 가운데 하나는 병역의무 불이행율이 일반 국민보다 훨씬 높다는 점이다. 도대체 지도층 자신이나 또 상류층 자제들 가운데는 군에 못갈 정도로 몸이 약한 사람들이 왜 그렇게 많은 것인지……. 상류층이라면 일반 서민들보다 섭생이나 생활환경이 나았을 터인데 왜 서민들보다 몸들이 약했는지 신기한 일이 아닐 수 없다.

이같은 현상은 이번 총선의 정치 지망생 가운데서도 어김없이 나타났다. 각계에서 활발한 활동을 하고, 지명도도 꽤 높고, 언론에 얼굴도

자주 내밀어 당선 가능성이 높다고 정당들이 선택한 인사들 가운데도 병역 미필자들이 많다는 것은 이제 놀라움을 넘어 으레 그럴 것이라는 포기의 염에 이른다.

이들이 한결같이 주장하는 바는 미필 사유가 적법하다는 것이다. 눈이 나빠서, 지병이 있어서 등으로 병역 면제를 받았다는 것인데 정계에 진출할 정도로 건강하고 공부도 많이 하고 왕성한 활동을 하게 될 인물들이 왜 군에 갈 즈음에만 그렇게 몸들이 약했었는지, 그 비율이 일반 국민들보다 훨씬 높은 것인지, 불가사의하기만 한 것이다. 이 문제 역시 적법성 여부를 떠나 법을 넘는 도덕성의 문제로 귀착된다.

한국 남성으로서 병역 의무를 면제받기란 지극히 어렵다. 그리고 병역 의무를 이행하기까지의 불편이 여간 아니다. 해외 여행도 엄격히 제한받는다. 평균적인 한국 가정의 자제로서 20대를 지난 사람은 누구나 그것을 안다. 그런데 군 복무를 못할 정도의 건강 상태였던 청년이 동년배의 다른 청년들은 군문에서 총을 들고 청춘의 몇 년을 나라에 바치고 있는 동안에 공부를 하고, 유학을 하고, 군에 간 동료보다 사회에 일찍 진출하고, 빨리 성공하고, 정계 진출까지 시도할 수 있단 말인가? 제대한 동료들은 예비군으로 오랜 세월을 보내는데, 군에 안 갔으므로 예비군마저 면제받는 특혜를 누릴 수 있단 말인가?

그들의 병역 면제 비밀은 그들만이 알 것이다. 그들이 지도자가 아닌 서민의 한 사람으로 살겠다면 시비하지 않겠다. 그러나 그들이 국민들의 앞에 서서 국정을 다루고 대한민국의 지도자가 되겠다고 한다면 문제를 삼지 않을 수 없다. 도덕성이 결여된 자, 누구를 지도할 수 있단 말인가?

지도자란 사익보다 공익을 중시해야 한다. 자신을 희생할 줄 알아야 한다. 끊임없이 스스로를 연마하고 도덕성을 갖추도록 애써야 한다. 그리고 겸손할 줄 알아야 한다.

그런데 공익보다 사익을 우선하고, 남의 희생 위에 안주하려 하고, 도덕성이 부족하고, 건방진 인물들이 지도자가 되겠다고 나선다면 어떻게 해야 하겠는가? 국민들에게 해악을 끼칠 그런 지도층이 과연 필요한 것인가? 그런 사람들이 휘두르는 온갖 권모술수와 돈으로 어지러운 선거라는 것이 과연 필요한 것인가?

유감스럽게도 상당수의 한국 지도층은 도덕성이 부족하다는 것을 지적하지 않을 수 없다. 그 도덕성도 높은 수준의 것을 요구하는 것이 아니다. 일반 국민이 가진 도덕성에도 미치지 못하는 인물들이 개인의 영달에만 눈이 어두워 광분하는 현실이 안타까운 것이다.

이번 선거는 국민의 주권이 힘을 찾는 계기가 되기를 바란다. 그런 의미에서 시민단체들의 유권자 권리 찾기 운동에 박수를 보낸다. 국민의 주권 참여가 자격을 갖추지 못한 지도자 지망생들은 거부하는 수준에 이르기를 기대한다.

발상의 전환이 필요하다

알렉상드르 뒤마가 쓴 소설 '삼총사'는 실존 인물을 소재로 한 것이다. 이 소설은 프랑스 서남부 피레네 산맥 근처 가스꼰 지방의 청년 달타냥이 세 명의 검객들과 함께 파리로 진출해 벌이는 종횡무진의 활극담이다. '삼총사'는 전 세계적으로 무수한 독자를 갖고 있는 롱셀러이자 스테디셀러이다. 한국에서도 어린 시절 '삼총사'를 읽지 않은 사람이 있을까? 그런데 '삼총사'의 주인공 달타냥이 실존 인물인 것이다.

가스꼰 지방에서는 해마다 '삼총사' 축제가 열린다. '삼총사'의 무대가 되는 곳에서 활극 '삼총사'가 공연된다. 이 활극은 무대에서 공연되는 것이 아니라 마을 곳곳을 누비며 펼쳐진다. 주민들은 '삼총사' 당시의 분위기로 돌아가서 배우들과 함께 환호하며 활극을 즐긴다. 주민들은 활극 '삼총사'의 일부분이 되는 것이다.

연극뿐만 아니라 이 지방에서는 '삼총사'를 소재로 한 갖가지 기념품들이 제작돼 팔리고 있다. '삼총사' 시대를 본뜬 식당도 있다. 또 좀처럼 변하지 않는 프랑스 지방의 건물들이며 시가지 탓으로 '삼총사' 축제 기간 동안에 가스꼰 지방을 여행하는 여행자들은 시간을 거슬러 올라간 듯한 체험을 할 수 있다.

달타냥의 후손들은 가스꼰 지방에 살고 있다. 그 가운데 뒤크 몽테스큐는 가스꼰 지방 출신의 국회 의원이다. 그는 선조 달타냥이 살았던 석조 건물에서 살고 있다.

내가 몽테스큐 의원을 만나러 가스꼰 지방을 방문했을 때 그는 르노 21 승용차를 손수 몰고 약속 장소에 나타났었다. 운전 기사와 비서가 없으면 꼼짝도 못할 것 같은 우리나라 국회 의원들을 보아왔던 나로서는 그것만으로도 신선한 충격이었다.

프랑스 국회 의사당은 콩코르드 광장에서 세느 강 건너편에 있다. 피의 대혁명의 역사적 장소이기도 한 콩코르드 광장과 루브르 박물관 그리고 샹젤리제 대로와 국회 의사당, 이 국회 의사당과 똑같은 모습으로 광장을 사이에 두고 마주보고 있는 마들렌느 성당은 모두가 파리 관광의 핵심이 된다.

몽테스큐 의원을 만나러 프랑스 국회를 방문했을 때의 신선했던 느낌을 기억한다. 국회 근처에 차를 대고 몽테스큐 의원의 방을 찾아가니 조그만 방에서 여비서가 맞았다. 꽤 나이가 들어뵈는 여비서는 몽테스큐 의원의 방으로 들어가라고 했다. 의원의 방은 크지 않았다. 책으로 가득찬 방에서 의원은 무언가를 골똘하게 읽고 있다가 나를 맞았다. 방문객 서, 너명이면 가득 찰 듯한 방이었다. 이것이 가스꼰 지방 명문의 출신으로서 프랑스 국회의 중진인 몽테스큐 의원이 국회에서 쓰고 있는 공간이었다.

프랑스 국회 의원들이 쓰고 있는 공간은 좁지만 그들의 관심사는 전 세계이다. 프랑스의 정치는 유럽, 나아가서는 세계의 정치에 긴밀하게 연결돼 있으며 끊임없이 영향을 주고 받고 있다.

나는 가끔 시청자들로부터 전화를 받는데 그 가운데 국회에 대해 불만스러워하는 내용도 있다. 일반인들의 경우, 국회가 갖고 있는 권위와 경직성에 대해 불만을 토로한다. 그 내용은 이런 것들이다. 걸어서 국회에 들어가려하면 정문에서 제지당한다. 택시를 타고 들어가려해도 역시 제지당하고, 불쾌한 경험이 있는 택시 기사는 아예 국회에 진입하지 않으려 하는 경우도 있다.

의원회관에서도 불친절은 이어진다. 방문객들은 우선 으리으리하고 넓은 의원회관 내부에 압도당하고, 방향 감각조차 잡기 힘든 분위기에서 고압적인 경위들의 태도에 주눅이 들었다가 방문을 끝내고 나와서는 불쾌감으로 이어진다는 것이다.

방송인이면 대단한 힘을 가진 줄 알고 나에게 국회의 불친절을 프로그램에 반영해 달라는 전화를 몇 통 받다가 우리나라 국회의 문제점에 생각이 미치게 되었다.

국회 의사당이 국가 중요 시설이니만치 무방비적으로 방문객들에게 개방할 수는 없을 것이다. 그러나 국민의 손에 의해 뽑힌 선량(選良)들이 일하고 있는 민의의 전당으로서는 너무 국민과 동떨어져 고고하게 자리하고 있다는 인상을 지울 길 없다. 미국이나 일본 그리고 유럽 여러 나라의 국회 의사당 위치를 생각해보면 금방 비교가 된다. 민주주의의 전통이 오래된 나라거나 경제적 선진국들의 경우, 국회 의사당은 국민들이 북적거리는 도심의 한가운데 있다. 국민과 함께 호흡하고 있다는 느낌을 갖게 만든다.

그런 나라들에 비해 우리나라 국회 의사당은 너무 동떨어져 있다는 생각이 드는 것이다. 여의도 한쪽 구석에, 그것도 일반 국민들의 출입을 통제한 채 우람하게 서 있는 석조 건물을 보면 지금 어느 시대의 어느 나라에 있나? 하는 혼돈이 온다.

이렇게 국민들과 떨어져 있는 공간에서 특권 계층인 국회 의원들이 누리고 있는 호사를 보면 이는 분명 문제가 있다는 생각이 든다. 의원 회관의 헬스 클럽이 얼마나 화려한가는 TV에 그 모습이 비친 바 있다. 돈을 들여 그런 시설을 갖춘 것도 문제지만, 더 큰 문제는 투자에 비해 사용률이 너무 낮다는 데 있다. 낭비는 죄악이기 때문이다.

시설의 낭비는 국회 도서관에서 절정에 이르는 느낌을 준다. 국회 의원들의 자료 수집을 돕기 위하여 막대한 국고를 들여 마련한 국회 도서관의 이용률이 과연 얼마나 되는가? 의원들이 도서관을 이용하지 않는다면 일반인들에게 개방되어 국민들이라도 마음껏 쓸 수 있도록 해야 하는데 그동안 일반인들이 이용하기엔 또 얼마나 불편했던가? 방대한 자료들과 서적들이 비치돼 국정의 밑거름이 돼야 할 국회 도서관에서 의원 후원회가 줄기차게 열리는 것을 보며 우리나라 국회 의원들에게는 돈이 알파이자 오메가가 아닌가 하는 생각을 지울 길 없다.

국민들과 동떨어진 으리으리한 공간에서 그들만의 특권을 누린다. 이용률이 저조한 국회 도서관이며 헬스 클럽, 이용하지 않기로는 국회 본회의며 상임위원회 출석률도 저조하니 회의장도 그 범주에 들지 모른다.

그들은 심심하므로 때때로 화투를 친다. 그러다가 들켜서 망신을 당하기도 한다. 고독한 공간에서 그들은 그들끼리 싸운다. 고독하니만치 싸움은 갈수록 격렬해진다. 그것이 그들에게는 매우 중요한 일이 되기 때문이다.

제16대 국회가 문을 열었다. 지역에서 치열한 경쟁을 치르고 여의도 입성에 성공한 선량들에게 축하를 보낸다. 2000년에 출범한 새 국회는 국회에 대한 우리의 인식 자체를 바꾸어 주기 바란다.

우선 국회를 국민들에게 개방하라. 출입을 통제하지 않는다 해도 생업을 포기하고 국회에 가서 놀고 있을 국민은 없다. 우리 의원들에게 위해를 가하려는 국민도 없다. 그러니 안심하고 국회를 개방하라.

244

유리로 만들어져서 그 속이 외부에서 훤하게 보였던 본의 독일 연방 의회를 회상해 보라. 의회 정치의 정신은 투명성이다. 국민들이 국회를 가까이 느끼고, 출입하고, 그 드넓은 공간을 즐기며 그 방대한 자료들을 마음껏 이용할 수 있도록 하라. 당신들이 표를 달라고 호소할 때 유권자를 잘 섬기겠다고 얼마나 약속했던가? 그것이 유권자들을 잘 섬기는 구체적인 방법이 되는 것이다.

이번 선거를 치르면서 우리의 민주주의가 느리게나마 성장하고 있다는 것을 느꼈다. 선거 과정 자체는 많이 투명해졌다. 남은 문제는 16대 의원들이 해나갈 앞으로의 입법 활동이다.

투명성과 공개성 그리고 민주성으로 우리 국회상을 한 단계 성숙시켜 주길 새로운 의원들에게 기대하는 것이다.

자기 헌신과 파인 플레이

1492년, 콜롬부스는 스페인의 바르셀로나 항을 떠나 대서양 횡단에 나섰다. 동양으로 가는 항로는 아프리카 남단의 희망봉을 도는 것 밖에는 몰랐던 시대에 아무도 가보지 않은 서쪽으로 가서 인도에 다다르겠다는 콜롬부스의 발상은 목숨을 건 모험이었다. 콜롬부스의 이 모험이 이루어진 데는 역시 모험심 강한 이사벨라라는 탁월한 여제의 후원이 있었기에 가능한 일이었다.

가도 가도 육지는 보이지 않고 공포에 질린 선원들이 돌아갈 것을 요구했을 때, 콜롬부스는 '달걀을 세워보라'고 한다. 아무도 달걀을 세우지 못했으나 콜롬부스는 달걀의 한쪽을 깨서 탁자 위에 세웠다. 이것은 발상의 전환을 뜻한다. 선원들이 사로잡혀 있던 상식과 공포의 허를 찌른 것이다.

이 콜롬부스의 후예들은 그뒤 광대한 아메리카 대륙을 가로질러 태평양에 이른다. 아무도 가본 적이 없는 미지의 대륙 횡단. 그들을 기다리고 있는 것은 원주민의 공격과 생소한 자연 그리고 풍토병이었다.

246

이런 난관을 뚫고 그들을 이끈 것은 전인미답의 세계에 대한 왕성한 모험심이었다. 그 모험심은 대를 이어 오늘날 미국을 세계 최강의 나라로 만들었다.

미대륙을 개척한 유럽인의 후예들은 오늘날 스스로의 인생을 바꾸고 있다. 2, 30대의 젊은이들이 아이디어와 발상의 전환으로 세계적인 거부로 떠오른다. 그런가 하면 젊은 시절 맨하탄에서 세계의 돈줄을 주무르던 딜러가 어느 날 갑자기 자신의 부를 가족과 사회에 돌려주고는 샌프란시스코 해변이나 오대호로 들어가 움막에 기거하는 명상과 무소유의 삶을 실천하기도 한다. 2, 30대에 의사로 명성과 부를 누리던 사람이 40대에 접어들어 가족과 함께 시골에 들어가 작가로 변신하기도 한다. 다국적 기업의 사장으로 지내다가 은퇴한 기업가는 아내와 함께 아마존 탐험에 나서기도 한다.

이것이 용감한 서양인들이 선택하는 인생의 행로다. 그들을 이렇게 인도하는 힘은 선조들로부터 유전돼 온 모험 정신, 즉 벤처(Venture) 정신이다.

우리나라에도 요즘 많은 벤처 기업들이 창업되고 있다. 그들은 아이디어와 소자본으로 험난한 세파에 뛰어든다. 그들 가운데 일부는 성공하고 상당수는 실패의 쓰라림을 맛보기도 한다. 그러나 벤처 기업들의 도전은 거세, 기성 기업들이 신생 벤처 기업들에게 인력을 뺏기고 있다.

벤처 정신은 신생 기업에서만 필요한 것이 아니다. 기성 사업체, 대기업들도 벤처 정신이 있어야 한다. 오늘날 한국의 대재벌들도 창업할 당시에는 창업주들이 남다른 모험심에 불타던 젊은 사업가들이었다.

벤처 기업의 성공률은 3%에서 5%에 불과하다고 한다. 그러나 그 희소한 성공률에 위축돼서는 안 된다. 어차피 인생은 선택이며 모험이다. 일반적인 사람의 삶에서 성공하는 사람의 비율이 얼마나 되겠는가? 인생의 성공률 3%에서 5%는 결코 적은 숫자가 아니다. 인생의 성공 확률이 그럴진대 하물며 치열한 경쟁의 세계인 사업에서의 성공 확률이 어떻게 그보다 더 높을 수 있을 것인가?

이제 우리는 벤처 문화를 가져야 할 때가 됐다. 그것은 먼저 자신이 갖고 있는 능력의 극점까지 밀어붙이는 대담성이다. 유한한 시간을 부여받고 태어난 인생에서 에너지와 지혜를 모두 다 소비하지 않고 인생을 끝내는 것은 일종의 죄악이라고 나는 생각한다. 지혜와 힘의 마지막 한 방울까지 모두 소진시키겠다는 치열한 정열이 벤처인의 정신이 되어야 한다. 이것을 나는 자기 헌신의 문화라고 부르고 싶다.

다음으로 벤처인은 파인 플레이의 정신을 가져야 한다. 결과에 승복하고 자신의 선택에는 후회하지 않는 정신을 가져야 한다. 그것은 자신의 선택에 대한 책임을 지는 것이다.

빛나는 소수의 성공 뒤에는 많은 실패들이 있다. 실패를 두려워해서는 모험을 하지 못한다. 실패는 재산을 잃게 한다. 잃어버린 재산에 집착하면 마음을 잃게 된다. 마음을 잃은 자, 몸을 잃는다. 이것은 자신의 선택에 책임지는 자세가 아니다.

자신의 선택을 후회하지 않으면 실패는 교육의 좋은 기회가 된다. 자신을 키우는 자기 연마의 기회가 되는 것이다. 그럴 경우, 실패는 사람을 강하게 만든다. 쓰러지면 일어서고, 다시 쓰러져도 또 일어선다. 실패는 인생의 다반사다. 그 실패를 어떻게 극복했느냐에 따라 인생의 승패가 갈린다. 나는 이것을 파인 플레이(Fine Play)의 문화라고 부르고 싶다.

내가 좋아하는 한 기업인은 밑바닥에서부터 시작해 자수성가해서 자신의 기업을 전국 규모의 기업으로 성장시켰다. 탄탄한 재력을 과시하던 그 기업도 IMF의 강타를 견디지 못했다. 그 기업인은 돌아오는 어음들을 자기가 동원할 수 있는 현금을 총동원해서 막았다. 갖고 있던 부동산들을 모두 처분했다. 그러나 그가 받은 어음들이 계속 부도가 나는 바람에 그의 기업은 화의에 붙여졌다.

그러나 그는 강인했다. 그는 그의 재산을 다 동원해서 그의 거래처에게 피해를 주지 않았다. 그는 자신에게 닥쳐온 위기를 자기 단련의 기회로 삼았다. 그는 끝까지 파인 플레이의 정신으로 임했다. 자신이 엄청난 시련을 겪으면서도 고통받는 이웃에 도움의 손길을 뻗치는 것을 잊지 않았다. 그는 시련으로 더욱 단단해졌으며 이제 재기의 새 걸음을 딛고 있다. 그야말로 우리 시대의 자랑스런 벤처인이라고 나는 본다.

한국인들은 영리하다. 한국인이 얼마나 우수한 민족인가는 외국에서 자녀들을 교육시켜보면 안다. 한국인의 자녀들은 대부분 학업 성적이 우수하다. 이렇게 우수한 자질을 가진 한국인들에게 모험심이 추가될 때 한국은 미래의 강국이 될 것이다. 21세기에 한국의 위상이 달라질 것이라는 조짐은 이미 세계 정상의 대열에 육박하고 있는 정보 통신의 수준에서 감지할 수 있다.

치열하게 경쟁하라. 그 어떤 경우에도 절망하지 말라. 성공의 확률은 작고 실패의 확률은 크다. 그것은 사업에서 뿐 아니라 우리 인생의 진리다. 자기 헌신과 파인 플레이의 벤처 문화를 갖자.

지금 이 시간에도 복잡한 테헤란 밸리를 헤매고 있을 벤처인들에게 위로와 격려를 보낸다.

법과 예술

베니스의 상인 안토니오는 고리대금업자 샤일록에게 진 빚을 갚지 못해 법정에 선다. 샤일록은 계약서에 명시된 대로 안토니오의 살 1파운드를 요구한다.

이때 등장한 지혜로운 변호사 포셔는 샤일록에게 살 1파운드를 베어가되 피는 한 방울도 흘려서는 안 된다고 말한다. 계약서에는 살만 명기돼 있지 피에 대해서는 언급이 없기 때문이다. 피를 흘리지 않고 어떻게 살을 베어내겠는가? 마침내 샤일록은 굴복하고 재판은 안토니오의 승리로 끝난다.

여기에서 살은 법의 부분이고, 피는 예술의 부분이다. 계약에 의한 당연한 권리를 요구한 샤일록은 인간 정서의 부분을 간과했다. 문인 셰익스피어는 법에 대한 예술의 일방적 승리를 선언했지만 그렇게만 볼 일은 아니다.

샤일록은 당연한 권리를 요구했던 것이다. 그 당연한 권리가 짓밟혔다는 점에서 샤일록은 비극적 인간상이다.

250

자본주의 사회에서는 샤일록적 논리가 설득력을 얻는다. 그러나 자본주의 논리가 초래할 수 있는 인간성 파괴를 막을 수 있는 장치가 바로 포셔적 해석이다.

프랑스 대혁명이란 격변의 와중에서 자벨 경감은 장 발장을 집요하게 추적한다. '레미제라블'에서 자벨 경감은 저승사자와도 같다.

자벨 경감에게 장 발장은 범인일 뿐이다. 경찰의 의무는 범인을 끝까지 추적해 잡는 일이다. 경찰이 자기 판단에 의해 범인 추적을 포기한다면 그것은 직무유기다.

자벨 경감은 그러나 장 발장에게서 법을 넘는 부분을 발견한다. 그것은 장 발장의 숱한 선행이며 거룩한 인간성이다. 더 이상 장 발장을 쫓는 것이 무의미하다고 판단한 자벨 경감은 자살을 택한다.

자벨의 추적은 법의 부분이고, 자벨의 자살은 예술의 부분이다. 이 두 부분의 무게는 우열을 가릴 수 없을 정도로 팽팽하다.

자벨이라는 이름의 공권력은 장 발장이라는 이름의 범죄자를 체포해야만 한다. 그는 그 일에 평생을 바쳤다. 자벨은 18세기 프랑스 공권력의 총화라고 할 수 있다.

그러나 그 공권력은 기계적인 공권력만은 아니었다는 점에서 예술이 개입한다. 자신의 의무를 포기해야 했을 때, 그 공권력이 막다른 길목에서 선택할 수 있는 것은 스스로의 삶을 버리는 길뿐이었다. 그것은 버림으로써 사는, 즉 법의 논리를 넘는 인간성의 승리라고도 할 수 있다.

법과 예술은 대립적인 개념처럼 보인다. 그러나 그렇지 않다. 법의 적용은 얼음처럼 냉정하고 칼날처럼 정확해야 한다. 그러나 결정의 순간, 휴머니티(humanity)를 잃어서는 안 된다. 휴머니티가 배제된 법의 적용은 기계적 적용에 그치기 때문이다.

검사는 법의 편에 서 있다고 할 수 있다. 즉 자벨적 인간상이다. 그는 끝까지 파헤치고 규명하고 단죄를 요구한다.

그러나 범인을 감싸는 변호사는 법에 바탕하지만 보다 예술에 접근해 있다. 많은 변호사들이 변론 때 피의자의 인간적인 면을 부각시키고 선처를 호소하는 데서 그것을 느낄 수 있다. 그런 면에서 변호사는 포셔적 인간상이다.

판사는 양날의 칼을 쥐고 있다. 법의 적용과 휴머니티라는 두 날이다. 그것은 자벨적 인간상과 포셔적 인간상 사이에서의 선택이라는 고민을 뜻한다.

그러나 이것은 선택의 문제가 아니라 조화의 문제다. 법은 사회를 지킨다. 법이 없는 사회란 혼돈의 사회다. 많은 선량한 생활인들을 지키는 파수대이자 공동 생활의 규범을 제시하는 것이 법인 것이다. 법의 권위와 존엄성이 훼손돼서는 안 된다.

그러나 예술의 부분, 휴머니티의 부분이 무시되면 사회는 적막한 질서만이 존재할 뿐이다. 백두대간을 태운 산하에 돌과 잔해의 뼈대만 앙상하듯이 황량하고 건조한 삭풍만이 몰아치게 될 것이다.

법과 예술을 어떻게 조화시킬 것인가? 여기에 법조인의 고민이 있다.

위대한 법조인은 법에 대한 해박한 지식과 인간에 대한 폭넓은 이해를 갖춘 사람이다. 머리는 싸늘하지만 가슴은 뜨거운 사람이다. 머리와 가슴이 조화된 법조인에게 사회는 박수를 보낸다.

자벨적 인간형은 존경을 받을 수는 있다. 그러나 그 존경은 공포의 존경이다. 포셔적 인간형은 사랑을 받는다. 그녀는 지혜와 휴머니티를 겸비했기 때문이다. 여기에서 법과 예술의 상관 관계에 대한 해답이 제시되고 있다고 본다.

이혼, 그 허망한 변주

유럽의 중세는 암흑 시대였다. 기독교적 가치관이 종교뿐 아니라 정치와 사회 모든 분야를 지배했다. 인간의 본성은 극도로 억제되고 예술 활동은 침체됐다. 마녀 사냥이 자행되던 무서웠던 시절, 프랑스의 한 사제와 수녀의 애절한 사랑 이야기는 시대를 뛰어넘어 감동을 준다.

피에르 아벨라르는 1079년, 프랑스의 브르타뉴에서 태어났다. 그는 당대의 석학으로서 신학과 철학 모두에 능통했던 논객이고 명사였다. 그가 서른아홉 살때 노트르담 성당의 참사회원이었던 풀베르로부터 조카 엘로이즈의 가정교사를 맡아달라는 부탁을 받는다. 열일곱 살의 소녀 엘로이즈는 빼어난 미모에다가 라틴어와 그리스어에 능통하고 철학과 문학에 뛰어나 '여느 대학 교수보다 낫다'는 평판이 자자한 규수였다. 풀베르는 조카의 교육을 위해 동료이자 철학자로 명성을 날리던 오만한 금욕주의자 아벨라르를 초빙했던 것이다.

그런데 아벨라르와 엘로이즈는 걷잡을 수 없는 열애에 빠져버렸다. '학문의 설명보다는 입맞춤이 더 잦았으며 내 손은 책으로 가는 일보다 더 자주 엘로이즈의 가슴으로 가게 됐다'고 훗날 아벨라르가 술회했을 정도였다.

마침내 엘로이즈는 임신을 하고 둘은 비밀리에 결혼식을 올렸다. 당시 노트르담 참사회원은 독신이어야 했기 때문이었다. 엘로이즈는 브르타뉴의 아벨라르 집에서 해산하고 아벨라르의 권유에 따라 수녀원으로 들어갔다.

이 사실을 안 풀베르는 격노했다. 그는 사람을 시켜 밤에 아벨라르를 습격해 성기를 잘라버렸다. 거세된 아벨라르는 수도원에 들어가 신에 귀의했다. 이후 둘은 수도원과 수녀원의 돌담을 넘어 애절한 사랑의 편지를 주고 받았다.

훗날 수녀원장이 된 엘로이즈는 '자신이 사랑하는 건 신이 아니라 아벨라르'라고 술회했다. 그리고 자신은 아벨라르를 진심으로 사랑했으므로 결코 죄를 지은 게 아니라고 말했다.

아벨라르는 이단으로 단죄되고 63세에 사망했다. 엘로이즈는 아벨라르의 시체를 인수해서 매장하고 그녀가 세상을 떠날 때까지 그의 무덤을 지켰다. 그들의 나이 차이인 22년이 지나 엘로이즈 역시 63세로 세상을 떠나자 그녀의 유언에 따라 아벨라르와의 합장을 위해 무덤을 열었다. 그러자 아벨라르가 두 팔을 활짝 벌려 엘로이즈를 맞아들였다고 전설은 전하고 있다.

암흑시대 프랑스에서의 이 사랑 이야기는 진실한 사랑은 어떠해야 하는가를 보여준다. 둘은 운명의 힘에 의해 비극적인 삶을 살았지만 그들은 진실로 사랑하는 부부였으며 서로에게 헌신했다. 그리고 엘로이즈의 사랑이 아벨라르보다 더 희생적이었다.

요즘 충동적인 이혼이 늘고 있다. 법원 행정처가 발간한 2000년판 사법 연감에 따르면 지난해 하루 평균 113쌍이 이혼 소송을 냈으며 346쌍이 재판없이 협의 이혼을 한 것으로 나타났다. 하루 평균 459쌍이 이혼 문제로 법원을 찾은 셈이다.

이혼 요구는 남편보다 아내 쪽이 많았으며 그 이유도 '남편 월급이 너무 적어서…….' '혼수가 변변찮아서…….' 등으로 사소하기만 하다.

참을 수 없이 가벼운 인간 관계가 부부에서마저 나타나고 있다는 데 현대의 비극이 있다.

인간의 행복과 과학의 발달은 정비례하지 않는다. 오히려 진중하고 느렸던 과거의 인간들이 더 행복했을 지도 모른다.

우리의 삶에서 가치 있는 것은 결코 가볍게 오지 않는다. 그것은 오랜 참음과 기다림 그리고 노력을 요구한다. 가치 있는 것일수록 고통의 강도가 더욱 크다. 하물며 다른 환경에서 살아온 남·녀가 만나 함께 살아간다는 것이 얼마나 어려운 일이겠는가?

젊은이들의 이혼도 안타까운 일이지만 가끔 지상의 화제로 등장하는 황혼 이혼도 우리를 한없이 쓸쓸하게 만든다. 그동안 그들이 참고 견디며 살아왔던 시간들이 일시에 허물어져내리는 적막한 느낌이 드는 것이다.

참된 사랑은 주는 데 있다. 참고 견디며 사랑을 주는 것은 스스로의 영혼을 단련하고 단단하게 한다. 사랑을 줌으로써 마침내는 스스로가 구원받는다. 주는 사랑의 승자는 결국 주는 자가 되는 것이다. 진실한 사랑이 900년 뒤의 사람들에게까지 감동을 주고 있는 중세 프랑스의 엘로이즈처럼…….

인터넷이 지구를 뒤덮어가는 현대에 무거움과 느림의 사랑이 조화될 때 인류는 구원되리라고 믿는다.

시를 읊는 아줌마들

북악산 자락, 서울 답지않게 풍광이 수려하고 공기가 맑아 산골의 관광지와도 같은 곳에 위치한 북악 파크 호텔.

전국에서 모여든 아줌마들이 가방 하나씩을 들고 나타났다. 일 년 만에 만나는 아줌마들의 반갑다는 탄성이 도처에서 터져나왔다. 경상도 사투리에, 전라도 사투리에, 충청도 사투리에, 제주도 사투리까지……. 얼싸안고 뺨을 비비고, 아줌마들의 수다는 끝날 줄을 몰랐다.

등록을 하고, 이름표를 달고, 방을 배정받고 난 아줌마들은 강당에 모였다. 그때부터 분위기는 일신한다. 아줌마들마다 무엇인가를 중얼중얼 외우고 있다. 복도에서, 로비에서 심지어는 화장실 안에서까지 아줌마들은 무언가를 외우기에 여념이 없다.

이윽고 개회식이 열리고, 전국에서 모인 아줌마들은 차례로 한 명씩 단상에 올라 시를 외운다. 자기가 일 년 동안 외운 시 가운데 가장 자신 있는 시 한 편을 낭송하는 것이다.

아줌마들의 낭송에 동원되는 시들은 이미 정평 있는 명시에서부터

256

최근 시인들의 작품에 이르기까지 다양하다. 윤동주의 '별헤는 밤'이나 서정주의 '상리과원' 같은 꽤 긴 시들을 한 자 틀림이 없이 척척 암송하는 것을 보면 경이로운 생각이 든다.

아줌마들의 시 낭송 솜씨는 초청된 시인들이 채점을 한다. 암송은 기본이고, 시의 내용에 따라 동원되는 감정의 조절이며 현란한 제스처, 시의 내용과 걸맞게 차려 입은 의상을 보면 채점하는 일이 만만치 않음을 실감케 한다.

시를 읽으면서 받는 감동은 낭송을 들으면서 더 커지기도 한다. 아줌마들의 절절한 낭송은 때로 소름돋는 감동을 불러일으키기도 하고, 가슴이 에이는 느낌이 오기도 한다.

전국에서 모인 백여 명 아줌마들의 1인 1편씩의 시 낭송이 끝나면 저녁 식사. 시 낭송 때 그렇게도 긴장하고 진지하던 아줌마들은 식사에 용감한 전사가 된다.

아줌마들은 식욕도 왕성하다. 곳곳에서 폭소를 터뜨리며 푸짐하게 쌓여 있던 뷔페 음식이 순식간에 동이 나는 것을 보는 것도 경이롭다.

저녁 식사 후에는 시극 경연대회가 펼쳐진다. 시·도 대항 경연 대회다. 정성들여 준비한 의상이며 배경 음악, 소품들을 장식하고 시극을 한다. 시 한 편을 율동과 극으로 꾸미는 경우도 있고, 여러 편의 시를 옴니버스 식으로 묶은 것도 있다.

시 낭송은 개인의 노력에 의해 평가받지만, 시극은 팀웍이 중요하다. 저 아줌마들이 살림 틈틈이 언제 시간을 내어 저런 정도의 시극 공연을 준비했을까? 경이롭기만 하다.

시극 공연이 끝나면 여흥이다. 이 시간이야말로 아줌마들이 소녀들로 돌아가는 순간이다. 노래하고, 웃고, 즐기느라고 가을의 밤이 짧기만 하다.

아줌마들의 이야기는 방으로 옮겨서도 끝이 나지 않는다. 긴긴 얘기들을 나누느라고 잠이나 제대로 잤을까? 날이 밝으면 아침 식사를 마친 아줌마들이 다시 강당으로 모인다. 초청한 시인들로부터 강연을 듣고 나면 시상이 있다. 우선 시극 공연을 잘한 시·도 팀에 상이 주어진다.

아줌마들이 가장 촉각을 곤두세우는 것은 시 낭송 결과 발표다. 이 자리에 모인 아줌마들은 시·도 예선을 거친 분들인데, 중앙 대회에서 뽑히면 '시 낭송가'란 호칭을 부여받기 때문이다.

올해도 몇 명의 시 낭송가들이 탄생했다. 그들은 다른 경쟁자들의 부러움의 대상이다. 축하의 꽃다발들이 안겨진다.

시 낭송가. 그들은 이 호칭으로 돈을 버는 것이 아니다. 단지 명예일 뿐이다. 그런데 아줌마들은 이 호칭을 얻기 위하여 일 년 동안 시 낭송 실력을 갈고 닦는다. 그리고는 일 년에 한 차례 서울에 모여 실력을 견주어 보는 것이다.

아줌마들에게 시를 외우게 하고, 시 낭송에 미치게 하고, 시 낭송가라는 호칭도 부여해 주는 주최자는 누구인가?

그것은 재능교육이라는 회사이다. 재능교육은 학습지를 만드는 회사이다. 그러면 학습지를 만드는 회사가 왜 아줌마들의 시 낭송 행사를 주최하게 됐는가?

시 낭송가라는 호칭이 생긴 것은 1987년이다. 신시 80년을 기념하는 '시인 만세'가 세종문화회관에서 열렸고, 이때 시 낭송대회에서 입상한 사람들에게 시 낭송가라는 호칭을 처음으로 부여했던 것이다. 노래에 작곡자가 있고 가수가 따로 있듯이, 시 또한 시를 짓는 시인 말고 낭송가가 따로 있어야 한다는 발상이었다. 시 낭송가라는 호칭은 아마 우리나라 밖에 없을 것이다.

'시인 만세'에 이어 김성우, 김수남 두 명예 시인에 의해 '어머니 시사랑회'가 발족했다. 그러나 두 언론인이 이런 단체를 이어갈 경제력이나 조직이 있을 리 없다. 그때 이 일을 해보겠노라고 손을 들고 나선 곳이 재능교육이었다.

258

재능교육이 '어머니 시 사랑회'를 가져간 데는 재능의 기업 정신과
도 관련이 있다. 재능교육은 어린이들을 대상으로 학습지를 파는 회사
이기 때문에 학부모들이 회사의 명운을 쥐고 있다고 보는 것이다. 학부
모들, 그 가운데서도 어머니들에게 무언가 보답할 일을 찾고 있던 재능
의 박성훈 회장은 자칫 없어질 뻔한 이 일을 두 말 없이 받아들였다.

어머니들이 시를 공부하고, 시를 외우고, 자녀들에게 시를 가르친
다면, 그것은 학습지 회사인 재능교육의 교육문화사업이 될 수 있다고
판단한 것이다. 또 재능의 고객인 어머니들에게 보답하는 길도 된다는
것이 박 회장의 생각이었다.

재능 시낭송협회로 새로 태어난 이 모임은 시 카드도 발행하고 시
인 초청 강연회 등도 정기적으로 열고 있다. 전국적인 규모로 이루어
지는 이런 행사들이 재능 교육의 경제적, 조직적 지원에 힘입고 있음
은 물론이다.

시가 독립된 교과목으로 돼 있는 프랑스 같은 나라와는 달리 우리
나라 초등학교에서 차지하는 시 교육의 비중은 그야말로 미미하다. 언
어의 총화이자 한 나라 언어의 수준을 보여주는 시 교육을 기업이 떠
안고 나섰다는 데 그 의미가 있다. 이런 노력에 의해 시를 사랑하고 시
를 암송하는 인구가 늘어갈수록 우리의 언어 환경은 더욱 순화되고 정
화돼 나갈 것이다.

기업의 사회적 역할이 날로 강조 되어가는 요즈음, 시 낭송의 뿌리
를 이 땅에 내리고 10년을 헤아리는 기간 동안 전국적인 규모로 시낭
송 모임을 이끌고 행사를 하고 시 낭송가 호칭을 부여해주고 있는 재
능교육의 역할은 타 기업들의 수범이 되고 있다. 이제 우리 기업들은
고객들로부터 얻은 이익과 부를 문화 사업에의 참여라는 과실로 고객
들에게 돌려줄 방법들을 찾아야 하지 않겠는가? 우리의 사회를 보다
아름답고 행복하게 만들기 위해……

대통령의 교훈

$\mathcal{CH}$통령이 되기는 어렵다. 그러나 대통령을 하기는 더 어렵다. 우리는 그 예를 김영삼 전 대통령에게서 발견한다.

취임초 김영삼 대통령에 대한 지지도는 90%를 넘었었다. 그것은 전대미문의 지지도였다. 당시 김영삼 대통령의 몰락을 예견할 수 있는 사람은 아무도 없었다. 인기는 물거품 같은 것이라지만 그 엄청난 지지의 추락을 당시로서는 꿈조차 꿀 수 없었다.

그랬던 것이 김영삼 대통령 임기 막바지의 지지도는 3%까지 추락했다. 나중에는 지지도를 측정해보는 것 자체가 의미 없는 일이 되었다. 불과 5년 사이의 일이었다.

이렇게 천국에서 지옥으로 급전직하한 지지도의 변모를 어떻게 설명해야 할까?

여기에 대한 해답을 찾아보는 것이 본고(本稿)의 목적이다. 그 해답이 김영삼 정권의 문제점을 가장 상징적으로 분석해 볼 수 있는 길이 되기 때문이다.

취임 직후, 왜 국민들은 김영삼 대통령에게 열광했는가? 그 이유는 지극히 간단하다. 김영삼 대통령은 이승만, 윤보선 대통령 이후 처음으로 만난 민간인 출신의 대통령이었기 때문이다. 실로 32년만의 일이었다.

군인 출신 대통령의 시대가 상징하는 것은 힘의 통치다. 5·16쿠데타로 집권한 박정희 대통령, 10·26과 12·12, 5·18이라는 정변을 겪으면서 집권한 전두환 대통령, 직선을 거치기는 했지만 군인 출신 대통령의 이미지를 벗을 수 없었던 노태우 대통령, 이렇게 30여 년을 군인 출신 대통령의 시대에 살다가 처음으로 민간인 출신 대통령을 맞은 국민들은 열광했다. 그것은 민간인 출신 대통령에 대한 사랑의 표현이었다.

김영삼 대통령은 야당 출신의 정치인이었다. 박정희, 전두환 대통령 시대에는 민주 투사였다. 용맹한 싸움꾼이긴 했지만 국정을 담당해 본 바는 없었다. 따라서 국정의 최고 책임자가 될 수 있는가의 여부에 대한 검증은 없었다.

그럼에도 그에게 향한 국민의 열광은 다분히 맹목적인 것이었다. 맹목적 열광, 그 이유는 간단했다. 실로 오랜만에 보는 민간인 출신이었기 때문이었다.

국민의 그와 같은 사랑은 시대가 준 것이었다. 김영삼 대통령은 그런 시대적 상황을 알아야 했다. 그러나 그는 그것을 인간 김영삼에 대한 국민들의 맹목적 사랑으로 착각한 것은 아니었을까? 만일 그랬다면 그것은 참으로 엄청난 착각이었으며, 그 착각에서부터 김영삼 대통령의 비극은 시작되었을 것이다.

김영삼 대통령의 시대가 시작된 1993년은 군인정치시대라는, 힘과 권위주의로 상징되던 한 시대가 종막을 고했다는 의미가 있다. 힘의 시대에서 30여 년을 보낸 국민들이 원한 것은 무엇이었겠는가? 그것은 급격한 변화보다는 안정이었다. 기존 질서를 때려 부수는 개혁보다는 평화였다. 그러나 김영삼 대통령의 착각은 자신의 출범부터 이러한 시대의 요구와는 정면으로 배치되는 선택으로 나타났다. 즉, 그는 '변화와 개혁'을 자신의 정권의 캐치프레이즈로 내걸었던 것이다.

박정희 정권 때 겪었던 엄혹한 국가 통제적 분위기, 유신이라는 이름 아래 짓밟힌 자유와 인권, 전두환 정권 때 겪었던 힘의 통치, 5·18과 삼청 교육대로 상징되는 피와 억압의 기운, 그리고 군인정권시대의 종막을 장식하면서 우왕좌왕하던 노태우 대통령의 시대. 이런 시대를 타의와 힘의 질서에 의해 끌려다닌 국민들이 30여 년만에 처음으로 만난 민간인 출신 대통령에게 바란 것이 무엇이었겠는가?

그것은 민간인다운 문풍(文風)의 기운, 경직된 사회 분위기를 훈훈하게 녹여주는 훈풍의 기운, 무(武)보다는 문(文)이, 힘보다는 지식이 우위를 차지하는 문화의 시대였을 것이다. 직업 군인 출신이 아닌 직업 정치인이 펴는 국정이라는 점에서 그것은 보다 세련되고, 보다 지적인 정치였을 것이다.

그러나 김영삼 대통령은 '변화와 개혁'을 기치로 내걸었다. 군인 시대의 무력에 의한 힘이 이제 민간인 대통령에 의한 또 다른 힘의 시대가 시작된다는 신호탄이었다. 김영삼 대통령은 어떻게 그런 힘의 정치를 구사할 생각을 했을까?

그것은 90%가 넘는 절대 다수의 국민이 지지하고 있다는 데서 나온 자신감의 표현이었다. 절대 다수의 국민이 지지하는 것, 그것은 선(善)이라는 발상이었다. 절대 다수의 지지에 반하는 것, 그것은 악(惡)이라는 자신감의 표현이었다. 그 자신감은 자만으로 변해갔고, 마침내는 불행하게도 독선으로 치닫고 만다.

30여 년만에 열광하며 맞았던 민간인 출신 대통령에 의해 자행되는 새로운 힘의 세계를 국민들은 어리둥절하면서 맞게 된다. 그러나 자신

262

의 사랑을 의심하지는 않는다. 사랑하는 사람의 행위를 이해하려는 입장에 서게 된 것이다.

대통령과 국무위원, 청와대 수석 비서관 등의 재산공개, 재산 과다 보유 공직자들에 대한 조사와 공직 추방, 미전향 장기수 이인모 노인 송환, 금융실명제 전격 단행, 가진 자에게 고통을 주겠다며 부동산 실명제 단행, '대통령직을 걸고 막겠다' 던 쌀의 개방, 하나회 해체, '성공한 쿠데타는 처벌하지 않는다' 고 했다가 역사 바로세우기를 내세우며 두 전직 대통령의 구속과 단죄, 이런 일들이 숨가쁘게 펼쳐질 때도 국민들은 지지를 거두지 않았다. '변화와 개혁' 에 따른 고통의 파장이 국민들의 피부에 닿아오자 자세는 비록 엉거주춤하게 변해 갔지만 민간인 출신 대통령에 대한 국민의 사랑은 그토록 간절했으며, 그것은 절대 절명의 선택이기도 했다.

그러나 잘못 길을 잡은 여행은 그 여행이 계속될수록 잘못된 파장이 더욱 크게 나타난다. 사랑받고 있는 자의 오만과 독선은 사랑하는 사람들에게 더욱 큰 실망과 좌절을 예비한 채 파국을 향해 치닫게 된다.

무(武)의 시대는 두렵다. 그것은 무지와도 통한다. 고려 무신 정권 시대를 표현할 때 암흑의 시대라고 말한다. 문화가 질식된 시대라는 뜻이다. 그러나 문(文)의 시대라고 해서 절대선은 아니다. 문(文)의 시대가 저지르는 우월성과 맹목성이 저지르는 또 다른 형태의 폭력이 있다.

중국 사회주의는 문화대혁명이라는 이름 아래 인민의 자유를 억압하고 인권을 유린하는 폭력을 자행했다. 문화대혁명 기간 동안 중국은 죽음과도 같은 침묵이 대륙을 엄습했다. 문화라는 이름 아래 자행된 정신 개조는 힘에 의한 무(武)의 통치보다 더욱 두렵고 잔인한 것이었다.

따라서 문치(文治)도 무치(武治)도 절대선이 되지 못한다. 중요한 것은 합리성이다. 어느 것이 합리적인 길인가? 인간성을 존중하는 길인가? 이것이 선(善)의 척도가 되는 것이다. 무(武)의 시대라 하더라도 이런 합리성이 존중될 수가 있고, 문(文)의 시대라 하더라도 합리성이 짓밟힐 수가 있다. 김영삼 대통령의 시대는 합리성이 짓밟힌 문(文)의 시대였다.

김영삼 정권의 불합리성은 정책과 인사에 있어서 공조직보다는 사조직 우선으로 나타났다. 집권 직후부터 상도동 세력의 기세는 선거에 의한 집권 세력임을 의심케 할 정도였다. 마치 혁명에 의한 점령군과 같은 위세가 청와대를 중심으로 흘러 나왔다.

상도동 가신 그룹의 발호와 함께 결정적인 힘이 나타나기 시작했다. 그것은 대통령의 아들이었다. 대통령의 아들이 대통령과 가장 가까운 거리에 있고, 대통령이 아들의 말에 귀를 기울인다는 사실이 알려지면 힘은 급격하게 아들에게 쏠리게 된다. 인생의 경험이 그리 많지 않은 대통령의 아들이 어떻게 국정을 판단하고 장·차관급 인물들을 판단하고, 인간의 미묘한 심성을 파악할 수 있겠는가? 동서고금 할 것 없이 국정이 이런 식으로 운영되면 현인(賢人)이나 의인(義人)들은 그런 군주에게 등을 돌리게 된다. 그들은 향리로 돌아가거나 후학을 가르치며 글을 읽는다. 그런 정권은 희망이 없기 때문이다.

김영삼 대통령은 이런 말을 한 적이 있다. '머리는 빌릴 수가 있어도 건강은 빌리지 못한다', '인사가 만사'가 그것이다. 그의 이런 말에 걸맞게 그는 운동은 열심히 했다. 임기 말에, 지나친 운동은 오히려 건강에 좋지 않다는 말을 듣기 전까지 그는 매일 아침 조깅을 거르지 않았다. 그러나 머리를 빌리는 데는 실패했다. 결과적으로 볼 때 그는 아들의 머리를 빌린 셈이 되고 만 것이다. 그의 이런 실패는 인사의 난맥상에서 여실히 드러난다.

재임 5년 동안, 24차례 개각 단행, 총리 6명 경질, 부총리 7명 경질, 무려 114명에 이르는 장관들, 도대체 이런 것도 인사라고 할 수 있는 것인가? 이런 무더기 감투 양산은 '인사는 망사(亡事)'라는 희언(戱

言)을 낳게 되었다.

개인의 인생사에도 말보다 정신이 중요하다. 그 사람이 무엇을 생각하고 있으며, 어떤 사고 방식을 갖고 있는가? 그것이 한 인간에게 가장 중요한 것이다.

국정도 마찬가지다. 그 정권이 무엇을 구호로 내거는가 보다 중요한 것은 그 정권의 정신이며 지혜다. 즉 사물에 대한 가치 판단, 사안에 대한 가치관, 인생과 인간에 대한 혜안과 통찰력, 역사에 대한 인식과 비전, 이런 것이 더욱 중요한 것이다.

김영삼 대통령은 자신의 정권을 문민정부(文民政府)라고 자임했다. 그러나 그런 가치 판단은 옳지 않다. 무인 정권이 합당한 것이 아닌 것처럼 문인 정권도 합당하지 못하다. 문(文)과 무(武)는 상호 보완의 관계에 있어야 한다. 문(文)이 무(武)보다 우월하다는 가치관은 문인 독재를 부를 수 있다. 또한 문약(文弱)과 무(武)의 경시로 흐를 수도 있는 것이다. 이것은 한국처럼 적과 대치하고 있는 상황에서는 생존권마저 위협당할 수 있는 위험한 발상이다.

다음으로 그는 '세계화'를 기치로 내걸었다. 이 '세계화'의 개념은 여러 사람들을 개념 정립의 혼란에 빠뜨렸다. '국제화'와 무엇이 다르냐는 것이다. 필자는 김영삼 정권의 핵심에 있는 사람들에게 여러 차례 이 개념의 차이에 대해 물어 보았다. 그러나 시원한 대답을 들을 수가 없었다. 구호와 행동이 관련없이 표류했음은 '세계화'를 기치로 내걸었던 정권이 세계의 흐름에 무지해서 IMF 국난이라는 경제 파탄을 초래했다는 데서 여실히 입증된다. 나는 김영삼 대통령에게 묻고 싶다. 그가 제창했던 '세계화'의 구체적인 개념이 무엇이었으며, '국제화'와는 어떤 차이가 있는 것인가? 라고……

이와 같은 '세계화'의 구호를 나는 김영삼 대통령의 언론 플레이의 한 전형으로 본다. 어떻게 언론의 각광을 받을 것인가? 인기를 얻을

정책 토론회에서

것인가? 멋지게 보일 것인가? 대통령의 가치 판단의 기준이 그런 것에 치우쳐 있었다면 그것은 불행한 일이다.

김영삼 대통령은 진실로 그랬을까? 그랬다면 그것은 김영삼 대통령 개인의 불행이었으며, 대통령은 국가 최고·최종의 무한 책임을 지는 공인이라는 점에서 국민의 불행으로 증폭될 수밖에 없는 일이었다.

김영삼 대통령은 취임초, 역사에 남는 대통령이 되겠다고 다짐했었다. 성공한 대통령이 되겠다고도 했었다. 어느 대통령이 실패를 원하겠는가? 우리는 김영삼 대통령에게서 얻는 교훈이 있다. 그것은 아무나 대통령이 되려고 해서는 안 된다는 점이다.

사업가는 사업을 잘못 경영하면 망하게 된다. 그 피해는 자신과 가족, 그리고 그 기업체에서 일하고 있는 사람들에게 미치게 된다. 의사는 환자를 잘못 진료하고 치료하면 환자를 망치게 된다. 교사는 자기가 맡은 학생을 잘못 가르치면 그 학생의 장래를 그르칠 수가 있다. 그러나 그런 피해는 그들이 관련된 부분에 국한되는 것이다.

그러나 대통령이 국정 판단을 잘못하면 여러 국민들에게 피해를 주게 된다. 심지어는 잘못된 판단으로 국민들을 사지(死地)에 몰아넣을 수도 있다. 내가 김영삼 대통령에게 감사하는 것은 그의 재임중에 그래도 전쟁은 일어나지 않았다는 점이다. 국방에 대한 오판으로 북의 남침을 초래했거나, 남·북 충돌이 있었다면 실로 엄청난 비극이 초래됐을 것이다. 그래서 김영삼 대통령이 나라를, 그가 맡았던 평화의 상태 그대로 후임자에게 인계했다는 것만으로도 나는 크게 안도하며 감사하는 심경이다.

진실로, 대통령은 개인의 욕망으로 함부로 넘봐서 될 자리가 아니다. 자신의 몸을 망치는 데 그치지 않고 나라를 망칠 수도 있는 것이기 때문이다. 김영삼 대통령의 5년은 후임 대통령에게 귀한 교훈이 되어야 한다. 결코 오만해서는 안 된다는 것. 사람을 잘 써야 한다는 것. 슬기로워야 한다는 것. 역사를 보는 통찰력이 있어야 한다는 것. 이것이 김영삼 대통령이 후임 대통령에게 주는 교훈이다.

잘 쓰면 보약, 잘못 쓰면 독약

제15대 대통령 선거 개표방송을 준비하면서 방송사들은 당선 확정 뒤에 내보낼 당선자의 일대기도 준비했다. 필자가 몸담고 있는 SBS도 김대중, 이회창 후보 등 당선이 유력한 후보들의 일대기를 미리 제작했다.

김대중 후보의 당선이 확정되면서 방송사들은 김 당선자의 일대기를 일제히 내보냈다. 그리고 낮 방송을 김 당선자의 소개와 앞으로의 과제 등을 다룬 좌담 특집 프로그램으로 채웠다. 낮뿐이 아니었다. 밤 시간에도 각종 특집 프로그램들이 홍수를 이뤘다.

신문들도 마찬가지였다. 대통령 선거이니만치 선거 전의 분석과 당선의 의미 등을 싣는 것은 당연하지만 김 당선자를 예찬하는 글들도 지면마다 넘쳐나고 있었다. '인동초(忍冬草)의 신화' 등 제목도 현란하기 그지 없었다.

하루를 이 북새통 속에서 지내고 난 뒤, 한 동료가 이런 우스갯 소리를 했다. "아니, 이렇게 훌륭한 분이 계신 걸 지금까지 왜 몰랐지?"

하루 아침에 표변한 언론들의 보도 태도에 대한 자성과 냄비 끓듯 하는 우리나라 언론에 대한 비아냥이 섞여 있는 말이었다.

그런데 참으로 기이한 일이 나타났다. 언론의 이런 보도에 대한 당선자의 코멘트가 나온 것이다. 즉, '지나친 찬사가 역겹다. 나라 사정도 어려운 데 이런 보도를 자제해 줬으면 좋겠다.'는 반응이었다.

당선자의 그 반응을 접하는 순간 신선한 충격을 느꼈다. '역시 DJ'라는 생각과 함께⋯⋯.

칭찬해주는 것을 싫어하는 사람은 지극히 드물다. 남을 칭찬하는 데는 인색하지만 그 칭찬이 자신을 향할 때는 관대해지는 것이 인지상정이다.

역대 대통령들은 언론의 현란한 찬사를 모른 체했다. 그리고는 그 같은 아부 경쟁을 은근히 즐겼다.

오랜 야당 생활 끝에 여당과 손잡고 집권에 성공한 김영삼 대통령도 그런 경우에 예외가 아니었다. 김영삼 후보 당선 뒤에 쏟아진 어마어마한 물량의 예찬 기사들과 방송 프로그램에 대해서 당선자가 사양한 흔적이 없다.

5공과 6공 때는 더했다. 그때는 일부 언론사들이 아예 충성 경쟁까지 했다.

김대중 당선자의 코멘트가 나오자 신문, 방송에서는 예찬 기사와 프로그램들이 일제히 자취를 감췄다. 속전 속결의 반응이었다. 이 또한 한국 언론의 표변하는 행태를 그대로 보여준 것이 아닌가 한다.

이번 선거전처럼 외신들의 관심을 끌었던 선거도 없었다. 그 이유는 김대중 후보에 있었다.

가장 큰 이유는 김대중 후보의 국제적인 지명도 때문이었다. 즉, 남아공의 넬슨 만델라처럼 오랜 야당 생활과 투옥, 목숨의 위협까지 느껴야 했던 정치인이 과연 선거에 의한 집권에 성공하느냐에 국제적인 관심이 쏠렸다. 김대중 후보가 당선하면 뉴스 밸류가 커지고 세계적인 뉴스가 되기 때문이었다.

선거 전(前)에 있었던 각종 여론 조사 결과처럼 외국 언론들도 김대중 후보의 당선을 점치고 있었다. 그래서 한국 대선에서 민주투사로서 국제적 지명도를 가진 김대중 후보가 당선되는 것을 보도하기 위해서 특파원들을 한국으로 보냈던 것이다.

투표 전날, 일본 NTV의 야마구치 특파원과 점심을 함께 했을 때, 한 동료가 당선자를 예측하는 내기를 제안하며 자신은 김대중 후보에게 걸겠다고 했었다. 다른 동료들은 김대중, 이회창 후보로 갈렸는데, 김대중 후보에 건 측이 훨씬 많았다. 그러자 조금 생각하던 야마구치 특파원은 자신은 이회창 후보에게 걸겠다는 것이었다. 그 이유는 "내기는 어디까지나 내기니까"였다. 즉, 적게 거는 쪽에 걸어야 적중하면 많이 딸 수 있다는 내기의 법칙을 말한 것이었다. 외국 언론들은 그 정도로 김대중 후보의 당선을 예상하고 있었다.

우리나라 정치인 가운데 김대중 대통령만큼 파란만장한 일생을 보낸 경우는 드물다. 일제 시대와 6 · 25, 그리고 독재 시대를 관통해 온 그의 생애, 세 번의 낙선 끝에 국회의원 당선, 첫 부인과의 사별, 40대에 야당 대통령 후보로 선출, 그 후에 닥친 박해, 납치와 살해기도, 정변에 뒤이은 투옥과 사형 선고, 오랜 감옥 생활과 해외 망명, 대통령 선거 세 차례 낙선, 정계 은퇴와 복귀의 반복, 네 번째 거머쥔 대통령 당선. 열네 번 추천 끝에 선정된 노벨 평화상 수상. 그의 인생 자체가 불굴의 인간 의지를 보여주는 감동적인 대드라마라고 할 수 있다.

10여 년을 정치부 기자로 보낸 필자는 여러 정치인들을 취재한 경험이 있다. 김대중 대통령의 숱한 좌절을 지켜본 필자는 이번에 또 실패하면 퇴장하는 그 모습을 어떻게 보나? 하는 심경이 있었던 것이 사실이다.

그러나 김영삼 대통령의 실패를 지켜보았던 필자로서는 김대중 대통령에 대한 불안도 있었다. 김영삼 대통령과 김대중 대통령은 여러 점에서 닮았기 때문이다.

지난 TV 토론에서 필자는 이 점을 김대중 후보에게 직접 물어본 적이 있다. 즉, 비슷한 나이, 오랜 야당 생활, 두터운 측근 층 등이 김영삼 대통령과 닮았는데, 혹시 당선되면 김영삼 대통령의 국정 스타일과 비슷하지 않겠는가 하는 점을 짚었던 것이다.

그 질문에 김대중 후보는 펄쩍 뛰며 부인했다. 자신은 YS와 전혀 다르다는 것이다. 그 대표적인 예로 YS는 노태우 대통령과 손잡고 3당 합당을 해서 집권했지만, 자신은 당시 손잡자는 노 대통령의 제의를 거절한 것을 들었다.

그러나 김 당선자의 그런 해명에도 불구하고 DJ가 YS와 비슷하지 않을까 하는 의구심을 떨치지 못했다. 당선자로서의 행보에 그럴 가능성이 엿보였기 때문이다.

임창렬 부총리가 김 당선자를 찾아와서 나라의 경제 상황을 설명하고 돌아간 뒤, 김 당선자의 코멘트가 즉각 언론에 터져 나왔다. 즉, '거덜이 나도 이렇게 거덜이 난지 몰랐다'는 것이다. '엄청난 외채 상황을 정부가 감췄다'는 것이다.

당선자의 이 말이 나오자마자 금융 시장은 요동쳤다. 안정될 기미를 보이던 환율이 다시 치솟아 1달러에 2,000원대로 올라가고, 시중 금리가 치솟고, 조금씩 오르던 주가는 다시 400선 아래로 추락했다.

그 뒤 해외 자금의 도입으로 위기를 넘기긴 했었지만, 당시 상황만으로 볼 때, 그것은 김 당선자의 실수였다고 생각한다. 물론 파산지경의 나라 살림을 인계 받게 된 데에 대한 억울함도 있었을 것이다.

자신의 말대로 '나는 왜 이렇게 고생길만 걸어야 하나?' 하는 자탄도 있을 수 있다. 그러나 파산 상태의 한국 경제는 세계의 투자자들이 지켜보고 있음을 알아야 했다. 그의 말대로 외화가 바닥나 있는 상태에 외국의 힘이 조금만 강하게 가해지면 쓰러질 수도 있을 만큼 한국 금융의 취약성이 드러났었기 때문이었다.

나는 당선자가 후보 시절에 했던 말을 어떻게 그리 빨리 잊었는지 놀라움을 금치 못했다. 마지막 합동 토론회의 마지막 연설에서 그는 이렇게 말했었다.

"과거 대통령 선거에 거푸 떨어질 때는 원망도 했었다. 그런데 이제는 이렇게 어려울 때 나를 쓰려고 하늘이 지금까지 예비해 두셨구나 하는 생각을 한다."

그 말이 진실이라면 고생문이 훤하다고 원망해서는 안 된다. 후보 시절 그의 약속대로 이 어려움을 풀어나가야 한다. 그렇게 해 달라고 국민들은 그를 선택한 것이다.

내가 더욱 경계한 것은 김 당선자의 그 말이 행여 경제 위기에 자신은 책임이 없다는 식의 야당 정치인의 폭로성 발언 습관이 몸에 배서 나온 것이 아닌가? 하는 점이었다. 만일 그랬다면 그것은 참으로 우려할 만한 일이었다.

국정 책임자는 해야 할 말이 있고 하지 말아야 할 말이 있다. 국내용 말이 있고 대외용 말이 있다. 곧 죽을 정도로 절박해도 태연한 표정을 지어야 할 때가 있고, 여유가 있어도 다급한 제스처를 써야 할 때가 있다.

개인과 개인의 관계에서도 곧 망할 사람에게 돈을 빌려 주지는 않는다. 빚을 주는 사람은 빌리는 사람의 상환 능력을 보고 빌려 주는 것이다.

절박한 나라 사정을 들여다보고는 기겁을 하는 당선자의 언행은 확실히 미숙했었다. 그는 그 지식을 자신이 삭이고, 그것을 바탕으로 해서 적극적인 대책 마련에 나섰어야 했다.

전두환 대통령이 집권했을 당시도 나라 사정은 무척 어려웠다.

10 · 26 사태와 12 12사태, 광주 민주화 운동, 5공 정권 탄생 등 정국은 극도로 불안했고, 경제는 곤두박질쳤다. 그러나 그 뒤 불어닥친 3저(低)와 당시 경제팀의 적절한 정책 선택으로 물가는 안정되고 수출 드라이브가 성공했다. 당시 외지는 '한국인들이 몰려온다' 는 커버스토리를 싣기도 했다.

80년대 중반에 청와대를 출입하던 필자는 전 대통령으로부터 이런 말을 들은 적이 있다. "국정을 인계 받고 보니 눈앞이 캄캄하더군. 완전히 파산 상태야. 이거 잘못 맡았다는 생각이 들더라구. 그런데 내가 놀라는 표정을 지을 수도 없었어. 내가 놀라면 국민들이 얼마나 놀라겠어? 외국은, 또 북한은 어떻겠어? 내색도 못하고 밤에 잠을 못 이뤘었지."

우리 경제가 세 마리 토끼를 잡았다고 환호할 때 전 대통령이 어려웠던 과거를 회상하며 들려 준 말이었다.

6 · 29 선언 이후 한국의 언론은 거의 완전한 자유를 누리고 있다. 언론의 자유에 관한 한 한국은 어느 선진국 못지않다.

대통령 선거전만 하더라도 이번 선거는 필자가 정치부장을 했던 92년 대선 때보다 훨씬 공정해졌다. 우선 주요 후보들의 동정 보도에 차이가 없었다. 또한 92년에는 이뤄지지 못했던 후보들의 TV 토론회가 활발하게 이뤄졌다. 김대중 대통령은 이런 미디어 선거의 특징을 잘 활용했기 때문에 당선될 수 있었다. 따라서 미디어가 만들어낸 최초의 한국 대통령이라고 할 수 있다.

김 대통령은 국정을 수행해 나가면서도 이런 미디어 시대의 국정 책임자라는 사실을 깊이 인식해야 한다. 후보 시절에 그는 이런 말을 했었다. '대통령에 당선되면 TV를 통해서 국민과 대화하는 시간을 갖겠다. 중요한 정책 결정 사항이 있으면 TV에 나와 국민들에게 설명하겠다. 그래서 이해를 구하겠다.' 고……. 그는 이 말을 지켜야 한다.

김대중 대통령 후보 초청 토론회를 끝내고

　과거 라디오 시절, 미국의 루스벨트 대통령은 '노변대화' 시간을 가졌다. 속삭이듯이 국민들에게 국정을 설명하는 대통령의 목소리는 국민을 설득하고, 국력을 모으기에 충분했다.

　오늘의 한국은 TV 시대다. 이런 TV 시대에 국민과 대통령이 만나는 시간을 자주 갖는다는 것은 매우 중요하다. 이 방식이 성공하면 그는 미디어 활용에 성공한 대통령으로 남게 될 것이다.

　더욱이 지금의 한국은 미국의 대공황기에 버금갈 정도의 경제적 위기에 직면하고 있다. 무슨 일이 있을 때, 대통령이 불쑥 나타나 '친애하는 국민 여러분…….' 으로 시작하는 원고만 읽고 들어가는 식이어서는 대통령이나 국민에게나 아무런 도움이 되지 못 한다. 시대에 맞는 홍보 방식을 선택해야 하는 것이다. 나는 그래서 김대중 대통령이 미국의 대공황을 국민과 함께 이겨낸 루즈벨트 대통령처럼 평가되기를 바라고 있다.

오랜 고난의 세월을 살아본 김대중 대통령은 언론이 얼마나 중요한 것인가를 누구보다도 잘 알 것이다. 언론은 약과 같다. 잘 쓰면 보약이 되지만, 잘못 쓰면 독약이 된다.

집권자는 언론을 이용하고 싶은 유혹에 빠지기가 쉽다. 자신에게 비판적인 언론은 적대시하고 우호적인 언론만 상대하고 싶은 마음이 들 수가 있다. 또한 언론에 섭섭할 때도 많을 것이다.

그러나 절대로 이런 단견에 빠져서는 안 된다. 언론의 충고를 뼈 아프게 받아들일 줄 알아야 한다. 그것이 늑대의 출현을 알리는 목동의 절규임을 알아야 한다. 조선 왕조를 지탱하게 했던 언관들의 역할을 오늘의 언론이 하고 있다는 인식을 가져야 한다.

김대중 대통령 시대 때 우리나라 언론이 질적으로 선진화됐다는 평가를 받고 싶다. 그렇게 된다면 대통령과 국민 모두에게 축복이 될 것이다.

어른을 찾습니다

한 때 우리 사회에 '청년 문화'란 말이 유행한 적이 있었다. 기성 질서에 반발하는 젊은이들의 새로운 풍속도를 지칭하는 말이었다. 구속과 인습을 거부하고 새로운 세계로의 탈출을 선언한 청년 문화는 60년대의 젊은이들에게 상당한 호응을 불러 일으켰었다. 유신시대, 억압된 사회 분위기에 항거하는 상징이기도 했던 '청년 문화' 시대 이후 한 세대에 해당하는 30년이 지났다. 오늘날은 과거처럼 체제의 힘에 의한 통치가 사라졌다. 말하자면 열린 시대가 된 것이다. 이제는 '청년 문화'라는 말 자체가 낡은 느낌을 주는 시대가 됐다.

텔레비전을 보면 쇼 프로그램은 10대 후반에서 20대 초반의 정서에 어울리는 분위기다. 분명히 우리 젊은이들의 노래고 춤인데, 가사도 알아듣기 어렵고, 율동도 분명히 우리 것은 아니다. 일본 풍인 듯도 하고, 서구의 것에 일본의 것이 뒤섞인 것 같기도 하다.

만화는 그 대상이 더 아래로 내려간다. 이미 세계의 텔레비전 만화

276

는 일본이 석권하고 있는 듯한 분위기인데, 이 만화의 내용이 문제다. 어린이들을 주 시청층으로 한 만화인 만큼 주인공으로도 아이들이 나오는데, 이 아이들은 정의의 상징이고 어른들은 악의 상징으로 그려진다. 정의의 상징인 아이들이 악의 상징인 어른들을 응징하고, 꾸짖고, 때려 부순다. 그리고는 어른들을 짓밟는 텔레비전 속의 꼬마들이 부르는 노래들을 우리 아이들이 신이 나서 합창한다. 이런 유형의 요즘 세태를 나는 '유년 문화'라고 지칭하고 싶다.

요즘은 자녀도 한 가정에 한, 두 명이 고작이다. 형제, 자매에 대한 개념도 없이 자라는 아이들이 많다. 자녀가 적기 때문에 이 자녀들에게 쏟는 부모들의 관심과 열정은 과거와 비교가 되지 않는다. 말하자면 왕자와 공주들의 시대가 되고 있는 것이다.

이 왕자와 공주들은 작은 폭군이다. 식당에 가도, 기차를 타도 주위는 오불관언(吾不關焉)이다. 복도를 뛰어다니고 앞자리 손님을 툭툭 치기도 하고, 큰 소리로 떠들고 노래한다. 그래도 부모들은 제지하지 않는다.

전철이나 버스를 타도 청소년이나 어린이들이 어른들에게 자리를 양보하는 것은 보기가 점차 어렵게 돼 가고 있다. 물론 다 그렇다는 것이 아니라 전체적인 추세를 말하는 것이지만, 좀더 젊은 어른이 더 늙은 어른에게는 자리를 양보하지만 어린 세대는 그런 것에 개의치 않는다. 오히려 빈 자리가 없나 찾아서 날쌔게 차지하는 것을 부모들은 당연하다는 또는 귀엽다는 표정으로 보고 있다.

나는 이런 것은 우리 사회의 부권 상실, 어른의 권위 상실 현상이라고 본다. 어른들은 이 사회의 중심을 지키고, 사회라는 배가 흔들리지 않게 버텨주는 무게 중심이다. 그런데 이 무게 중심이 뽑혀 버리거나 무게 중심으로서의 역할을 포기할 때 배는 뒤집어진다. 그러면 이 경박한 '유년 문화'에 어떻게 대응해야 하는 것인가? 나는 아이들을 또는 젊은 세대를 꾸짖는 권위의 회복이 있어야 한다고 본다. 요즘 남의 아이를 꾸짖는 데도 용기가 필요한 세태가 됐지만 내 아이이건 남의 아이이건 모두가 우리 아이라는 점에서 잘못된 것은 바로 잡아줘야 한다는 이야기다.

이를 위해서는 어른들의 권위 회복, 아버지의 권위 회복이 필요하다. 그래서 나는 우리 사회의 '부권 회복'을 제안하고 싶다. 어른을 찾는 운동이라도 펴야 하겠다.

대화는 문제 해결의 열쇠

우리는 많은 갈등 속에서 이 세상을 살고 있다. 가정에서는 가족간의 갈등, 친척과의 갈등, 사회적으로는 계층간의 갈등, 조직과의 갈등을 겪는다. 이 갈등을 극복할 수 있는 방안은 무엇일까? 그것은 대화다. 대화함으로써 상대방의 입장을 이해하고 자신의 주장을 펴서 합의점을 찾을 수가 있는 것이다. 그러나 이 대화는 묘한 것이어서 가장 가까운 가족간의 대화가 남보다 더 어려울 수가 있다. 그 이유는 가족이란 논리적이 아닌, 맹목적인 혈연 관계로 맺어져 있기 때문이다. 따라서 부모 자식간에, 또는 부부 사이에 설득하려는 노력보다는 감정이 앞서는 경우가 많다. 그것은 맹목성이 갖는 이기심 때문이다. 부모가 또는 자식이, 남편이, 아내가 당연히 자신을 이해해 주기를 기대하기 때문이다. 자식의 입장에서 볼 때 부모의 언행이 잘못됐다고 생각할 수가 있다. 자신의 뜻이 옳다고 판단되면 부모를 설득해야 한다. 사려 깊은 부모는 자식의 고민에 결코 둔감하지 않다. 부모와의 대화 과정에 자신의 주장이 틀렸음을 발견할 수도 있

다. 부모를 설득하는 데 실패하면 부모의 뜻을 따라야 한다. 그런 경우
는 부모의 판단이 옳은 것이기 때문이다.

　대화로 해결되지 않는 일이란 거의 없다. 가정에서의 대화의 기회
는 사회 생활을 원만하게 해나가기 위한 훈련의 좋은 기회가 된다. 대
화의 경험이 없기 때문에, 대화의 기술이 없기 때문에 오해가 생기고
갈등으로 치닫는 것이다. 우리가 사는 이 세상에는 이 단순한 이치에
소홀함으로써 빚어지는 비극이 너무나 많다. 가장 이상적인 대화는 사
랑이 깔려 있는 대화다. 가정은 사랑의 대화가 언제나 가능하다는 점
에서 축복받은 장소인 것이다.

사랑의 본능

뻐꾸기는 자기보다 몸집이 작은 멧새류의 둥지에 알을 낳는다. '붉은 머리 오목눈이' 같은 멧새류는 뻐꾸기의 알을 자기의 알인 줄 알고 품는다.

뻐꾸기와 숙주(宿主)새의 알은 비슷한 시기에 부화한다. 그런데 뻐꾸기의 알이 부화하면서 무서운 일이 일어난다.

알에서 갓 깨어나 눈도 뜨지 못한 벌거숭이의 뻐꾸기 새끼가 숙주새의 알들을 둥지 밖으로 밀어내 버리는 것이다. 부화한 새끼까지 밀어내 둥지 밖으로 버린다.

숙주새는 뻐꾸기 새끼가 제 새끼들을 다 죽여 버렸는 지도 모르고 부지런히 먹이를 물어다 먹인다. 뻐꾸기 새끼는 먹성도 좋다. 날개가 다 자라기도 전에 어미 숙주새보다 훨씬 몸집이 커진다. 숙주새가 큰 뻐꾸기 새끼에게 먹이를 먹이는 것을 보면 큰 뻐꾸기 새끼가 숙주새를 잡아 먹을 것 같은 착각이 든다.

마침내 뻐꾸기 새끼가 다 자라면 뒤도 돌아보지 않고 둥지를 떠난다.

아기들은 엄마의 젖을 탐한다. 시도때도없이 젖을 찾는다. 뜻대로 되지 않으면 운다.

아기들이 노는 것을 보면 전혀 양보가 없다. 조금 더 큰 아기가 작은 아기의 장난감을 빼앗고, 때리고, 울린다.

본능에 따라 행동한다는 점에서 뻐꾸기 새끼나 사람의 아기나 별로 다를 바가 없다. 사람까지를 포함한 동물의 본능은 이기적인 것일까? 맹자가 성선설을 주창한 것은 인간의 본성이 악하기 때문에 이를 순화하기 위한 역설적 표현이었다고 말하는 사람도 있다.

모든 종교가 인간 본성의 악함을 경계하고 착함을 권장한다. 이 본능의 악함이 성서에서는 원죄로 상징화된다.

인간이 위대해질 수 있는 것은 교육의 힘 때문이다. 아기를 키우는 부모는 아기가 잘못된 짓을 할 때 이를 꾸지람이나 징벌로써 가르친다. 아기가 자라 유치원에 가고 학교에 가면 유치원이, 학교가 착한 행동과 미운 행동을 분간케 한다.

이런 교육의 힘에 의해 하나의 인격이 완성되는 것이다. 교육이 없는 인격 형성은 생각할 수조차 없다. 이 세상을 가득 채우고 있는 악덕과 미움, 그리고 범죄의 물결을 보면 본능의 원초적 마성(魔性)에 절망하게 된다.

그러나 참으로 신기하게도 인간에게는 이와 함께 사랑의 본능이 있다. 이것은 누가 시켜서 하는 것이 아니다. 본능에 의해 사랑하고 사랑받고 싶어한다. 이것은 정도의 차이만 있을 뿐 동물도 마찬가지다.

이 사랑의 본능이 있기에 세상은 멸망하지 않고 이어져 왔다. 또한 사랑의 본능이 마성을 제압할 때 인간성은 빛난다. 사랑의 본능에 교육의 힘이 가해지면 사랑은 개인의 영역에서 사회의 영역으로 발전한다.

인간의 본성이 악함에서 착함으로 변모하는 황홀감을 경험하지 않았는가? 그때 문득 이 세상은 빛으로 가득 차 있음을 느낀다.

282

사랑하는 마음, 이것이 개인을 구하고, 사회를 구하고, 나라를 구하고, 세계를 구하는 바로 그 힘이다.

　사랑의 가장 고양된 형태, 그것은 자기 희생이다. 남을 위하여 자기를 버리는 것이다. 자신의 뒤를 쫓아오는 세대에게 그동안 안주했던 따뜻한 자리를 물려주는 것은 자연의 섭리와도 같다.

　이기적인 본능으로 태어난 인간이 종교적 경지로까지 승화할 수 있는 비밀이 바로 이 자기 희생의 정신에 있다. 그로 인해 인간은 위대해질 수 있는 것이다.

서울의 눈

19 60년대에 대학을 다닌 나는 매섭던 서울의 겨울을 기억한다. 서울역 광장을 지나던 우마차를 끌던 소의 콧구멍이 씩씩거리며 나오던 콧김이며 주둥이에 주렁주렁 달려 있던 고드름들을 기억한다. 그때는 한강이 해마다 얼었었다.

조선 시대에는 겨울에 한강 얼음을 떼어다 석빙고에 보관해두고 삼복이면 왕이 대신들에게 얼음을 하사했다니 그때 겨울도 대단히 추웠음을 짐작할 수 있다.

그런데 어느 때 부터인지 겨울이 춥지 않았다. 한강도 얼지 않았다. 겨울이 춥지 않으니 없는 사람들이 지내기에는 나았지만 정상이 아닌 이상(異常)이어서 걱정이었다. 대기 오염 때문에 그렇다는 기상학자들의 분석도 있었다.

그런데 모처럼 2001년 벽두에 겨울 같은 겨울이 왔다. 서울의 기온이 영하 20도까지 떨어졌으니 대단한 추위였다. 거기에다가 큰 눈이 내렸다. 이 눈 또한 몇 십 년만에 보는 큰 눈이었다. 한강이 얼어붙었다. 이제 제대로 된 겨울을 맞은 것이다.

그런데 눈이 내린 서울에는 야단이 났다. 눈이 내린 첫날, 대처에 늦장을 부리다 언론으로부터 호되게 혼이 난 행정 당국은 부랴부랴 간선도로 소통에 나섰다. 그 결과 차가 다니는 길은 별 문제가 없었다. 서울시가 인력을 동원해 염화 칼슘을 뿌리고 길들을 뚫은 것이다. 그것은 물론 국민의 세금을 쓴 것이다.

문제는 골목길에서 발생했다. 두텁게 언 눈이 빙판이 되고 만 것이다. 곳곳에서 사람들이 미끄러지는 사고가 발생했다. 고지대에는 연탄이 배달되지 못해 주민들이 떨며 지내고 쓰레기차도 오지 못해 쓰레기 더미 속에서 지내는 고통을 겪어야 했다.

이런 풍경은 아파트 단지 내에서도 마찬가지로 연출되었다. 아파트 앞 간선 도로는 차가 쌩쌩 잘 다니는데 아파트 단지 안에만 들어서면 얼음 천지인 것이다.

눈 내린 서울이 이 지경이 된 이유는 간단하다. 주민들이 자기 집 앞 눈만 치웠으면 이런 일이 없었을 텐데 대부분의 사람들이 비를 들고 나오지 않았던 것이다.

아파트 같은 공동 주택은 더했다. 내 집 앞이란 개념이 없기 때문에 수십 세대 또는 수백 세대가 사는 아파트 단지 안이 얼음판이 된 진풍경이 연출됐다.

서울의 눈은 우리의 공동체 의식이 얼마나 후진적인가를 뼈아프게 느끼게 했다. 과거에는 이러지 않았었다. 눈이 오면 모두들 비를 들고 나섰다. 남의 집 앞의 눈도 쓸어주는 인정도 보여주었다. 눈을 쓸고 따뜻한 국밥을 나눠먹는 풍경도 어렵잖게 볼 수 있었다. 그런데 어느 때부터인지 그 공동체 의식이 우리에게서 사라져버린 것이다.

이렇게 이기심 많은 도시민들에게 만일 미사일이라도 한방 떨어졌으면 어떻게 됐을까? 아비규환과 함께 도시의 기능이 순식간에 마비되리라는 예상을 해보기 어렵지 않다. 무서운 일이다. 공동체 의식의 결여는 남이 아닌 자신, 우리 전체를 파멸시킨다.

이런 것을 알고 있는 선진국에서는 집 앞에서 행인이 눈에 미끄러져 다치면 그 치료비를 집주인이 부담하게 한다. 상태가 심하면 벌금을 물리기도 한다.

서울을 찾은 눈은 몇 십 년만에 우리의 겨울을 정상적으로 되돌려준 고마운 것이었다. 또한 잊고 있던 우리의 공동체 의식을 각성케 한 계기가 됐다. 이런 점에서 우리에게는 아직 기회가 있다.

돌아온 겨울, 다음에 큰 눈이 오면 나는 비를 들고 우리 아파트 단지를 쓸 것이다. 그때 함께 우리 아파트 앞을 쓰는 이웃들의 푸근한 모습을 만나고 싶다.

구찌의 비극

유 럽의 여러 문화적 풍요함 가운데서도 패션이 갖는 아름다움과 멋은 단연 세계의 정상이다. 샤넬, 랑방, 크리스찬 디오르, 니나리치, 입생로랑, 발렌티노, 구찌……. 이름만 들어도 그 향기가 다가온다. 유럽의 패션은 단연 프랑스와 이탈리아가 이끌어 왔다.

첫 이탈리아 여행에서 구찌의 매력을 만나던 순간을 기억한다. 1979년, 박동진 외무장관의 서남아와 유럽 순방을 수행하다가 무더운 스리랑카의 콜롬보를 떠나 도착한 곳이 이탈리아의 로마였다. 서늘하고 조용한 휴일 아침의 로마에서 느낀 것은 사람의 운명이었다. 스리랑카에서 태어나는 아기와 이탈리아에서 태어나는 아기는 판이한 삶을 걷게 되는 것이고, 그것이 본인의 의지와는 전혀 상관없이 결정된다는 점이 운명을 생각하게 했던 것이다.

짧은 로마 체류에서 외교관으로 일하고 있던 친구를 만났고, 그의 안내로 난생 처음 로마를 관광하는 경이를 체험할 수 있었다. 이곳저

곳을 다니던 그가 구찌 본포를 가보지 않겠느냐고 제의해 왔을 때만 해도 나는 그것이 무엇인지 잘 몰랐었다. 그러나 구찌의 매장에 들어섰을 때, 나는 또 다른 의미에서의 설레임을 느꼈다. 아름다운 디자인의 가죽 제품들과 의상들, 30대 초 젊은이의 눈에 비친 구찌의 패션은 황홀감 그 자체였다. 제품들은 또 얼마나 견고하던지……. 아내에게 선물로 사준 가방에 교사인 아내는 책을 넣고 다녔었는데 10년이 지나도 멀쩡한 것이었다. 이런 아름다움과 견고함을 창조하는 사람은 어떤 사람일까? 내가 상상할 수 있는 모습은 아름다움과 우아함을 갖춘 신사의 모습, 그것이었다.

구찌에 대해 이런 추억을 갖고 있는 나로서는 구찌의 마지막 상속자가 피살됐다는 소식이 안타깝기만 하다. 그것도 마흔여섯 살의 나이에 등과 얼굴에 네 발의 총탄을 맞고 절명했다는 소식은 너무도 충격적이다. 구찌를 창업했던 구치오 구찌의 손자인 마우리치오 구찌는 이미 그의 재산을 아랍계 은행에 판 뒤였다. 그것은 재산을 둘러싼 친척들의 내분 때문이었다. 그는 삼촌과의 갈등으로 한때 스위스로 도망가 살기도 했으며 상속세 탈세 혐의로 법정에 서기도 했다.

구찌가 세계적인 명성을 떨치고 있고, 구찌의 수입이 엄청나자 상속자인 그에겐 위험이 끊이지 않았다. 그가 천수를 누리지 못하고 젊은 나이에 비명에 간 것은 돈 때문이었다. 그것도 엄청나게 많았던 돈 때문이다. 따라서 인간에게 돈이 갖는 의미가 무엇인가 새삼 생각하게 된다.

또한 수성의 어려움도 생각하게 된다. 창업자도 어려움이 있지만, 창업자는 사실상 행복한 사람이다. 창업이란 창조하는 것이기 때문이다. 무엇인가를 이룬다는 것은 그만큼 따라오는 성취감도 크다는 얘기다. 그는 성취감과 행복감 속에서 자신의 작품을 다음 세대에게 넘긴다.

상속자는 일견 행복하게 보일지 모르지만 그가 겪는 고통은 크다.

우선 1세대가 물려준 것을 지켜야 한다는 의무감이 따른다. 그리고 수성의 경우는 그 만족도가 창업의 성취감에 까마득히 미치지 못한다. 상속자에게는 또한 질시의 눈길이 따르며 상속자의 능력은 제대로 인정받지 못 한다. 자칫하면 평생 1세대의 그늘 아래 있게 되고, 경험의 부족으로 1세대가 이뤄 놓은 것을 잃게 될 수도 있다. 그 충격은 창업자가 재산을 잃었을 때보다 더 크다. 창업자는 자기가 시작할 때의 위상이 있기 때문에 재기도 잘 하지만, 상속자는 자기와의 싸움을 힘겨워 하는 경우가 많다.

구찌의 파멸은 결국 엄청난 부가 초래한 비극이자, 수성에 성공하지 못한 상속자의 비극이다. 재산이란 사람에게 궁극적으로 무엇인가? 인생에서 가장 가치 있는 것은 어떤 것인가? 아름다움을 창조해내고 그 아름다움으로 세계적인 명성과 함께 엄청난 부를 모았던 패션의 황제 구찌가 결국 1세기 3대만에 파멸하는 것을 보며 해보는 생각이다.

독일의 정치 교육

독일은 분단의 역사를 겪었다는 점과 민주주의 역사가 짧다는 점에서 우리의 관심을 끈다.

독일은 몇 가지 측면에서 한국인의 관심을 끈다. 그 첫 번째 측면은 2차 세계대전 이후 분단의 역사를 겪었다는 점이다. 물론 독일은 통일되었고, 한국은 통일되지 못하고 있다.

그 다음 측면은 독일과 한국은 민주주의의 역사가 짧다는 점이다. 왕조(王朝)체제와 전제(專制)체제를 겪었고, 민주주의의 체험은 2차 대전 종전 이후부터 시작됐다는 점이 그것이다. 반세기 남짓한 기간 동안 독일은 일관되게 민주국가의 길을 달려 왔고, 이제는 선진 민주국가의 반열에 서 있다. 한국은 상당 기간 독재체제를 겪어야 했고 서방식 민주주의를 향유한 것은 얼마되지 않는다.

독일에 비해보면 한국은 억울한 점이 많다. 한국은 전범(戰犯)이 아니었고 군국주의(軍國主義)의 피해자였다. 전범이었던 독일은 통일됐으며 서방 민주 세계의 지도적인 국가로 화려하게 재등장했다. 피해자였던 한국은 내적으로는 정치적 격변을 겪어야 했고, 외적으로도 세계 정치 무대에서 소외된 세월을 보내야 했다. 한국과 독일의 이런 차이는 어디에서 비롯된 것인가?

베를린 장벽 앞에서

　콘라드 아데나워 재단의 초청으로 이뤄진 독일 방문은 나의 이런 의문에 대한 해답을 제시받을 수 있는 기회였다. 이것은 내가 평소에 궁금해 마지 않았던 독일의 정치교육, 그 현장을 볼 수 있는 기회가 되었기 때문이었다.

　독일의 정치교육의 일환인 민주시민교육은 독일 국민을 선진 민주국가의 시민으로 환골탈태(換骨奪胎)하게 했다.

　2차 대전 종전 이후 독일의 지식층이 뼈저리게 절감한 것은 다시는 과거와 같은 범죄를 독일이 저질러서는 안 된다는 점이었다. 그것은 나치 시대에 대한 철저한 반성이었다. 전체주의(全體主義)의 망령이 다시는 빌붙지 않도록 제도화하는 길. 그것은 독일 국민에게 새로운 가치관을 심어주는 것이었다.

새로운 가치관, 그것은 민주주의였다. 독일 국민들을 민주 시민으로 교육시키고, 새로운 세대들을 민주시민으로 키움으로써 독일의 역사를 새로 시작해야겠다는 전후 독일 지식인들의 결의가 국민에 대한 정치교육으로 시작됐던 것이다.

독일의 정치 교육은 내무부 산하의 정치 교육 본부가 주관한다. 이 정치 교육 본부는 학술 자문위원회의 자문과 의회 감독위원회의 감독을 받는다. 학술 자문위원회는 각 분야의 전문가들로 구성돼 있고, 의회 감독위원회는 각 정당의 의원들로 구성돼 있다. 전문성과 정치적 형평성을 기한 것이다.

지방에는 지부(支部)들이 구성돼 있다. 정치교육 본부는 각 부문의 석학들과 전문가들이 저술하는 글들을 출판해서 국민들에게 보급했다. 여기서 가장 중시된 것은 민주주의의 기본 가치관이었다. 민주주의란 무엇인가? 어떻게 사는 것이 민주시민으로 사는 것인가에 대한 수준 높은 글들이 정치교육 본부에서 출판되었다. 그리고 자유 민주주의의 기본질서에 바탕한 국가 질서 이론들이 저술되었다. 이런 저작물들은 전국의 정치교육 지부들에 의해 국민들에게 전파되고 도서관과 학교에서 쉽게 접할 수 있게 됐으며 대학의 교재로도 활용됐다. 또한 민주주의 정신에 입각한 경제와 노동 문제, 독일의 역사, 유럽의 역사, 국제관계 등에 대한 방대한 저술들도 출판되었다.

오늘날 독일에서 민주주의에 대한 가장 수준 높은 자료들을 찾으려면 정치교육 본부의 저술 목록들을 열람하면 된다. 종전 이후 국민에 대한 치열하고도 광범위한 민주 시민교육은 세월이 흐르면서 독일 국민들을 완전한 민주 시민들로 만든 것이다. 불과 반세기 전의 독일 국민들과 오늘의 독일 국민들을 비교해 보면 그야말로 상전벽해(桑田碧海)와도 같은 변화가 일어난 것이다.

정당과 연계된 연구기관들도 정치교육을 통해 독일 국민을 세계 국민으로 재탄생 시켰다.

독일의 정치교육은 정치교육 본부에서만 이뤄지는 것이 아니다. 독일의 주요 정당들은 그들과 이념을 함께 하는 연구단체들을 갖고 있다. 이 연구단체들은 정당의 소속기관은 아니다. 그러나 정당과 연계(連繫)를 갖고 정당을 지원한다. 이번에 한국 정치인들과 관리들 그리고 학자들과 언론인들을 초청한 콘라드 아데나워 재단은 기민당(基民黨, CDU)과 친근한 연구기관이다. 이밖에도 한스 자이델 재단, 나우만 재단, 에버트 재단 등이 각기 그들과 이념과 정치적 노선을 함께 하는 정당들과 연계돼 있다.

이들 친 정당 재단들도 국민에 대한 정치교육을 한다. 친 정당 재단들이 하는 정치교육도 민주 시민교육이다. 이들도 전국에 지부를 두고 각종 간행물들을 발간하면서 국민을 상대로 정치교육을 해오고 있다. 따라서 독일의 정치교육은 정부와 정당이 상호 넘나들면서 폭넓고도 치밀하게 이뤄져 온 것이다.

이같은 정치교육의 결과, 독일 국민들은 완전히 새로 태어났다. 그들은 세계에서도 가장 선진적인 민주 시민으로 환골탈태(換骨奪胎)한 것이다. 이런 현대 독일 국민의 가치관으로 볼 때 나치의 역사는 수치스러울 뿐이다. 민주 시민의 역량은 과거사를 철저하게 반성하고 세계 국민으로 다시 태어나게 하는 원동력이 됐다.

세계 국민으로서의 재탄생, 그 첫 번째 실례가 통일 과정에서 나타났다. 독일은 통일이 되더라도 나토(NATO)의 깃발 아래 있을 것이며, 통합되는 유럽 속에 녹아들어갈 것임을 천명한 것이다. 이같은 변모는 간단하게 볼 일이 아니다. 민주 시민의 가치관으로 볼 때 민족보다도 우선하는 것이 민주주의다. 이것은 바로 세계 평화의 기초가 된

독일 정치교육원에서

다. 이같은 발상은 서독 국민들이 민주 시민으로 완전히 새로 태어났기 때문에 가능했던 것이며, 주변국들이 독일의 통일에 제동을 걸지 않았던 결정적인 요인이 됐다. 서독인들에게 체질화된 민주 시민의식이 독일 통일의 원동력이 됐다고 나는 생각한다.

서독의 체계화된 정치교육의 노하우는 통일 이후 동독 주민을 위한 민주시민교육으로 이어졌다.

  서독의 체계화된 정치교육 조직은 통일 이후에 곧바로 위력을 발휘했다. 통일과 함께 친 정당 재단들이 동독으로 파고 들어간 것이다. 이들은 동독 지역 주민들에게 민주 시민교육을 실시했다. 이들의 활용은 동독 전역에 걸쳐 광범하게 이뤄졌다.

294

통일 이후 가장 큰 과제가 공산 체제 아래 살아온 동독 지역 주민들에게 민주주의라는 새로운 가치관을 심어주고 자본주의 체제에 적응시키는 일이었다. 그런데 정부가 미처 나서기 전에 친 정당 단체들이 이 활동을 시작한 것이다. 그것은 즉각적이었다.

이같은 일이 가능했던 것은 독일의 정치교육이 오랜 기간에 걸쳐 풍부한 노하우를 갖고 있기 때문이었다. 종전 이후 서독 주민들에게 민주주의라는 새로운 이념과 제도를 가르쳤던 정치교육이 서독을 선진 민주국가의 지도국이 되게 했으며 통일이 되자 이제는 동독 주민들에게 민주 시민교육을 시행하고 있는 것이다. 이것은 독일의 행운이자 유럽의 행운이기도 했다. 유럽은 독일의 통일을 불안해 할 필요가 없어진 것이다. 통일된 독일은 완전한 민주주의 국가이며 나토의 일원이고 하나의 유럽 속으로 녹아들어올 것이기 때문이다.

통일 후 자본주의 체제에 대한 부적응이라는 문제가 있긴 하지만, 구동독 지역은 엄청난 건설 붐으로 활기에 넘쳐 있다.

통일된 독일에도 문제는 있었다. 그것은 구 동독 지역 주민들이 서독 지역 주민들에게 갖게 된 이질감(異質感)이었다. 그들은 처음 체험하는 자본주의 체제가 적응하기 어려운 체제라는 것을 절감하고 있었다. 분단 시대에 그토록 그리던 서독이 낙원만은 아니라는 것을 그들은 느끼고 있었다. 공산주의 시절에는 시키는 대로만 하면 됐지만 이제는 모든 것을 스스로가 결정해야 한다는 것도 그들에게는 정신적 부담이었다.

동독 지역 주민들에게는 과거에 대한 향수도 일고 있었다. 그들은 분단 시절에 기를 쓰고 보려 하던 서독의 미디어들을 이제는 외면하고 있었다. 신문도 동독 지역에서 발간되는 신문만 보려 하고, 지방선거에서도 과거 공산주의 시절부터 잘 알던 구(舊) 공산당원에게 표를 던졌다.

이런 부정적인 현상이 있긴 하지만 전반적으로 독일은 활기가 넘쳐 있었다. 동독 지역에는 엄청난 건설들이 이루어지고 있었다. 장벽이 있던 곳을 중심으로 해서 대형 크레인들이 동독을 새로 만들고 있었다. 서방의 자본들도 구 동독 지역으로 밀려들었다. 그들은 그곳이 투자가 유망한 지역이며, 통일 독일의 수도 베를린이 통합 유럽의 중심이 될 것이라는 기대를 갖고 있었다. 미국의 액션 스타 실버스타 스텔론과 아놀드 슈와제네거가 함께 투자한 호텔이 베를린의 과거 접경지대 부근에서 성업을 하고 있었다.

나는 독일이 분단돼 있던 1988년에 동베를린을 방문한 적이 있었다. 그 당시, 분단의 상징이었던 브란덴부르크 문에는 접근이 불가능했었다. 그 브란덴부르크 문으로 차량들이 왕래하는 것을 보며 격세지감과 함께 부러움을 감출 길이 없었다.

오늘의 독일이 가능했던 것, 그것은 국민에 대한 민주 시민교육에서 비롯된 것이라는 점을 나는 확인했다. 그 힘이 독일 국민들을 이성과 용기를 갖춘 국민들로 다시 탄생시켰으며 독일의 통일을 가능하게 했다. 앞으로의 독일에도 이 민주 시민교육은 중요한 역할을 할 것이다. 그것은 동독인들을 변화시키고 통일 독일을 성숙시킬 것이다. 그리고 유럽 평화의 초석(礎石)이 되리라고 나는 보았다.

우리는 여기에서 어떤 교훈을 발견할 수 있을 것인가?